인공 로봇 시대

신외숙 수필

인공 로봇 시대

도서출판 한글

인공 로봇 시대

2022년 5월 25일 1판 1쇄 인쇄
2022년 5월 30일 1판 1쇄 발행

저　자 신외숙
발행자 심혁창
마케팅 정기영
교　열 송재덕
디자인 박성덕
인　쇄 김영배
펴낸곳 도서출판 한글

우편 04116
서울특별시 마포구 신촌로 270(아현동)
수창빌딩 903호

☎ 02-363-0301 / FAX 362-8635
E-mail : simsazang@daum.net
창　　업 1980. 2. 20.
이전신고 제2018-000182

* 파본은 교환해 드립니다
* 정가 12,000원
*

ISBN 97889-7073-610-5-13810

목 차

더 레드

8,9년쯤 SBS에서 유행했던 유명한 개그 프로가 있었다.

일명 더 레드였다. 개그우먼 홍현희가 빨간색 드레스를 입고 빨간색 깃털이 달린 부채로 게스트와 대화를 나누는 코너인데 표정 연기가 단연 압권이었다. 온갖 감정이 담긴 눈빛 하나로 관중을 휘어잡고 조금만 비위가 거슬러도 사정없이 부챗살로 내리친다.

그녀의 느글거리는 말투는 오히려 매력적이고 흥미롭다. 그녀가 비둔한 몸집을 흔들며 눈빛을 내리깔며 던지는 멘트에 관중들은 웃음보가 빵 터진다.

"이렇게 치명적인 나를 갖고 싶나요?

관중들은 환호하며 대답한다.

"네!"

"용기 내 봐요오."

"도전해 봐 요오오."

관중들은 열렬히 환호하며 뭔지 모를 쾌감에 젖는다. 홍현희는 여자로서 예쁜 외모는 아니지만 항상 자신감에 차 있다. 자신의 외모를 비하하는 말에도 전혀 개의치 않고 주눅 들지 않는다. 그 이유를 그녀는 어린 시절 부모 사랑을 듬뿍 받은 데 있다고 말한다.

또 유복한 가정에서 자라 대학시절에도 그 흔한 알바 한 번도 하지 않았다고 한다. 더 레드 코너에 등장하는 남자 게스트들은 하나 같이 잘 나가는 엘리트 계층들이다. 재벌 2세로부터 젊은 사업가, 예능인 엔터이트먼트와 대학교수와 가수 연예인 등인데 그들이 성 공을 과시하는 말을 할 때마다 사정없이 말 펀치와 부챗살이 날아 간다.

그건 상대적 약자에 대한 피해의식을 보상해 주는 효과가 있는데 관객은 환호하며 대리만족감을 누린다.

"어디서 잘 나간다고 유세야?"

'진짜 때리네."

"가만히 보니까, 이 남자들 돈 좀 있고 얼굴 반반하다고 얼굴에 우월감 허례의식 특권의식 있는데 개나 줘버려."

웃음보가 빵 터진다. 그녀의 재치 있는 입담에 시청자들은 입을 다물 사이가 없다. 그녀의 인기는 단연코 자신감에 있다. 과도한 퍼 포먼스와 거친 입담에도 전혀 거부감이 일지 않는 것은 그녀 특유 의 자신감과 맞물려 있는 것 같다. 관객에게도 거침없이 거친 말을 쏟아 부으며 말한다.

"무슨 자신감이야, 당장 뒤로 가, 아님 TV로 보든지."

못생겨 보이는 남자에게 하는 말에 관객들은 또다시 웃음보가 빵 터진다. 기묘한 얼굴 표정과 몸으로 표현하는 코너에도 연신 웃음 보가 터진다. 어느 것 하나 어색하지 않게 재기 발랄하게 약자의 입 장을 대변한다.

그녀의 멘트에는 특색이 있는데 솔직담백한 것이다. 숨기거나 위 선이나 가식이 전혀 없다. 사회 부조리에도 가감 없이 할 말을 한다. 그야말로 돌직구다. 순간마다 터지는 멘트는 임기응변에도 능하다. 짐작컨대 그녀는 애드립에도 능할 것으로 보인다.

젊은 여성들과의 대화에서도 그녀는 대화를 이끌어 가는 탁월함을 느낄 수 있었다. 그건 바로 높은 자존감과 명석한 두뇌로도 해석이 가능할 것 같다. 평소에 당당하지 못하고 비굴함마저 있는 나는 그녀의 자신감에 찬사를 보내고 싶다. 또 만인에게 웃음을 선사하는 그녀는 분명 아름다운 내면을 가졌을 것으로 생각된다.

비주얼 운운하며 외모 지상주의가 판치는 세상에 그녀는 사람들에게 도전의식과 가능성을 열어두는 것만 같다.

나는 마음이 혼란스럽고 침체될 때마다 유튜브에서 일부러 그녀가 출연한 개그 프로를 시청한다. 장면 장면마다 웃음이 터져 나온다. 그녀보다 더 예쁘고 날씬한 미녀가 엑스트라로 출연해도 눈길은 단연 홍현희에게 쏠린다. 그녀는 그 개그 프로의 주연이자 간판스타이기 때문이다.

그녀가 던지는 대사 한마디에 자신감과 용기를 얻는다. 누군가에게 용기와 웃음을 주는 사람은 참으로 복 받은 자임에 틀림없다. 더욱이 직업적으로 사람을 즐겁게 해주는 개그맨들은 반드시 살아남아 업을 이어 갔으면 좋겠다. 요즘 TV 3사에서 코미디 프로가 전부 사라졌다.

주말이면 TV 앞에 기대하는 심정으로 앉았는데 이젠 스마트폰 유튜브를 열어 시청한다. 10년쯤 지나간 것이면 어떠랴. 내 마음만 즐거우면 되었지. 편리한 세상이다. 즐거움도 빨리 찾아가는 세상이 되었으니.

인공 로봇 시대

바야흐로 인공지능 시대다.

얼마 전 TV에서 인공지능 알파고와 유명한 바둑왕이 격돌한 결과 알파고가 이겨 크게 화제가 된 적이 있었다.

인공 지능 로봇의 등장은 최첨단 과학의 산물이자 신기술로 대변되고 있다.

과거에 로봇의 의미는 단순히 사람의 일을 대신하는 것으로 여겨졌는데 현대는 감정 모드까지 추가돼 더 많은 이기(利己)를 양산해 놓고 있다. 미리 입력된 정보에다 고급 기능까지 추가해 앞으로도 계속 새로운 패턴을 선보일 예정이다.

얼마 전 고속버스를 탔을 때의 일이다. 승차권을 단말기에 대니 좌석번호 멘트가 뜨면서 잔여 좌석 숫자까지 화면에 떴다. 출발 시간이 되자 운전석 옆에 있는 영상에 여자 아바타가 뜨더니 안내 방송이 이어졌다. 이전에는 간단하게 방송으로 하던 것을 이젠 입력된 멘트를 영상으로 보여 주면서 세월의 변화를 실감하게 했다.

로봇이 사람을 대신해 하는 일은 청소 같은 노동뿐 아니라 상담도 병행할 예정이다. 로봇이 입력된 정보에 따라 아이 교육도 하고 간단한 상담은 물론 의사가 하는 수술도 대신하고 있다. 가장 먼저 사라질 직업군은 전화나 말로 하는 대인 업무라고 한다. 뿐이겠는

가. 인공지능 로봇의 발달로 앞으로 많은 직업군이 사라질 전망이다. 오늘날은 컴퓨터와 스마트폰의 보급으로 일상의 편리가 극대화된 양상을 보이고 있다. 인간의 감정과 지능을 겸비한 로봇은 현대판 바벨탑이자 과학의 최첨단으로 미래의 향방을 결정하는 중요한 변수가 될 것이다.

개그콘서트에 나오는 지로봇 코너는 웃음과 함께 많은 의미를 던져준다. 로봇은 주인의 음성을 따라 움직이는데 그가 던지는 첫마디는,

"난 감정을 제거한 완전체 지로봇."

"나는 심장이 없어 심장이 없어"이다.

로봇은 주인의 명령에 따라 철저히 움직이는 것처럼 보이지만 회로를 이탈해 제멋대로 행동하기 일쑤이다. 미리 입력된 모드에 따라 움직이다가도 감정이 뒤틀리면 사람처럼 행동하는데 웃지 못 할 사태가 매번 발생한다.

주인이 청소하라고 명령하면 '청소 모드' 하며 몸이 저절로 움직이다가 감정이 뒤틀리면 어깃장을 놓는다. 주인이 사귀는 예쁜 여자에게 웃음을 보이며 끌려 다니는가 하면 심지어 주인을 협박하며 배반을 때리기도 한다.

인공지능에다 감정을 이입해 자기 나름대로 감정에 충실한 것이다. 상황에 따라 화도 내고 사람처럼 삐지기도 한다. 신고식을 한다며 춤도 추고 사람을 즐겁게 하는가 하면 로봇끼리 질투하기도 한다. 물론 다 꾸며낸 이야기이지만 절대 불가능한 일도 아니다.

인공지능에다 감정체를 입력하면 그것은 곧 현실이 될 것이다.

예전의 로봇의 의미는 입력된 정보에 따라 사람이 하기 힘든 일을 대신 하는 움직이는 기계였다. 그러나 앞으로 벌어질 로봇의 발달은 기상천외한 일들이 벌어질 것이다.

각종 업무에 투입되면서 어린이 만화 영화에 나오는 것처럼 엄청난 전투용 로봇이 나타나 전쟁을 수행할 날도 멀지 않을 것이다. 실제로 프랑스에서는 산불이 나자 사람 대신 로봇이 출동해 불을 껐다고 한다. 컴퓨터의 발달은 인공지능과 함께 이미 많은 직업군을 사멸시켰다.

은행은 인터넷으로 업무를 대신 함으로 지점이 빠르게 줄어들고 있고 은행원들의 희망퇴직도 늘어나고 있다. 젊은이들의 취업은 하늘에 별 따기만큼 어려워져 미래에 불안을 느낀 나머지 결혼과 출산률은 나날이 줄어들고 있다.

인구의 급속한 하락은 미래의 동력을 감소시키는 주된 원인이 될 것이고 그 속도는 점점 가속화될 것이다. 아무리 그럴 듯한 정책을 내놓아도 결혼과 출산율은 결코 높아지지 않을 것이다. 왜냐하면 직업군은 저절로 줄어들 것이고 신종 직업군이 발생한다 해도 얼마 안 가 사라질 것이기 때문이다.

그렇다면 인공지능 로봇의 발달은 과학의 이기인가? 재앙인가?

세상은 인간이 할 일을 점점 기계에게 내주어 스스로의 입지를 좁히고 있다. 단언컨대 앞으로 취업전쟁은 더욱 심각해질 것이고 신적 영역인 예술 분야 또한 다르지 않을 것이다. 왜냐하면 모든 정보가 컴퓨터에 입력되어 통계 처리되기 때문에 표절 시비를 사전 예방하게 될 것이다.

반면 표절 시비를 교묘하게 벗어난 모방 창조 범죄는 극성을 부릴지도 모른다. 통계에 따라 짜 맞추기 식으로 얼마든지 창작이 가능하기 때문이다. 교회 강단에서 하는 설교나 불교에서 하는 설법도 마찬가지다. 필요한 주제를 검색하여 통계에 의해 설교나 설법을 취합하여 그럴듯하게 새로 각색하면 되기 때문이다.

과학이 넘보지 못할 분야는 없게 될지도 모른다. 미래는 과학만능주의 세상이 되어 인간의 두뇌마저 인공지능 기계에 조종당하는 날이 올지도 모른다. 그러나 아무리 과학이 발달하고 고도화 된다 해도 대신하지 못할 것이 있다.

성령님의 역사와 기도이다.

아무리 바쁘고 힘들어도 로봇이 기도를 대신해 줄 수는 없는 노릇 아닌가. 생명체도 아닌 로봇이 기도를 할 수도 없을 뿐더러 설사 입력된 기도 내용을 따라 할지라도 역사는 나타나지 않을 것이기 때문이다.

로봇은 어디까지나 기계이고 창조성은 없다. 한계가 정확하고 신의 영역은 넘볼 수가 없기 때문이다. 인생의 마지노선은 신의 영역인 구원과 성령님의 역사에 있다. 인생의 마지막 희망이자 최종적인 안식처는 구원의 반석인 그리스도뿐이다. 정확 무오하며 변함없는 사랑을 나타낼 분이시기 때문이다.

시간 여행자(time traveler)

나는 요즘 TV 대신 유튜브를 주로 본다.

TV 채널을 안 켠 지 오래 되었다. 화면 전체가 코로나 위주로 방영돼 온갖 불안과 근심이 파도처럼 떠밀려오는 느낌이 들어서다. 아니 그보다는 유튜브에는 재미있고 내가 원하는 코너가 많기 때문이다. 기분 전환을 위해서도 유튜브는 꼭 시청하는 편이다.

작게는 고양이 동영상부터 정치 유튜브 방과 추억의 동영상, 20,30년 전 유행했던 개그 프로그램까지 시청하고 있다. 특히 개그 프로는 힘든 현실을 잊고 웃음보를 터뜨리는 청량제 역할을 하고 있어 수시로 시청한다. 얼마 전에는 개그우먼 심봉선과 김대희가 출연하는 대화가 필요해를 자주 보았다.

경상도 남자의 무뚝뚝함과 애교 섞인 아내의 대화는 순간마다 반전을 거듭하며 웃음보가 빵 터지게 한다. 배려 없고 일방적인 남편은 아내와 아들에게 함부로 대하는 듯싶지만 이내 아내에게 전신 KO패당하고 만다.

못생겼다는 이유로 아내를 구박하지만 이내 얻어맞고 혼쭐을 당한다. 한편 아내는 남편을 열렬히 사랑하지만 자신이 무시당할 땐 가차 없이 대항해 펀치를 날리는데 남편은 속수무책으로 당한다.

그때마다 시청자는 기쁨과 쾌감을 느낀다.

반려동물 유튜브는 인간애와 동물 사랑을 동시에 느끼게 하는 훈훈한 방이다. 동물은 사람과 교감하며 따듯한 인정(人情)과 생명의 소중함을 일깨우는 귀중한 매개체다. 특히 사지(死地)에 몰린 동물을 구출해 내는 장면을 가슴 뭉클한 감동마저 일으킨다.

동물을 잔인하게 죽이는 인간들은 나중에 살인자로 변할 가능성도 있다고 한다. 살인을 저지른 사람들의 대다수의 시초가 힘없는 동물을 잔인하게 죽이는데 쾌감을 느꼈다고 한다. 갈 곳 없는 길고양이를 입양해 키우고 외진 곳에 사는 고양이들에게 급식을 하는 젊은 남자 캣대디도 있다.

불쌍한 생명을 거두는 아름다운 마음씨는 세상 살맛나게 한다. 생명을 소중하게 여기는 마음은 곧 인간애로 이어질 수 있기 때문이다. 동물을 사랑하는 사람은 절대로 사람을 함부로 죽일 수 없다. 물론 예외는 있겠지만. 반려동물을 키우는 사람이 천만 명이라고 한다.

동물은 사람과 달리 배신을 때리거나 상처 주는 경우는 없을 테니까 하고 키우기 때문이다. 또 동물은 사람에게 즐거움을 주고 교감(交感)도 할 수 있기 때문이다.

나도 집에 찾아오는 길고양이에게 밥을 주다가 그 새끼까지 거둬 5마리나 돌보고 있는 처지다. 5마리 다 개성이 강해 나름대로 즐거움을 주고 있다. 하나같이 다 예쁘고 귀여워 돈이 많이 들어도 키우고 있다.

다음은 추억의 영상이란 코너가 있는데 주로 베이비붐 세대를 겨

낭한 동영상이다. 일명 시간 여행자(time traveler) 코너다. 화면을 클릭하면 60년대부터 90년대까지 시대적 상황이 펼쳐지는데 그렇게 애잔할 수가 없다. 어렵고 힘들었던 시대는 궁핍하고 무지(無知)가 팽배했지만 나름대로 질서가 있어 행복했던 시절이었다.

물자 부족에다 교육의 기회도 많지 않았지만 예의범절과 이웃에 대한 배려가 있었다. 비 오는 거리는 시대적 풍경과 함께 옛 정감(情感)에 젖게 한다. 현재에 비해 패션이나 스타일은 많이 뒤떨어졌지만 순수함이 느껴진다. 화면에 비친 얼굴들은 광대뼈가 튀어나오고 거친 인상에 무표정하지만 왠지 모를 향수가 느껴진다.

상처와 빈곤 굴곡진 사연이 많았던 베이비붐 세대는 이제 온갖 희생의 대명사가 되어 노년을 맞이하고 있다. 마지막으로 부모 세대에게 봉사하고 버림받는 아픔받이가 되어 자부심 하나로 버티고 있다. 그래도 우리 세대는 힘들었지만 할 도리(道理)를 했고 열심히 살았다.

지금의 청년 세대와 달리 베이비붐 세대는 취업의 문턱이 높았던 것 같지는 않다. 대학 졸업 후 자격증을 취득하면 골라서 취업이 가능했던 시절이다. 다만 남존여비 사상이 심해서 여자들이 고초를 겪긴 했었다. 나도 나이가 이순(耳順)을 넘다 보니 자꾸만 생각이 과거로 치닫는다.

유튜브 화면에는 최고 명문여대로 향하는 여대생들의 발걸음이 보인다. 나름 잘 차려입은 여대생들은 캠퍼스 안으로 들어가서 무한한 긍지와 미래를 견주고 있다. 그 당시만 해도 여자가 대학을 가는 것은 결혼을 잘하기 위한 또 하나의 조건에 불과했다.

졸업 후에 취업을 원하는 경우는 그다지 많지 않았다. 결혼 적령기에 맞춰 보다 나은 결혼 상대자를 만나기 위해 하나의 조건을 추가하는 것에 불과했다. 지금과 달리 맞벌이도 흔하지 않아 결혼과 동시에 퇴직이 당연지사로 여겨지던 시대였다.

특히 명문여대 출신 중에는 고위직 부인들이 많아 선후배 관계가 돈독한 걸 이용한 혼사가 이루어지곤 했었다. 학벌을 통한 신분 상승보다 혼인을 통한 신분상승이 대세를 이루는 시대였다. 학벌이 결혼과 미래를 보장하는 시대였다. 지금처럼 능력위주가 아닌 정략결혼이 여자들의 성공처럼 여겨지던 시대였다. 화면은 신촌으로 향하는 도로 한복판을 비추고 있다. 빗물이 튕기는 아스팔트 도로를 지나는 수많은 차량들. 포말과 함께 수증기가 공중에 퍼진다. 우산을 받치고 길거리를 지나는 시민들.

연인들의 모습도 보인다. 당시 신촌 거리는 우리 20대의 로망과 같았다. 낭만과 젊음의 유세가 펼쳐지던 곳. 지금은 대학가가 취업 준비소로 변했지만 예전의 대학가는 낭만과 꿈의 전성 시대였다. 군사정권 하의 암울함도 낭만을 이기지 못했었다.

또 본인의 선택 여하에 따라 직장생활을 할 때는 많은 고비가 있었지만 견딜 수 있는 저력이 있었고 산업의 역군이 되었다. 다자녀 시대에 태어난 베이붐 세대는 그렇게 젊은 날을 유익하게 보냈다. 지금은 두 자녀 시대도 아닌 무자녀 시대, 비혼이 대세인 시대이다.

세월이 시대가 엄청나게 많이 변했다. 듣도 보도 못한 미세먼지나 코로나 같은 전염병이 창궐하면서 마음 놓고 숨조차 못 쉬는 시대가 되었다. 마스크를 쓰고 길을 나서면 갑갑해 숨쉬기도 힘들다.

거리 간격 유지하라면서 외출마저도 정부에서 간섭하는 시대가 되었다.

미제 일제가 최고이던 시대를 지나 국산이 최고인 시대로 변했다. 인터넷 유튜브가 문화의 대명사처럼 자리 잡으면서 인심은 각박하다 못해 살벌해졌고 끔찍한 살인사건은 하루도 빠지지 않고 인터넷 기사 창에 뜬다. 또 반공이 국시(國是)이던 시절에서 지금은 좌파가 각계각층에 대세가 되었다.

보수는 입만 벙긋해도 비난과 핍박이 우박처럼 쏟아진다. 도덕관념의 추락은 물론 종교마저 타락의 온상지에서 벗어나지 못하고 있다. 나는 과거보다 현재가 훨씬 편한 탓에 다시는 과거로 돌아가고 싶지 않지만 환경문제에 접하면 옛날이 살기가 편했다는 생각마저 든다.

환경문제야 그렇다 쳐도 전염병이 속히 사라져 외출이나마 자유롭게 하는 시기가 빨리 왔으면 좋겠다. 참으로 살기 편한 세상이다. 유튜브만 켜면 30-40년 전으로 돌아가 마음껏 시간여행을 하는 시대가 되었으니 말이다. 어린 시절, 엄마 아버지가 흘러간 가요를 들을 때 이해가 안 갔었다. 왜 한참 유행하는 노래를 듣지 않고 굳이 황성옛터를 듣는 걸까.

난 이제야 깨닫는다. 나 역시 내 부모세대처럼 7080 노래를 듣고 있으니까.

추억의 영상

난 요즘 유튜브에서 추억의 영상이란 화면에 푹 빠져 지낸다.

대부분 30-40년 전, 영상인데 당시의 시대상이 고스란히 담겨 있다. 농촌 풍경의 애잔함과 순박함 거칠고 투박한 인심이 동네잔치를 통해 나타나고 있다. 옛말의 동네잔치 한다는 의미를 알 듯하다.

추억의 영상은 베이비붐 세대의 진면목을 그대로 보여주는데 동병상련의 공감대를 통해 지난 세월을 돌이켜 보며 회한에 잠기게 한다. 30-40년 전만 해도 농촌에는 아이들이 있었다. 동네 꼬마들이 모여 뛰어다니며 놀이를 하거나 다투는 모습도 자주 볼 수 있었다.

농촌 하늘에는 별이 쏟아질 것처럼 총총히 박혀 있었고 집집마다 노인들이 안방을 차지하고 앉아 며느리의 공대를 받았다. 중년 남녀들은 논밭으로 다니며 막일을 했고 장유유서 위계질서도 뚜렷했다. 나는 순수 서울 토박이다. 그러함에도 농촌 실정에 대해 아는 것은 40여 년 농촌 지역에 근무했던 연유가 있어서다.

당시 나는 대학 졸업 후 강원도 척박한 지역에 발령받아 근무했었다. 근 2-3년 간 근무했는데 서울과의 엄청난 문화 차이 때문에 얼마나 힘들었는지 모른다. 장유유서까지는 좋았는데 남존여비 사상도 팽배했다. 문화 차이에다 세대갈등까지 그러나 항상 그게 존재하는 건 아니었다.

거의 날마다 비리 사건과 불륜에 관한 소문이 군(郡)에 날아다녔다. 남녀상열지사는 고금을 막론하고 지역과 관계없이 벌어지는 모양이었다. 그러나 그때만 해도 사랑에 대해 책임지는 행태가 있었다. 어떤 형식으로든. 그러나 그 반대의 경우도 얼마든지 있었다.

추억의 영상에서 보면 동네잔치에 나타나는 인물들은 대부분 동네사람들인데 차림새가 하나같이 비슷하다. 남자들은 낡은 양복 차림인데 허름한 점퍼 차림도 많다. 여자들은 단색 계통의 한복이거나 고무줄 치마에다 나일론 계통의 블라우스 차림이다.

얼굴은 농사일에 찌들어 시커멓게 물들다시피 하고 할머니들은 쪽을 진 채 비녀를 꽂고 있다. 두루마기 차림의 노파도 간혹 보인다. 남자 노인들은 두루마기 한복에 중절모 모자를 쓰고 있고 연신 담배를 피워대고 있다. 잔치의 주역은 환갑을 맞은 어머니다.

며느리와 딸로 보이는 여자들은 부엌에서 마당 가운데 놓인 화덕에서 불을 지펴 음식을 만들기에 바쁘다. 흙이 그대로 보이는 마당에 매트를 깔고 교자상을 펼쳐 놓는다. 천막도 보인다. 동네 사람들이 들어서면서 댓돌 위에 신발이 수북이 쌓인다. 서까래가 보이는 지붕 밑 방안마다 손님들로 가득하다. 상다리가 휘어지게 차린 음식상에 젓가락이 모아진다.

쪽을 진 할머니들의 입가에 웃음이 머문다. 파머머리에 고무줄 치마를 입은 여인네들도 연신 웃으며 젓가락질하기에 바쁘다. 동네 어귀마다 잔칫집에 모이는 발걸음으로 부산하다. 마을 앞길에 개울물이 흐르고 아이들은 마루에 걸터앉아 어른들을 바라보고 있다.

이윽고 잔치의 막이 오른다. 환갑을 맞이한 어머니 옆에 남편이 앉아 있고 앞 큰 교자상에는 과일과 떡, 고기가 보인다. 자손들이 나와 큰절을 한다. 먼저 아들들이 나와 절을 하고 며느리 딸, 손주들이 나와 절을 한다. 손주들의 생일 축하 노래 속에 박수가 터지고 아이들의 손에 천 원짜리 지폐가 놓여진다.

아이들은 왠지 풀죽은 모습이다. 머리는 헝클어져 있고 입성도 그다지 곱지 않다. 어른들에 떠밀려 밖으로 나가 놀거나 멀찌감치 구경만 한다. 끊임없이 손님들이 몰려오고 순식간에 차려진 음식상도 연이어 들어간다. 북과 장구 꽹과리 든 사람들이 마당에 내려서자 흥겨운 춤판이 벌어진다.

가요가 아닌 단순한 타악기에도 흥춤이 절로 나는 모양이다. 한복차림에 머리에 쪽을 진 할머니가 어깨춤을 춘다. 잔치의 주인공 어머니도 팔을 내저으며 춤을 춘다. 얌전한 중년남녀들이 장구 소리 북소리에 맞춰 덩실덩실 춤을 춘다. 그야말로 동네잔치다.

힘겨운 농사일도 잠시 내려놓고 한갓지게 앉아 음식을 먹고 모처럼 만의 회포를 풀며 이웃 간의 우애를 다지는 순간이다. 축하의 잔치로 하나 된 이웃의 모습에 훈훈한 인심이 느껴진다. 물론 음식 준비에 힘겨운 며느리들의 노고도 있겠지만 동네잔치는 그야말로 축제인 셈이다.

흐드러진 인심에 곳간은 샐지 몰라도 풍요로운 인심에 웃음은 만개 꽃을 이룬다. 지난해 경남 의성군에서는 신생아가 단 한명도 출생하지 않았다고 한다. 이런 현상은 다른 군에서도 이어져 심각한 경종을 울려주고 있다. 농사철마다 이어오던 품앗이도 사라져 외국인 노동자가 없으면 농사도 못 짓는다고 한다.

외국인 며느리가 시집와 아이를 낳는 바람에 웃지못할 사건도 빈번하게 일어나는데 그로 인한 엄청난 경제적 손실과 상처와 고발이 잇따르고 있다. 결혼이 목적이 아닌 취업을 목적으로 들어온 외국인 며느리가 가정에 불화를 일으키다 도망가고 손자를 떠안은 어머니는 망연자실하다.

얼마 전부터는 외국인 며느리마저도 자식을 낳지 않으려 한다. 교육비 핑계로 아이 출산을 거부하고 농사일 힘들다고 불평하고 종교 문제로도 심각한 갈등이 벌어져 불화의 원인이 되기도 한다. 자녀 출산이 줄어든 것은 결혼 기피 현상이 심화된 것에 기인한다.

평생직장이 사라지고 명퇴 황퇴가 흔한 세상이 미래를 보장할 수 없기 때문이다. 뿐인가 취업 못한 청년 백수가 도처에 흔한 세상이 아니던가. 세상이 바뀌고 시대가 변하는데 매양 옛것을 주장한다면 아마도 사이코 취급을 받을 것이다. 급변하는 세상은 이념마저 퇴락시켜 무지막지한 뻔뻔한 군상(群象)들이 정치판을 차지하고 말았다.

최소한의 양심도 신앙윤리도 도덕관념도 잘못된 이념 앞에 무용지물이 되고 말았다. 자포자기 탄식 속에 오직 신의 절대적인 개입만 바랄 뿐이다. 민심이 악을 동조하고 잘못된 이념에 동조하기 때문이다. 이제 지난날을 위해 굳이 추억할 필요는 없는 것 같다.

세상이 자꾸 발달해 유튜브만 열면 갖가지 재미있는 동영상을 볼 수 있기 때문이다. 참 편리한 세상이다. 유튜브를 통해 지난 세월도 추억하고 잠시나마 낭만에 잠길 수 있을 테니까. 문명의 이기가 가져다주는 혜택에 날마다 순수 예술은 절망한다.

가만히 앉아서 누릴 수 있는 문화적 혜택이 많으니까 굳이 힘들여 돈 써가며 순수 예술을 찾지 않아도 되기 때문이다. 나는 TV를 안 본 지 오래 됐다. 어쩌다 TV를 켜도 예능 프로그램만 잠시 보다 끈다. 유튜브에 더 많은 볼거리가 많기 때문이다.

작가인 나도 이렇게 유튜브에 몰입하고 책을 멀리하는데 누가 책을 사서 읽어 주겠는가. 책이 안 팔린다고 독자들만 원망할 일이 아니다. 유튜브에 버금가는 특단의 조치가 순수예술계에도 내려져야 할 것 같다. 좀 더 획기적이고 기발한 아이디어가 생겨나 또 다른 세상이 펼쳐져야.

꿈이 아닌 현실이 되길 바랄 뿐이다.

80년대 인생 시골 이웃들

유튜브에서 80년대 동영상을 시청했다.

시골 오일장을 보고 돌아오는 여인네들의 정담(情談)과 훈훈한 인심이 묻어나는 평화로운 정경이다. 투박한 강원도 사투리와 어우러져 농촌 드라마의 한 장면과 같다. 이웃 간의 대소사를 알리며 식사하러 오라는 말투가 여간 정겨운 게 아니다. 호숫가를 끼고 도는 시골 버스는 먼지를 잔뜩 뿌려 놓고는 한적한 길가에 승객들을 내려놓는다.

흙길을 걸어 개울물을 건너는 시골 풍경이 아늑하고 평화롭다. 추수가 끝난 들판은 잿빛으로 허허롭지만 농가 굴뚝에서 피어오르는 연기는 한 폭의 풍경화를 연상시킨다. 창호지 문밖은 곧바로 마당이고 시골길이다.

그 길가를 걸어가며 동네의 소식통이 이어진다.

동네에 환갑잔치가 열린다는 소문이다. 잔치 규모를 줄이기 위해 굳이 생일잔치라고 말한다. 그러면서 덧붙이는 말이 동네잔치라고 한다. 여인은 그 동네잔치를 위해 오일장에 들러 안줏거리와 과일 소고기 국거리를 장만했다며 돈의 가치가 떨어졌다며 말한다.

여인들은 옷매무새가 거칠고 색상이 바랬다. 늦가을임에도 두꺼운 외투를 걸쳤거나 작업복 차림에 슬리퍼를 신고 있다. 파머 머리에 누비 한복을 입은 할머니는 지팡이를 짚고 걸어간다. 마을 한가운데를 가로지르는 개울물을 지나 교각을 지나는 마을 여인네들.

생일잔치 오라며 오가는 동네 사람들한테 이야기를 건넨다. 흙길을 걷는 동안 동네 청년들과 인사를 하며 식사 초대를 한다. 메뉴는 잡채에다 감자 부침개 국거리에다 찹쌀떡 등이다. 산등성이 아래 옹기종기 모여 앉은 시골 동네 집집마다 밥 짓는 연기가 오른다.

스마트폰으로 소통하는 현 세태에 비하면 평화롭고 정겨운 풍경이 아닐 수 없다. 비밀이 보장 안 되는 시골 인심이라지만 그래서 더 이웃 간의 소통으로 풍요로운 시골 인심이었다. 계산하지 않는 넉넉한 인심과 베풀어주는 마음 씀씀이를 이제 어디 가서 찾을 수 있을까.

세월 따라 요즘 시골 인심도 많이 변했다. 옛날보다 더 텅 빈 듯한 농촌은 아예 인적조차 찾기 힘들 정도로 농민이 귀한 세상이 되었다. 허름한 농가(農家)는 단출하고 세련된 주택으로 변했고 경운기 대신 승용차가 마당 한가운데를 차지하고 있다.

정감 어리게 느껴지던 시골 풍경이 곳곳에 음식점이 들어서고 관광지로 대거 유입되고 있는 모습도 보인다. 자연을 빙자한 포장된 인공미가 돈벌이를 위한 상업지구로 변하면서 산이 절반이나 깎여 나간 모습을 보면 공연히 울화가 치민다. 교통의 발달로 그 어느 때보다 여행하기가 쉬워졌다.

산을 뚫어 만든 터널로 거리는 최소로 단축되었고 운행 시간도 엄청나게 줄어 여행하기는 좋아진 셈이다. 하지만 예전처럼 한적한 시골 정경을 보면서 여행을 즐기던 재미는 사라져 아쉽기만 하다.

작년 이맘때쯤 강원도 ○○지역을 방문한 적이 있었다. ○○지역은 내가 20대 중반 때 머물렀던 곳이다. 80년대 초쯤이었던 것 같다. 그때만 해도 도농(都農) 간의 차이가 뚜렷했다. 생활 모습은 물론이고 사고방식에 있어서도 현격한 차이가 났다. 남존여비가 바로 그것이었다.

여자의 희생으로 가정이 이루어지던 그때는 일제나 조선시대 말기 현상 같았다. 어찌나 사고방식이 고루한지 여자는 그저 희생양에 불과할 뿐이었다. 그 희생 속에 선하고 너그러운 인심이 강퍅한 마음을 부드럽게 위무(慰撫)하고 있었다. 그래서 불편하고 답답한 시골 생활을 견디게 했던 것 같다.

나는 일찍이 시골생활을 동경했었지만 그렇게 답답할 줄은 상상도 하지 못했었다. 시골 동네를 벗어나 봐야 갈 곳이 없는 것이 그곳의 특징이었다. 특히 추수가 끝난 초겨울이나 씨 뿌리기 직전인 이른 봄은 황량하기 이를 데 없었다. 비닐 조각이 밭에 날아다니고 벌판은 쓸쓸하다 못해 처참하기까지 했다.

30년이 훨씬 지나고 40년이 가까워 다시 그곳을 방문했다. 세월의 흐름에 따라 천지가 개벽을 해도 열 번은 더 했을 그곳은 예전보다 인구가 더 줄어 아예 인적조차 보이지 않았다. 신축한 건물이 있는 걸로 보아 분명 사람 사는 동네는 맞는 것 같은데 사방을 둘러봐도 사람이 보이지 않았다.

더구나 그곳은 군 주둔 지역이라 언제고 군복 입은 군인이 보였었는데 말이다. 흙길은 아스팔트로 포장돼 있었고 좁은 개울 물가도 교량이 세워져 거리가 단축돼 있었다. 학교 건물도 신축된 채 유치원까지 병설돼 있었다. 읍내 거리는 말할 것도 없이 변모해 있었는데 옛 모습은 어디서도 찾을 수 없었다.

당연했다. 오일장이 열리던 전통시장은 삼분의 이 이상이 폐점 상태였고 이 역시 인적이 드물었다. 시외버스 터미널 주변으로 형성된 상가도 마찬가지였다. 서울과 거리가 단축된 만큼 상가는 가장 큰 타격을 받았다. 더구나 일반 사병들에 대한 파격적인 조치로 상가지역은 아예 파탄지경이었다.

그들의 외침은 아예 인터넷에서도 거론되지 않았고 대책도 전무한 실정이었다. 또한 교통수단도 줄어들어 예전에 소양강에서 출발하던 쾌속선이 사라져 세월의 흐름을 실감하게 했다. 변하지 않은 게 있다면 산과 논밭뿐이었다. 도로도 흙길에서 아스팔트로 변했고 군내 버스도 소형 마을버스로 변해 운전기사가 직접 요금을 받고 거슬러 주었다.

군부대 장소나 명칭은 그대로 살아 있어 그나마 옛 기억을 떠올리게 했다. 밭이 사라지고 축사로 변한 곳도 있었고 몇 안 되는 학교는 대부분 신축해 산뜻한 모습을 하고 있었다. 그리고 동네마다 존재하던 시골 점방은 대부분 사라지고 없었다. 동네 전체가 사라진 곳도 있었다.

마을 이름은 존재하는 것 같은데 면사무소 근처에 존재하던 동네가 사라지고 도로가 형성돼 있었다. 막국수로 유명하던 시골 음식점도 간 곳 없이 사라졌다. 도로를 따라 올라가 확인하고 싶었지만 그냥 돌아서고 말았다.

옛 추억은 마음속에만 존재할 뿐이었다. 옛 기억을 찾아 여행을 떠났다간 실망할 게 자명해 더 이상 시도하지 않기로 마음속으로 다짐했다. 물론 옛 기억을 찾아 그때의 지인(知人)들을 만날 용기도 없다. 변한 게 어디 환경뿐이겠는가. 사람 마음도 세월 따라 변하고 상흔이 끼었겠지.

그러나 추억은 마음속에서 전혀 변색되지 않는다. 추억은 마음속에 그리움으로 남아 힘든 인생여정을 미소 짓게 한다. 그리고 나는 또다시 소설 여행을 떠난다. 내 꿈의 산실이었고 소설 속의 한 장면이었던 장소를 향해, 가만히 발걸음을 내딛어 본다.

거리의 악샤들

　유튜브에서 거리의 악사(樂士)들이란 동영상을 시청했다.

　주로 시골 오일장을 돌면서 길거리에서 공연하는 악단 이야기다. 어설픈 연주에 맞춰 노래하는 악단은 행인들이 주 관객이며 출연료는 그들 발 앞에 놓인 기부금 통이 전부다. 하지만 신바람 나게 흥겨운 노랫가락을 선사하는 그들의 입가엔 행복감이 넘친다.

　번쩍이는 현란한 조명 빛이 없어도 우레 같은 박수는 없어도 그들의 표정에는 그 어떤 자부심과 기쁨이 넘쳐난다. 자신의 재능을 맘껏 펼칠 무대를 만난 것이다. 이미 중년을 넘어 노년에 들어선 그들의 인생사가 노랫가락에 실려 전해지는 것만 같아 가슴 뭉클한 감동이 느껴진다.

　정식 무대는 아니지만 그들의 몸동작은 이미 경지를 넘어서고 있다. 거리 예술인이라고 하지만 무대 경력도 있다며 은근히 자랑을 곁들인다. 주로 노년층을 향한 트롯 가락에 사람들은 어깨를 들썩이며 호응한다. 어린아이부터 중장년까지 나서 몸을 흔들며 노래를 따라 부른다.

　장꾼들까지 나서 한바탕 춤사위가 이어진다. 옛 추억을 일깨우는 노랫가락은 어느덧 심금을 울리고 잠시나마 낭만에 젖게 한다. 길거리 음악단은 화려한 조명도 방송매체도 타지 않지만 가장 현장감 있는 리얼 뮤직 사운드로 눈길과 발길을 끈다.

그들은 어쩌면 성공과는 거리가 먼 아웃사이더 연예인으로 취급될지도 모른다. 재능은 있지만 기회가 없어 정식 무대는 오르지 못하고 한풀이 하듯 마음에 맞는 동료들끼리 만나 길거리 공연을 하는 것이다. 언젠가 추운 겨울날 용문 오일장에서 비교적 젊은 층으로 구성된 악단을 만난 적이 있다.

그들은 제법 큰 규모로 차량에 오디오 시스템을 설치해 장터 전체가 쾅쾅 울릴 정도로 공연을 하는데 주로 7080세대 노래를 불렀다. 장 구경을 나온 중장년을 겨냥한 듯 노랫가락은 가슴을 설레게 했다. 옛 시절로 돌아간 듯 가사를 따라 부르며 잠시 시간을 잊었다.

가수이자 사회자인 남자는 관객들에게 멘트를 어찌나 잘 날리는지 연신 웃음보가 터졌다. 그는 자신의 악단을 소개하면서 인터넷 검색창 주소까지 안내하는 여유마저 보였다.

그들 역시 가창력은 일반 가수 못지않게 훌륭했다. 그들의 노래를 들으면서 순간적으로 20대로 회귀하는 느낌이었다. 잠시 동안이었지만 가슴 뭉클했고 행복감마저 들었다. 시골 장마당을 돌면서 노래하는 커플이 있다. 그들이 부부인지 애인인지 음악을 도모하는 동료인지는 잘 모르겠다.

여자는 30대 중반쯤으로 보이고 남자는 60대가 훨씬 넘어 보인다. 그들은 넝마 조각을 기워 입은 한복을 입고서 북과 장구를 치면서 노래한다. 물론 카세트에서는 연주가 흘러나오고 마이크도 사용한다.

노래 실력은 일반 가수 못지않다. 노래가 끝나면 그들은 호박엿이나 자신들이 노래가 실린 DVD를 판매한다. 자신의 과거 무대 경험과 자랑을 곁들이면서 홍보에 열을 올린다. 저들은 장사가 우선일까 노래가 우선일까.

공연을 마친 악단은 장터 후미진 곳으로 가 술을 푼다. 기부하듯 모금된 출연료는 싸구려 국밥과 술 한 잔 값밖에 안 되기에 그들은 언제나 생계의 위협을 받는다. 가족들의 비난에 직면하고 이탈되는 멤버들로 인해 슬픔의 고통까지 더해진다.

술과 함께 가슴 아픈 이야기가 오가며 결별이 선언된다. 먼저 싱어인 여자는 아들 둘을 키워야 하는 엄마로서 더 이상 돈 안 되는 악단에 합류할 수 없다고 말한다. 조금만 더 행렬에 참여해 달라는 부탁에 곧 아들 결혼식이 있어 힘들다고 한다. 또 한 멤버도 이번이 마지막 공연이라며 앞으로는 생계인 지붕 개량 사업에만 전념하겠다고 말한다.

이제 마지막으로 남은 멤버는 단 두 사람뿐이다. 그들 역시 가족의 생계 걱정에 직면해 있지만 끝까지 예술의 길을 가겠다고 선언한다. 그들이 주장하는 예술은 거창하고도 심오해 보인다. 누가 뭐래도 그들은 자신들의 예술을 사랑하고 향유하고 있다.

생계와 상관없이 자신의 재능을 따라 인생을 경주하는 것이다. 그들이 주장하는 예술은 순수와는 거리가 멀어 보일지 모른다. 정식으로 음악을 전공한 정통 연예인과도 차이가 있을지 모른다.

하지만 그들은 예술 그 자체로 만족하며 자신들의 천직에 운명을 걸고 살아간다. 자신들의 업을 사랑하고 향유하면서, 비록 성공의 문턱은 넘지 못했을지라도 가족들의 비난을 감수하며 자신들만의 예술의 영역을 지키고 싶은 것이다. 어찌 그들뿐이겠는가.

가난이나 주변의 시선과 상관없이 자신의 예술 영역을 지키고 싶어하는 많은 사람들이 있다. 자신의 소중한 꿈을 위해 올인하는.

내가 어린 시절만 해도 연예인을 딴따라로 부른 때가 있었다. 내가 아는 모 은사님은 문학 이외의 예술은 딴따라고까지 칭한 적이 있었다. 조선시대도 아니고 연예인이 대중의 우상처럼 군림(?)하는 세상에 어이없는 말로 들렸지만 연륜으로 보아 그럴 수도 있겠다 싶었다.

언젠가부터 한류 바람이 불기 시작하면서 한류스타라는 명칭이 생겨났다. 전 세계를 주름잡는 스타로 유명세를 떨치면서 국위 선양하는 일까지 생겼다. 그들이 벌어들이는 수익이 웬만한 기업의 수출량을 웃돈다는 기사도 읽은 기억이 난다.

명예와 인기, 부를 누리면서 이를 동경하는 젊은이들도 부지기수로 많이 생겨났다. 아이돌 그룹부터 시작해 지망생들이 넘쳐나는 바람에 부작용도 많이 벌어지고 있다. 그러나 돈과 상관없이 예술적 끼는 버릴 수 없는 숙명(宿命)과도 같다. 성공이란 고지에 오르지 못할지라도 꿈은 살아갈 힘과 명분이 된다.

또한 신이 내린 재능은 삶의 활력소가 되어 마음과 발걸음을 인도해 준다. 언젠가 인터넷 기사에서 읽은 내용이 떠오른다. 혜화동 소극장에서 공연하는 한 젊은 연극배우는 여러 군데 알바를 뛴다고 한다. 물론 공연이 없는 날이다. 본업이 생계를 지켜주는 게 아니라 본업을 위해 자신의 모든 여력을 쏟아 붓는 셈이다.

　힘들게 알바해서 생활고를 해결하고 나면 그는 무대에서 혼신의 힘을 다해 연기한다. 무대에서 연기하는 동안 그는 자신의 존재감을 느끼며 희열을 느낄 것이다.

　범인(凡人)이 돈에 목숨을 건다면(?) 그는 자신의 예술 영역을 지키기 위해 사력을 다하는 것이다. 그러나 끝내 생계의 위험이 길어지면 포기하고 돌아서는 사태가 발생할 수도 있을 것이다. 생활을 전혀 외면할 수 없을 테니까. 어찌 그 사람뿐이겠는가. 이 땅에는 순수예술을 지향하는 수많은 젊은이들이 있다. 금수저가 아닌 이상, 그들의 앞날은 참으로 험난해 보인다. 예체능 계열의 취업률은 해마다 최하위에 머물고 있다.

　창작활동과 취업은 별개라고 말할 수 있을 것이다. 그러나 그 이면에는 돈과 예술이라는 상관관계가 가슴 아픈 대목으로 와 닿는다. 순수 예술을 해서 생활이 가능한 경우는 극히 한정돼 있다. 강사나 교수 유력한 예술단 단원 등.

　내가 알던 평론가 부부는 박사학위를 소지했지만 시간 강사 자리를 얻기 위해 고군분투하는 것을 보았다.

　제대로 급여가 나오는 예술단은 앞으로 200년까지는 티오가 나오지 않는다는 말을 들은 기억이 난다. 벼락 히트를 치지 않는 한 예술가의 길은 거칠고 힘들 수밖에 없다는 결론이다. 예술을 해서 생계를 해결한다면 그는 행복자임에 틀림없다.

　그래도 예술 분야 중, 미술이나 음악 무용은 교습소라도 차려서 생계를 유지하는 경우가 있다지만 글쟁이는 어떠한가. 요즘 누가 글짓기 학원을 차리겠으며 창작교실을 열어 생계를 해결하겠는가.

더구나 문학무용론이 대두되는 이 시기에. 30-40년 전에는 글만 써서 생활하는 문학인(주로 소설가)이 열 손가락에 들었다고 한다. 그들은 인세를 받아 생활하는데 말하자면 출판사가 그들의 책을 팔아 가능했던 것이다.

그러나 요즘은 어떠한가. 스마트폰과 유튜브가 소통으로 자리매김하면서 문학이라는 글의 가치는 실종되다시피 했다. 이제 문학은 문자적인 기능만 하는 게 아닌가, 우려되는 상황이다. 더 이상 베스트셀러는 없다는 말이 종종 들려온다.

시대마다 항상 문학의 위기는 있어 왔지만 지금처럼 문학 무용론이 대두된 적이 또 있었던가. 얼마 전 여의도에 있는 대형서점에 방문했다가 깜짝 놀랐다. 폐업 신고를 하고 문을 닫은 것이다. 지점이 있던 사당동과 고속터미널점도 마찬가지였다.

서적 도매상이 최종 부도처리되고 출판사의 연쇄 도산이 이어지는 가운데도 여전히 출간은 이어지고 있다. 문학을 향한 집념 어린 작가들이 자비출판을 하기 때문이다. 돈이 생기기는커녕 오히려 거금을 들여가며 저서를 출간하는 작가의 심정을 범인(凡人)은 이해하지 못할 것이다.

예전에는 헝그리 정신으로 문학을 견뎠다면, 지금은 경제적 여유가 있는 작가들이 노후를 위한 정신적 지지대가 된 것 같다. 경로당을 방불케 하는 작단은 고학력과 경력을 자랑하는 여유 있는 지식인들로 넘쳐난다. 돈 없으면 문학도 하기 힘든 세상이 된 것이다.

문학상을 받은 작가들은 연거푸 책을 출간하고 수상 횟수도 늘어난다. 기이한 현상이다. 사람들이 작가라는 내 본업을 알고 나면 하는 말이 있다.

"책 써서 인세는 얼마나 받나요?"

모든 것이 돈과 연관되는 발상에 할 말을 잃는다. 그럼에도 문단에서는 작가를 최고의 명예로 알고 행동하는 행복한 사람들이 많다. 입만 열면 문학을 이야기하고 자랑을 쏟아낸다. 행복한 표정을 짓는 그들은 대부분 순수하고 열정적인 시인들이다.

그들의 순수하고도 열정적인 감성 앞에 감동할 뿐이다. 그들의 아름다운 시어를 지하철 스크린 도어에서 대할 때 역시나! 하고 감동을 느낀다. 언젠가 내 가 쓴 문장이 떠오른다.

예술은 형태가 바뀔 뿐 절대 사라지지 않는다.

그리고 언젠가는 문학의 가치가 인정받는 세상이 반드시 도래할 것으로 믿는다. 문학은 문맹이 아닌 이상, 가진 자나 못 가진 자나 배움의 정도와 상관없이 누구나가 즐길 수 있는 순수 예술이기 때문이다

개미 마을

서울에서 유일하게 현존한다는 달동네 동영상을 유튜브로 시청했다.

개울물을 끼고 낡고 퇴락한 가옥들이 등을 기대고 있는 마치 세월을 40년 전으로 회귀시킨 듯한 동영상이다. 요즘 웬만한 시골 벽촌에 가도 구경하기 힘든 장면들이 자연 풍광과 함께 옛 추억의 한 자락을 떠올리게 했다.

시골 오지도 아닌 서울 한 자락에서.

일명 개미마을이다. 명칭이 말해주듯 동네는 궁색한 모습이지만 자연스런 옛 모습을 영화의 한 장면처럼 연출해내고 있었다.

청소년 시절 봐왔던 동네 풍경이 라이브로 방송되고 있었다. 연탄불로 밥해 먹고 온돌방으로 추위를 견디는 그러나 어딘가 모르게 아늑하면서도 평화로운 느낌이 가슴속을 훈훈하게 달구고 있었다.

그곳에서만큼은 컴퓨터 인공지능이 전혀 필요할 것 같지 않았다. 인공이 첨가되지 않은 순수한 자연 하나면 만사 오케이일 것 같았다. 어릴 때 봐왔던 옛 장면이 바로 눈앞에서 생생하게 펼쳐지고 있었다. 가슴 한구석이 따뜻해지는 느낌이었다.

인왕산 산자락에 기대어 선 가옥들은 모두가 단층으로 빈 공터마다 푸성귀와 꽃들이 빼곡히 들어서 행인들의 눈길을 당기고 있었다.

웬만한 농촌에서도 구경 못할 진귀한 풍경들이 영상에 흐른다.

　요즘도 저런 마을이 존재하다니! 어릴 때 보았던 장면들이 저절로 떠올라 신기하기까지 했다. 70년대 근대 영화를 찍는다면 딱 알맞을 풍경이었다. 어린 청소년 시절이 눈앞을 스치면서 문득 가보고 싶은 생각이 들었다.

　집에서 나와 3호선 전철을 타고 홍제역에 내렸다. 거기서 마을버스를 타고 굽이굽이 언덕배기를 올라 드디어 개미마을에 도착했다. 인왕산이 바로 눈앞에서 짙은 초록 향기를 내뿜고 있었다. 등산로 입구에 공중화장실이 보였고 또 뽑기 달고나 장사가 산책객들을 호객하고 있었다.

　개울물 사이로 위태하게 형성된 주택가 앞에는 연탄재가 뒹굴고 마을버스가 지날 때마다 그림 같은 풍경이 이어지고 있었다. 산새 소리와 개울물 소리가 피톤치드로 폐를 정화하는 느낌이다. 이곳에선 초록과 자연이 대세다.

　이곳에선 복잡다단한 사고(思考) 대신 느낌만으로도 충분할 것 같다. 급경사진 골목길마다 스토리가 휘몰아치는 듯하다. 인왕상 등산로 입구에 회색 고양이가 보였다. 가까이 가서 보니 등산객들에게 사료를 얻어먹고 있었다.

　녀석은 상습범 같았다. 사람들이 주는 먹이를 받아먹으며 사랑까지 듬뿍 받고 있었다. 사람들이 고양이의 머리를 쓰다듬는데 애교가 장난이 아니었다. 몸집도 크고 사람을 잘 따르는 순둥이 고양이였다.

　가까이 다가가 캔 사료를 꺼내 먹여 주었다. 방금 먹었는데도 엄청 잘 먹는다. 근처에 있는 화장실에 가서 깨끗한 수돗물을 받아 갖다 주었다. 꽤 많은 양의 사료를 먹고 나더니 유유히 사라졌다. 마을 꼭대기 골목길에는 달고나 장사가 있었다. 산책객들 대부분인 중 장년층을 노린 것 같았다.

주변에 빈 공터마다 꽃과 푸성귀가 심겨 있어 마음이 저절로 풍요로워졌다. 담벼락에는 어느 화가가 그렸는지 화려한 채색으로 동화 같은 그림이 병풍처럼 이어져 있었다. 비탈길이 경사가 심해 겨울철에는 마을버스 운행이 힘들 거라는 이야기도 들려왔다.

등산로는 녹색 향기가 짙은 태고 적 신비가 느껴졌다. 숲 향기에 저절로 피톤치드가 되는 것 같았다. 새소리가 음악처럼 들려왔고 어디선가 다람쥐와 청설모가 뛰쳐나올 것 같다. 마음이 순화 작용을 일으키며 자연에 대한 감동이 전해져 왔다. 자연은 힐링이다.

마음을 힐링하며 순수에 젖게 한다. 자연은 창조주의 인간에 대한 섭리이자 선물로 많은 것을 생각하게 한다. 오염된 마음을 씻어내고 정결을 유지하며 살라고 교훈하는 것 같다. 개미마을은 가난이라는 이미지보다 옛것을 추억하게 하는 잔잔한 감동을 불러일으키고 있었다.

금방이라도 쓰러질 듯 수십 년도 더 되어 보이는 옛 집터는 복잡한 세태를 거부하는 몸짓이다. 그곳은 재개발이란 단어도 비껴간 듯하다. 폐가도 곧잘 눈에 띈다. 근심도 스트레스도 맥을 못 추고 사라질 것 같은 이상한 안정감이 흐른다.

이곳에선 왠지 돈 걱정은 안 하고 살아도 좋을 것 같은 느낌이 든다. 가난이라는 단어보다 평안이 자연과 함께 숨 쉬며 머물러 있다. 이곳에선 AI 인공지능도 맥 못 추고 그냥 지나갈 것 같다. 상처와 분노도 다 날아갈 것 같다. 옛 정취가 머문 낭만적 기운이 골목마다 흐르고 있다.

의식이 노회한 탓일까. 난 어떤 편리함이나 세련된 분위기보다 익숙하고 편안한 게 더 좋다. 대형백화점보다 전통시장이 더 좋고 아파트보다 단독주택이 더 좋다. 화려함보다 단출하고 소박한 게 좋다. 마구 사용해도 아깝지 않을 테니까. 옷도 마찬가지다.

젊었을 때는 정장 스타일을 주로 입었었다. 하지만 중년 이후로는 정장 스타일이나 스커트를 거의 입지 않는다. 굳이 입을 필요성도 느끼지 않는다. 그저 편하고 남 보기에 흉하지 않으면 그뿐이다. 따로 멋 부릴 만큼 마음의 여유가 있는 것도 아니다. 더 이상 남의 시선 따위는 신경 쓰지 않게 된다.

다 늙어서 온갖 치장하고 모자 쓰고 짙은 화장에 뾰죽 구두 신고 다니는 여자들을 보면 대단하다는 생각이 든다. 경제적 여유가 넘치는 것처럼 보일 수도 있지만 지나치면 추해 보여 얼른 고개를 돌려 외면한다. 나이 사십이 넘으면 자신의 얼굴에 대해 책임을 져야 한다고 했다.

노인일수록 온화한 인상은 좀처럼 찾아보기 힘들다. 노욕과 분노에 찬 표정이거나 삶에 찌들어 지친 표정인 경우가 더 많다. 거기에다 불같이 화를 내며 가르쳐들 때는 정말 난감하다. 온화한 표정으로 젊은이들에게 인정을 베푸는 모습은 찾아보기 힘들다.

세상은 고령사회로 진입한 지 오래다. 어딜 가나 노인이 보인다. 시니어니 실버세대니 하는 말을 흔하게 들을 수 있다. 노인의 특징은 고정관념이 강한 데 있다. 살아온 경력으로 고집을 꺾지 않는다. 그 고집이 얼굴에 나타나고 대화 속에 자주 나타난다.

그런 모습을 경원시하며 나도 어느새 고령층에 접어들고 있다. 노후 준비를 해야 한다는 소리가 사방에서 들려온다. 노인들의 잔소리를 듣기 싫어하면서도 나도 어느새 따라 하게 되고 옛것을 고집하는 것도 닮아가는 것 같다. 새롭게 변화하는 세태를 이해하기보다 외면하고 핑계 대기가 바쁘다.

구식이니 꼰대니 하며 기성세대를 비난했던 적이 엊그제 같은 정말 세월은 쏜 화살같이 지나 발 앞에 머물고 있다. 예전에는 주변에 나보다 연배가 많아 의지도 되고 편했는데 그분들이 하나 둘 안 보이기 시작한다. 그리고 나도 어느새 그들을 닮아가는 건 아닌지 자꾸 옛것을 추억하고 이야기하는 걸 좋아한다. 늙는다는 표시일 것이다.

억지로라도 변하는 세태를 익히고 가끔씩 젊은이들의 대화도 듣고 이해의 폭을 넓혀야겠다는 생각이 든다. 요즘 젊은이들이 어떻게 개미마을 같은 이야기를 이해하겠는가. 컴퓨터 AI 지능 드론을 살아가는 시대에.

요즘 젊은이들이 새마을 운동이나 5.18광주 7080문화를 어찌 알겠는가. 내가 젊었을 때 내 부모 세대가 일제 강점기나 보릿고개 이야기를 하면 질색을 하고 싫어했었다. 겪어 보지 않았으니 당연히 이해가 안 갔다. 그런 것처럼 요즘 젊은이들도 어려웠던 7080 세대의 이야기에 전혀 귀를 기울이지 않는다. 물론 이해도 못할 것이다.

옛말 개구리 올챙이 적 시절 생각 않는다는 설이 있었다. 성경에는 옛 기억을 생각지 말고 지나간 일은 기억도 말라고 했다. 하지만 힘들었던 옛날에 비해 현재는 모든 면에서 편리해졌다. 그 점은 감사할 일이다. 봄꽃이 만개할 쯤이면 다시 한 번 개미마을을 찾아볼 생각이다. 소설 구상도 할 겸.

전원일기

요즘 유튜브를 통해 80년도부터 20년간 방영되었던 국민 드라마 전원일기를 시청하고 있다.

혁신적인 전자문명 시대에 전원일기는 순수성과 인간애를 일깨우는 휴먼 드라마라 할 수 있다. 작금의 막장 드라마에 비하면 고전적인 측면이 있긴 하지만 이웃사랑과 소통이라는 점에서 많은 것을 시사해 주고 있다. 전원일기에 나오는 인물들은 끈끈한 이웃 공동체로서 멀리 떨어져 사는 가족보다 훨씬 낫다.

그들은 이웃의 고통이나 어려움을 결코 나 몰라라 하지 않는다. 바쁜 농사철에는 서로 품앗이를 하고 경조사 때에는 모두가 팔을 걷어붙이고 나서서 돕는다. 가족을 위해 희생하는 건 기본이고 동네에 독거노인이나 어려움에 처한 사람이 있으면 일심동체가 되어 나서서 도왔다.

남의 가정사라 해서 방관하거나 뒷말하지 않았다. 어른을 향한 깍듯한 공대와 섬김은 시청자들에게 효와 예를 가르치고 이웃을 향한 배려와 돌봄은 종교적 사랑을 웃돌고 있다. 이웃집에 마실 갔다가 저녁밥을 얻어먹고 늦게 돌아오는가 하면 탈선의 기미만 보여도 충고와 책망을 아끼지 않았다.

그들에게 이웃은 손해나 이익을 넘어선 상호 의존관계처럼 보인다. 다툼이 있다가도 금세 화해 무드가 조성되고 상황은 역전된다. 어느 구석에도 극도의 개인주의는 찾아볼 수가 없다. 이웃은 관심을 가지고 살아가는 거대한 공동체다. 마을길을 지나가도 서로의 안부를 묻고 관심사를 공유한다.

하지만 전면에는 가부장적인 사상이 있음을 부인할 수 없다. 평생을 시부모 봉양과 농사일로 청춘을 바친 김회장의 아내 김혜자의 일성(一聲)이 그것을 말해 준다.

난 내 청춘을 이 집안을 위해 바쳤다고 하며 처음으로 시어머니에게 항의성 발언을 한다. 시어머니의 팥죽에 새알심이 빠진 것을 기화로 때 아닌 시집살이 곤욕을 치르며 쌓였던 불만이 터져 나온 것이다. 그녀는 늙은 시어머니의 섭섭함을 풀기 위해 입맛 돋우는 음식을 대령하지만 매번 퇴짜 맞는다.

시어머니가 서울에 있는 큰딸 집에 간 뒤 며칠째 내려오지 않자 큰 걱정을 하며 남편과 함께 시어머니를 모시러 올라간다. 시어머니가 치매로 자리에 누워 오줌을 지리자 안타까움에 눈시울을 적시며 손수 이불 빨래를 한다.

그러한 김혜자의 모습은 효의 본보기가 되어 며느리 고두심도 시부모를 지극정성으로 섬기며 시대의 효부상을 보여주고 있다. 서울에서 대학교 학부를 나온 고두심은 시골 종갓집 맏며느리 역할을 하며 헌신적인 가족 사랑을 보여주는데, 그런 일은 80년대만 가능했던 것일까.

시어머니 김혜자는 그런 아들 부부를 자랑하며 흐뭇해 한다.

"우리 아들은 행정학과 나왔구요, 며느리는 대학교에서 사학과 나왔어요."

약방에 감초처럼 동네에 또 다른 효부가 있다. 일용네다. 일용네의 아내는 타고난 부지런함으로 살림과 재산을 늘려나가지만 역시나 시어머니의 화살은 피해 가지 못한다. 약간은 우둔한 듯 보이는 그녀는 위기에 처할 때마다 극적 반전을 이루며 가정을 지킨다.

알뜰 살림꾼으로 전형적인 농촌 주부상을 보여주고 있다. 쌍봉댁과 응삼의 사랑도 눈길을 끌며 끈끈한 사랑과 정을 느끼게 한다. 쌍봉댁은 한때 과부였다는 이유로 시어머니로부터 상처와 외면을 당한다. 하지만 곧바로 착하고 너그러운 마음씨로 얼음 같은 시어머니의 마음을 녹이고 웃음 짓게 한다.

또한 응삼은 아내의 상처를 감싸 안고 위로하며 가슴 뭉클한 감동을 전해준다. 아내가 집을 나간 도마네는 아들을 홀로 키우며 살아가는데 가슴 짠한 아픔을 전해준다. 객지에 나가 있는 아들이 오랜만에 고향에 들를 때면 동네 최고 어른인 김 회장댁 할머니에게 데리고 가 인사를 시킨다.

어른에 대한 예우를 가르치며 어른은 젊은이에 대한 덕담과 격려를 한다. 동네나 집안에 질서를 깨뜨리는 불상사가 발생하면 누구든 김회장의 부름을 받는다. 어른의 꾸중과 훈계를 들은 젊은이는 곧장 무릎을 꿇고 반성한다. 남의 개인사에 웬 간섭이냐고 항의할 법도 한데 곧장 어른의 말씀에 순종한다.

예전에는 그런 일이 가능했던 모양이다. 지금은 노인이 젊은이에게 버릇을 가르치려 했다가는 목숨을 걸어야 할 판이다. 실제 전철 안에서 못된 젊은이에게 야단을 쳤다가 폭행당했다는 소식을 들어도 놀라는 사람은 많지 않다. 오히려 노인의 무모함을 지적할 뿐이다.

요즘 세상에 노인의 말에 순응하는 젊은이가 어디 있다고 나서는가, 하며 노인네를 질책한다. 그건 나의 부모님 시대에나 가능했던 일이다. 고령화 시대에 접어들면서 노인 혐오증마저 생겨나는 세상이다. 노인이라고 해서 예전의 상식을 가지고 행동했다가는 어떤 위험에 처할지도 모른다.

나는 7080세대이긴 하지만 전원일기에 나오는 그런 삶을 살지는 않았다. 농촌이 아닌 서울에서 생활했고 공동체 의식이 결여된 개인주의적인 삶을 살았다. 그런데 전원일기를 시청하는 내내 가슴속에 울림이 있었다. 이웃과의 소통이 왜 중요한지 새삼스레 깨닫게 되었다.

현세대는 공동체 의식이 결여된 채 살아가고 있다. 몇 년 전 고려대 출신 여성과 대화한 적이 있었다. 예전에는 연고전(연세대학교와 고려대학교와의 체육대회)이 세간의 관심사였다. 최고의 사학명문인 두 대학의 체육대회가 열릴 때면 온 언론매체가 중계방송을 했고 동문출신들도 관심이 집중되곤 했었다. 그런데 언젠가부터 동문들의 관심이 시들해지더니 아예 사라져버렸다고 한다.

이유는 학교 동문이라는 공동체 의식이 사라진 것이다. 나도 모교와 관한 소식이 들려와도 그다지 큰 관심이 쏠리지 않는다. 동창회에 참석하라는 카톡이 와도 그냥 지워버린다. 예전에는 교회 공동체 임원선출에 서로 나서려고 했지만 지금은 서로 안 맡으려고 한다.

시간과 물질 인간관계에 마음 쓰고 싶지 않다는 표시이다. 나에게도 그런 제의를 오면 거절하고 만다. 무엇보다 인간관계에 힘쓸 시간적 심적 여유가 없기 때문이다. 모임도 중요한 모임 외에는 가급적 피한다. 코로나로 인해 이런 단절 현상은 더 심화되는 것 같다.

온라인 예배니 현장 예배니 하는 단어가 생겨나면서 예배에 대한 인식도 달라졌다. 온라인이라는 새로운 예배 형식이 생겨나면서 많은 게 바뀌었다. 예배드리는 성도가 시청자적인 입장으로 바뀌면서 굳이 교회 출석을 해야 하나 하는 식으로 생각하는 부류도 있다고 한다.

교회가 코로나 진원지가 된 것처럼 매체가 떠들어대면서 예배 출석 인원도 급격히 줄었다고 한다. 내가 살던 동네 교회는 코로나가 시작되면서 거의 1년 정도 교회를 폐쇄하더니 급기야 공고문이 나붙었다. 교회 건물 내에 있는 상가를 임대한다는 것이었다.

정부 시책에 적극 협력했을 뿐인데 이상한 현상이 나타난 것이다. 세상은 인터넷과 유튜브의 발달로 점점 소통 수단이 편리해지고 있다. 시초는 아무래도 전화가 아니었던가 싶다. 전화로 안부와 인사치레를 대신했기 때문이다. 요즘은 웬만한 연락은 카톡이나 문자 메시지로 한다.

굳이 전화 통화를 할 필요를 느끼지 못한다. 내가 등단할 당시인 25년 전만 해도 공지사항은 우편으로 받았었다. 지금은 카톡이나 홈페이지로 대신한다. 그만큼 우편으로 하는 수고는 던 셈이지만 정(情)은 점점 더 메말라져 가는 것만 같다. 개인주의는 점점 팽배해져 가고 공동의 관심사가 아니면 대화마저도 안 하려 든다.

나는 이사 오기 전까지 60평생을 노량진에서 살았다. 우리 집은 다가구 주택으로 여러 가구가 살고 있었는데 나는 그중 누구도 기억하지 못한다. 이웃집도 마찬가지다. 어쩌다 아는 이웃을 만나도 고개를 까닥하고 지나치는 정도였다. 그런데 상도동 빌라로 이사 왔는데 아래층에 사는 노부부가 커피나 한잔하자며 먼저 인사를 해서 속으로 놀랐다.

노부부는 만날 때마다 친절과 웃음을 보이는데 현관에 천주교 교패가 붙어 있다. 우리 앞집에는 홍제동 교회 교패가 붙어 있는데 만나면 꼭 인사를 건넨다.

커피 한잔 하실까요? 언제쯤 시간 되세요?

바빠서요. 제가 일을 다니느라.

이 정도면 대인기피증도 심한 편이다.

반면 고양이는 끔찍하게 위한다. 나뿐만이 아니다. 소통이 불통이 될수록 반려동물 사랑은 급증하는 양상이다. 사람 대신 동물과 교류하며 이기적인 감정에 몰입하는 것이다. 동물은 말은 못하지만 상처는 주지 않는다는 이유에서다. 이익 집단이나 신앙 공동체도 마찬가지다.

관심사가 같은 부류끼리는 소통이 잘 되지만 그렇지 않은 경우는 거의 무관심한 상태에서 지낸다. 서로 긴밀한 상관관계도 없는데 관심을 보이면 부담스러워 한다. 곧장 난색을 표하며 남이사 하며 기분 나빠하는 경우마저 생긴다.

나 역시 다른 사람에게 쓸데없는 관심은 보이지 않는 걸 원칙처럼 하며 살아간다. 상대의 처지도 모르면서 가족사나 과거에 대한 질문은 삼가는 게 좋다.

그럼에도 사람은 결코 혼자서는 살아갈 수 없는 존재이다. 특히 위기를 만났을 때 가족이나 이웃의 도움은 절대 필요하다. 그러기 위해선 평소에 소통을 잘해야 한다. 신앙공동체에 중보기도가 필요한 이유도 다 여기에 있다. 무엇이든 심는 대로 거둔다는 말씀이 있다.

지금 지방이나 시골에는 공동화 현상이 심각하다고 한다. 토착민들이 사망하면서 살던 집이 그대로 방치되는 것이다. 이사 올 사람이 없으니 방치되는 것이고 집주인의 자녀들도 집을 팔 생각을 안 하다 보니 마을은 점차 비어가다 마침내 버려진 채로 남겨지고 마는 것이다.

의성시에는 지난해 신생아 출생이 단 한 명도 없었다고 한다. 해마다 빈집이 늘어나 마을 전체가 공동화되는 곳도 늘어나고 있다. 그리고 농촌에서는 외국인 근로자가 아니면 제때 농사도 못 짓는다고 한다. 외국인 신부를 수입해 왔다가 야반도주하는 경우도 있고 이혼한 자녀 부부 대신 어린 손주를 키우는 노부모도 있다고 한다.

조석변의 인심에다 무너진 충효사상이야 더 말할 필요가 있겠는가. 그래도 사회 한 구석에는 어둠 속에 빛을 밝히는 공동체도 많이 있다. 세상은 갈수록 개인주의가 심화되는 것 같다. 그러나 공동적인 관심사가 늘어나면서 지구촌도 하나의 커다란 공동체임을 부인할 수 없다.

러시아와 우크라이나가 전쟁에 돌입하면서 어느 나라든 직간접적으로 영향을 받으면서 인권적인 문제에 관심이 쏠리고 있다. 환경 문제도 마찬가지다. 앞으로 50년 이내에 지구의 온도를 5도 이하로 낮추지 못하면 지구가 폭발할 위험에 처한다고 한다. 그래서 생겨난 운동이 저탄소 운동이다.

뿐이랴, 코로나라는 엄청난 역병이 확산되면서 생겨난 기현상은 슬프기까지 하다. 미세 플라스틱은 바다를 오염시키면서 생태계를 파괴시키고 있고 생명체의 부분별한 남획으로 전멸 위기에 처한 동식물도 많이 있다. 이러한 자연계의 재앙도 공동체적인 위기의식을 갖지 않는 한 파멸은 급속도로 빠르게 다가올 것이다.

전원일기에 나오는 극중 인물들처럼 공동체적인 관심사에 온 세계가 반응할 언젠가는 좋은 세상이 오리라 믿는다. 그러한 이웃이 생겨나길 기대하면서 나 먼저 손을 내밀어야지 다짐해 본다.

주행 동영상

유튜브를 시청하다 보면 관광지나 일반 국도변을 드라이브 코스로 보여주는 동영상이 있다. 일명 주행 동영상이다.

유튜브 검색창에서 지역명을 클릭하면 국도변에 위치한 마을 풍경을 풀 동영상으로 감상할 수 있는데 수도권과 강원도 지방 유명한 곳이면 시청이 가능하다. 동영상은 처음부터 국도변을 중심으로 낯선 마을 풍경과 지역 명소를 자세히 보여주는데 어느덧 장면 속에 점점 빠져들게 된다.

옛 국도는 추억이다.

시골 읍내를 달리던 주행 차량은 어느덧 산봉우리 뭉게구름을 지나 들판을 지나더니 간이 버스 정류장 앞길을 지난다. 이정표와 철로 변과 교각을 달리며 바위산과 녹음 청청한 계곡을 지나고 있다. 진노랑 새 빨강 새 하양 봄꽃을 비추더니 총천연색 가을 단풍도 비추고 있다.

눈 쌓인 도로를 달리며 기와지붕 굴뚝 위에 연기가 피어오른다. 빨간색 소형 승용차 뒤로 이정표가 보인다. 그림처럼 펼쳐진 전원주택의 높은 창문과 광고판에 매달린 빗방울에 생명력이 느껴진다. 차량은 점점 속력을 높이며 지나온 세월도 빠르게 지나고 있다.

이제 차량은 궁벽진 시골길을 달리고 있다. 햇볕 쨍쨍하고 푸른 논밭이 한눈에 들어오는 마을이다. 언젠가 저런 곳에서 살고 싶었다. 한적한 시골 동리에서 타인처럼 살고 싶었다. 개울물에 발 담그며 장작불에 감자랑 고구마랑 구워 먹으며 초록 향기에 취하고 싶었다.

소설이나 영화 속의 극중 인물이 된 듯한 착각이 들면서 점점 마음 한편에 한갓진 느낌이 몰려온다. 배경에 흐르는 음악은 옛 추억을 상기시키고 그러면서 안정된 평화가 점점 차오른다. 힘들었던 지난날의 여정이 영상과 함께 힐링을 선사하는 느낌이다

여행은 신이 인간에게 내린 축복이라고 했던가. 여행이야말로 휴식과 힐링의 대명사가 아니던가. 그러나 곧바로 여행을 떠나기란 결코 쉽지 않다. 여러 가지 제약된 조건이 많기 때문이다. 그런 바쁜 현대인들을 위한 것일까. 드라이브 동영상은 잔잔한 음악과 함께 여행길을 라이브로 보여주고 있다.

시시각각으로 변해가는 현실 앞에 낯선 풍광을 보여주면서 잠시 휴식을 취하며 안식하라고 암시하는 것 같다. 동영상은 러시아풍의 옛 팝송 또는 트롯 가락을 깔고서 외진 읍내 풍경이나 궁벽진 마을을 라이브로 보여준다. 전형된 촌락 풍경을 영화의 한 장면처럼 보여 주는데 마치 여행객이 되어 그곳을 순회하는 듯한 느낌을 준다.

영상은 끊임없이 진행하며 마을 방앗간이나 외진 음식점과 농기구 수리소와 휘몰아치는 강물을 방송한다. 생동감 있는 사계절의 변화를 한적한 국도변과 인적 뜸한 시골길을 통해 보여주고 있다. 눈 쌓인 도로변이나 푸른 삼림(森林)과 파도치는 바닷가를 단색으로 보여주면서 미처 상상하지 못한 진한 감동을 일렁이게 한다.

과거와 현재가 합치되면서 여흥심리를 자극하고 있다. 마음은 동영상과 함께 점점 외진 마을로 빠져들고 있다. 옛날과 달리 개화된 시골집들은 도회지와 별반 다를 게 없어 보이지만 그곳엔 어쩐지 안정된 평화가 흐르는 것만 같다. 영상을 시청하는 동안 계속 마음속에 떠오르는 단어가 있다.

떠남과 일탈, 그리고 항상 마음속에 전개되는 여행이란 단어이다. 모두 자유와 해방이란 의미를 담고 있다. 언젠가 읽은 광고 카피가 떠오른다.

열심히 일한 당신 떠나라.

현실이라는 과제 앞에 담금질 당한 마음에게 휴식을 명령하는 카피이다. 몸과 마음의 진정한 휴식을 위해 또다른 의미의 재충전을 위해 잠시 떠나볼 것을 권유하는 메시지가 담긴 광고 카피다.

그러나 마음과 달리 쉽게 떠날 수 없는 사람들에게 유튜버는 대신 주행 동영상을 통해 대리만족시키고 있다. 시간적 심적 여유가 없어서 쉽사리 떠나지 못하는 영혼에게 동영상은 일말의 휴식과 위로를 전해주고 있다.

가고 싶었지만 가보지 못한 곳, 힐링을 위해 고민하고 있던 사람들에게 동영상은 일탈을 위한 욕망과 그리움을 선사하고 있다. 모든 시름을 내려놓고 잠시 자연의 풍광에 취해 보라고, 낯선 길을 여행하면서 잠시의 안식을 누려 보라고 권유하고 있다.

끊임없이 전개되는 영상은 간접 여행이란 단어와 함께 여유로움을 선사한다. 푸른 삼림과 개울물 전원주택 등을 보면서 힐링을 느낀다. 언젠가 저런 곳에 들어가 만사를 잊고 마음 편하게 살아 보았

으면 일탈을 꿈꾸게 한다. 당장 떠나고 싶은 충동에 마음이 조급해
진다.

자연에 파묻혀 복잡한 현실을 잊고 싶은 유혹에 가슴이 흔들린
다. 일탈과 여행의 의미는 다르다. 일탈을 현실 궤도를 이탈해 벗어
나는 의미가 크고 여행은 자연으로부터 위로와 힐링을 얻기 위해
잠시 떠나는 것을 의미한다. 그러니까 일탈과 여행의 의미는 다른
것이다.

어느 날 유튜브를 감상하다가 젊은 시절 내가 잠시 머물렀던 지
역을 검색했다. 놀랍게도 그 지역 근방을 촬영한 드라이브 동영상
이 있었다. 내 소설 속에 자주 등장하는 그곳은 최전방 지역으로 상
권이 무너지고 곧 해체될 위기에 몰린 곳이었다.

군청에서는 지역주민의 이탈을 막기 위해 갖가지 대책을 내놓았
지만 효과를 거둘 수는 없었다. 지역 상권을 쥐고 있던 군(軍) 인력
이 상당 부분 빠져 나갔기 때문이다. 많은 주민들이 빠져나간 동리
구석구석을 촬영한 동영상은 20분가량 진행되었는데 감개무량이었
다.

40년 가까운 세월이 흐른 그곳에 엄청난 변화는 당연한 것이었
다. 모래 흙길은 아스팔트로 변모하고 길도 넓혀지고 교량도 늘어
났지만 인적은 드물었다. 아니 아예 보이질 않았다. 면사무소 근처
에서 출발한 자동차는 기와마을 다리를 건너 중학교 앞을 지난 뒤
부대 입구로 들어섰다.

중학교 앞에서 직진 코스로 빠지면 남면과 가오적리 도치리를 지
나 곧장 읍내가 나온다. 내가 근무하던 곳은 중학교에서 연대본부

로 향하는 앞길에 있었다. 젊은 시절 그곳에 있는 초등학교에서 2-3년간 근무했었다. 거의 40년 가까운 세월이 흘렀다.

천지가 변해도 열 번은 변했을 세월이다. 동영상은 연대본부 입구를 지나는 듯싶더니 돌연 오른쪽으로 향했다. 한 주택가에서 오른쪽으로 직선 도로가 나 있었다. 그곳에서 한적한 길을 지나는데 방금 전 지났던 길목이 다시 나타났다. 중간에 수목원 입구란 팻말이 보였다.

지방자치제를 두고 관광명소로 개발한 것 같았다. 그 길목을 지나자 내가 근무하던 초등학교가 보였다. 스쿨존 표시가 보였다. 전교생이라고 해봐야 수십 명도 안 되는데 어린이 보호구역이란 팻말과 함께 여러 표시가 있었다. 학교 홈페이지도 개설돼 있어 격세지감이 들었다.

40여 년 전 다 쓰러져 가는 기와집에 쥐가 출몰하던 관사는 3층짜리 깨끗한 외양과 함께 에어컨 시설까지 겸비한 초호화(?) 시설로 변해 있었다. 앞에는 너른 주차장까지 완비돼 있었다. 춘천에서 출퇴근하는 직원들을 위한 특별한 배려 같았다.

차량은 학교 앞을 지나 드디어 연대본부를 지났다. 그 길을 따라 또 다른 도로가 형성돼 있었다. 논밭 들판을 지난 차량은 또 다른 길로 접어들었는데 어쩐 일인지 다시 학교 앞을 지나고 있었다. 좁은 시골길을 구석구석 돌면서 이정표 역할을 하는 듯 보였다.

차량은 다시 마을 앞길을 지나 작은 교량을 지나더니 이번에는 면사무소 근방을 주행했다. 옛날에 그곳 근처에 유명한 막국수 집이 있었다. 관내에 중요한 인물이 방문하면 최고 음식 솜씨를 자랑하는 그곳에서 대접하곤 했었다. 군 장성들도 곧잘 이용하는 곳이 었다.

그러나 음식점 간판은 눈을 씻고 찾아도 없었다. 하긴 40년 세월이 아니던가. 면사무소를 지난 차량은 다시 면내 상가를 돌더니 휴전선이 있는 ××를 향해 전진했다. 그곳에서 조금만 더 지나면 비무장지대가 나온다. 여러 번 방송을 탔던 곡창지대이다.

내가 근무하던 40년 전만 해도 자주 간첩이 출몰했던 위험지역이 지금은 비교적 통행과 촬영이 자유로운 곳이 되었다니 참으로 격세지감이 든다. 내가 그곳을 떠난 지도 40년가량 되었으니 함께 근무하던 직원들 나이도 거의 80대가 된 셈이다. 그들은 나보다 거의 20년 연배였으니 이미 천국행 열차를 타신 분들도 있으리라 생각해 본다.

세월은 고마운 것임에 틀림없다. 용서와 망각을 선물해 주고 떠나는 열차와 같다는 생각이 든다. 과거에는 사무쳤던 아픔도 뼈저린 후회도 세월은 다 무마해 주니까. 그리고 지나간 아련한 추억은 새로운 감동이 되어 오랜 세월 가슴을 뭉클하게 한다.

예전에 그곳에 근무할 당시만 해도 핸드폰은 꿈도 꾸지 못했었다. 시원한 에어컨 바람은커녕 선풍기도 없이 근무하고 겨울이면 영하 20도 넘는 추위 속에도 겨우 연탄난로로 언 몸을 녹여야 했다. 일반 가정에서도 난로 없이는 겨울나기가 힘들 정도였다.

세상은 변화를 거듭해 핸드폰 컴퓨터 인공지능 드론이란 신종단어를 만들어냈고 유튜브라는 신종 소통도구가 생겨나 세월을 넘나드는 시대가 되었다. 직접 가지 않아도 간단한 클릭 한 번만으로 옛

적 장소를 찾아가 회상에 잠길 수 있으니 얼마나 편리한 세상인가.

하지만 그때는 듣도 보도 못한 미세먼지란 단어와 함께 코로나라는 신종 전염병이 생겨 숨도 제대로 못 쉬는 세상이 되었으니 세월의 변화는 알다가도 모를 일이다. 코로나라는 역병으로 외출마저 버거운 세상이라 많은 사람들이 유튜브에 몰입하며 살아간다고 한다.

나도 저녁이면 간단한 기도를 마친 뒤 유튜브를 열어 각종 기사와 관심거리를 찾아 클릭한다. 따로 SNS는 하지 않는다. 비밀 보장이 되지 않는 소통거리는 위험하기 때문이다. 편리한 세상일수록 위험지수는 높아지고 인심은 각박해지는 것만 같다.

서로에 대한 관심사를 인터넷 매체로 소통하다 보니 어떨 땐 관심 밖으로 밀려나 소외된 느낌이 들 때가 더 많다. 하지만 어쩌랴, 이렇게 역병이 창궐하는 세상에 이마저 없다면 어찌 견딘단 말인가. 오늘도 나는 유튜브를 뒤져 옛 추억거리를 찾아 감상한다. 참으로 편리한 세상이다.

성공담

예전에는 성공담이나 입지전적인 인물을 소개할 때 약방의 감초처럼 가난과 역경이라는 단어가 뒤따랐었다.

그만큼 역경의 신화를 일군 인물들이 많았기 때문이다. 그건 현재 고난 속에 살아가는 많은 사람들에게 발군의 힘과 용기를 주었었다. 그런데 그런 역경의 삶을 살았던 7080세대나 베이비붐 세대들의 이야기가 차츰 퇴장하면서 예전의 성공담은 사라진 느낌이다.

가난이나 역경 대신 좋은 환경 속에서 자란 화려한 이력을 바탕으로 성공한 성공담이 더 주류를 이루고 있다. 좋은 가문 부유한 가정환경 속에서 우월한 유전인자를 갖고 태어난 금수저들의 성공담이 이어지고 있는 추세이다. 복음에도 순교자적인 십자가 대신 번영신학이 주류를 이루고 있는 것처럼.

사람들은 이제 남들의 어려운 과거 현장이나 실패담에 더 이상 귀를 기울이지 않는다. 세상적인 스펙은 교회에서도 자주 인용되고 등장하고 있다. 솔로를 하는 성악가나 초청 인사들이 소개될 때는 프로필이 자막으로 뜨는데 하나같이 일류학부를 나왔다. 그건 기본이고 유학 경험을 필수조건처럼 끼어들고 있다.

그렇게 우월감을 나타내고 공유하고 싶어 하는 무리들이 많기 때문이다. 간증할 때도 마찬가지다. 툭하면 조상의 전력을 들먹거리는데 웬 일제 강점기 때 큰 지주와 관리출신이 많았는지 모르겠다. 친일파를 연상시키는 대목에도 관중들은 대체로 잠잠하다. 그들은 일제 강점기 말기에도 금수저로 살았는지 호의호식에다 고학력의 혜택까지 갖추었다. 나로선 도저히 이해가 안 가는 부분이다.

사도바울은 고대 당시 가말리엘 문하의 최고학부와 로마시민권자에 좋은 가문 출신이었음에도 복음을 위해 그것을 배설물처럼 여겼다고 했다. 오히려 그런 기득권을 버리고 복음을 위해 극한 고난을 영광으로 여기며 살았다고 술회하고 있다. 이 시대에 그런 신앙인이 과연 몇이나 있을까.

내 주변에는 세상 영광에 목숨 걸면서 자신을 천사나 의인처럼 여기는 사람들이 많다. 심지어 스스로 겸손하다고 자랑까지 한다.

C.S.루이스는 말했다.

교만은 인정받고 싶어 하는 마음속에 가장 많이 숨어 있다. 인정받고 싶은 마음이 전혀 없다면 그건 거짓말일 것이다. 그러나 정도가 지나치면 교만의 화신이 된다. 감성적일수록 눈이 높을수록 인정받고 싶은 마음과 교만은 정비례한다. 이들의 특성은 전혀 자신을 들여다볼 줄 모르는 데 있다.

무슨 사건이 발생하면 모든 걸 남의 탓으로 돌린다. 더 나아가 자신의 선과 의를 자랑하기에 바쁘다. 남들의 충고에는 전혀 귀를 기울이지 않는다. 그러다 인정받는 순간이 다가오면 교만이 정수리 꼭대기에 이른다. 기고만장 안하무인의 극치를 달리는데 이상하게 내 주변에는 그런 사람들이 차고 넘친다.

이런 성격의 유형은 에니어그램 상에서 2번 성격에 해당한다. 이들은 언뜻 보면 천사 같은 양상을 띤다. 각종 봉사활동에도 적극적인 반면 위선과 가면을 쓰는데도 능숙하다. 또 한 가지 특징은 한번 쓴 가면은 절대 벗으려 하지 않는다. 높임 받는데 지장이 있기 때문이다.

어디 이들 뿐이겠는가. 세상 영광과 권세 명예에 미친 자들도 다이와 같은 비슷한 양상을 띤다고 할 수 있겠다. 요즘 인터넷상에 떠오르는 대부분의 성공담은 화려한 배경과 우월한 유전인자를 바탕으로 성공한 경우가 많다. 대체로 그렇다.

그들의 주장처럼 가난하고 잘못된 가정환경과 낮은 유전인자를 가진 사람은 성공을 꿈꾸기조차 힘든 세상이 되었다. 예전에는 개천에서 용 난다고 했지만 지금은 투자한 만큼 거두는 세상이다.

그래서 사교육의 열풍은 결코 수그러들지 않을 것이다. 나는 내 나이의 많은 사람들이 그렇듯이 흙수저 출신이다. 평범보다도 못한 환경 속에서 사느라 주변 사람들로부터 개무시(?)도 많이 당했다. 내가 봤을 때 그들도 결코 좋은 환경이 아니었는데도 그랬다.

사람들은 타인의 약점을 캐치하는데 천재적인 기능을 발휘하고 발 빠르게 움직인다. 그게 인간 본성의 악이고 인과응보에 대해서는 전혀 생각하지 않는다. 내 약점을 물고 늘어지면서 해악을 끼쳤던 사람들이 많이 있었다. 나는 그것을 거울삼아 나처럼 상처받고 힘든 처지에 있는 사람들을 향해 위로하는 글을 많이 썼다.

이것이 내가 가지고 있는 유일한 섬김과 봉사정신이다. 세상은 우월한 유전인자를 가진 사람들이 성공하고 행복하다고 생각한다. 그러나 생각해 보라. 인간적인 힘으로 최고봉에 올랐다고 해도 추락하는 것은 순간 아닌가. 높이 오르면 오를수록 추락할 때는 더 비참한 법이다.

낮은 처지에 있어 본 사람들은 추락하는 걸 두려워하지 않는다. 설사 갖은 방법으로 높은 위치에 올라섰다 해도 마찬가지다. 왜냐하면 예전의 경험으로 다시 시작하고 일어설 테니까.

금수저와 흙수저

동네에서 버스를 기다리다 오랜 지인(知人)을 만났다. 30대 동안(童顔)으로 보이는 그는 동네 개척교회에서 만난 교우(敎友)였다. 갸우뚱한 표정으로 나를 바라보던 그가 확인하듯 물었다.

"어? 그 성덕교회에서 만난, 누나 맞죠?"

아내로 보이는 여자와 서 있던 그는 50대 초반의 나이임에도 전혀 중년의 나이로 보이지 않을 만큼 외모가 젊고 출중했다. 그런데 의사가 이 시간에 진료도 않고 웬일인가? 궁금증을 가지고 바라보는데 40년 세월이 가슴을 훑고 지나갔다.

40년 전, 동네 개척교회에서 만난 그는 내 둘째 남동생과 동갑내기로 의대생이었다. 그의 큰누나는 나와 동년배이고 명문여대를 나온 재원이었다. 또한 그의 작은누나 역시 명문여대 음대 출신으로 졸업한 뒤 결혼과 동시에 미국으로 떠났다는 소식을 들은 바 있다.

40년 세월 속에서 잊지 않고 얼굴을 기억해 내며 마음이 신산(辛酸)했다. 내 소설 속에도 등장하는 그의 가족은 나의 로망과 같았다. 시쳇말로 그들은 금수저였다. 나는 흙수저, 아니 무수저 같았다. 여고 2학년 때 이사 온 동네에서 처음 나간 개척교회에서 그의 가족은 주요 멤버였다.

나와 동년배였던 그녀는 성이 윤(尹)이었다. 초등학교 다닐 때부터 반장을 도맡아 했고 공부도 잘해 항상 수위를 차지했다. 집안도 좋았다. 군 출신인 아버지에 의사인 외삼촌을 비롯해 부유한 신앙 가문이었다. 그렇게 공부도 잘하고 외모도 괜찮은 그녀는 어쩐 일인지 대학에 떨어져 재수를 했다.

그때 내 상식으로는 후기 대학을 칠 줄 알았는데 그녀는 집안의 권유로 재수를 해 이듬해 명문여대에 합격했다. 그리고 졸업 후 종합병원 원장실에서 비서로 일 년쯤 근무하다 결혼했다. 대학 미팅에서 만난 의대생과 결혼했는데 체격이 훤칠하고 집안도 쟁쟁하다 했다.

데이트 하는 장면을 여러 번 목격하곤 했는데 나중에 알고 보니 그들은 속도위반을 해 결혼한 지 7개월 만에 아들을 낳았다. 그래서 교인들은 그들 부부를 볼 때마다 놀리곤 했었다. 그녀가 아기를 낳자 친정에서 모든 뒷바라지를 했고 그녀는 아들이 돌도 되기 전에 대학원에 진학했다.

그 후 군의관이 된 남편을 따라 최전방에서 살면서 딸도 낳았고 형통한 삶을 살아간다는 소문을 들었다. 그녀는 여러 모로 복 받은 금수저임에 틀림없다.

능력 있는 의사 남편에다 부유한 친정에 남동생도 의사고 외삼촌도 의사에다 본인 또한 학원강사로서 능력을 맘껏 발휘하며 살아가고 있으니 말이다. 아마 지금쯤은 손자도 여럿 보았으리라 짐작한다. 그 윤뿐만이 아니라 그 개척교회는 교인 수는 적음에도 세상에서 잘 나가는 사람들이 많았다.

그들은 가끔 내 소설 속에도 등장하곤 하는데 나는 그들을 통해 차이를 설명하고 싶었다. 그 차이란 바로 금수저와 흙수저를 말한다. 혹자는 그것을 두고 피해의식이니 핑계니 억지주장이라고 할는지 모르지만 그 차이는 반드시 존재한다. 우선 출발부터가 다르기 때문이다. 타고난 건 두뇌뿐만이 아니다.

환경(출신) 탓도 반드시 존재하는데 그게 바로 금수저와 흙수저의 차이다. 옛날에는 개천에서 용나고 형설지공이라 하고 집안과 상관없이(?) 인물이 탄생했다. 그만큼 기회가 많았다는 뜻이다. 본인의 노력 여하에 따라 기회가 많았다.

그러나 지금은 모든 게 투자의 법칙에 의해 이루어진다. 그만큼 노력을 통해 성공하는 신분상승의 기회가 적어졌다는 것을 의미한다. 어쩌면 헬조선이란 신조어가 생겨난 것도 결코 우연만은 아니다.

헬조선이란 열정페이, 취업난, 삼포세대를 의미하는 것으로 지옥(hell) 조선(朝鮮)의 합성어이자 신조어이다. 그도 그럴 것이 각종 업무를 인터넷을 통하여 대신하고 있고 날로 지능화하는 컴퓨터의 위력은 직업군을 사멸시키는 일등공신이기 때문이다. 앞으로는 수술도 로봇이 하고 각종 전화업무나 청소 택배업무도 드론이 대신한다고 하니 취업의 문은 더욱 좁아질 것이다.

오죽하면 젊은이들 사이에 결혼 포기, 출산 포기 현상이 당연한 풍조처럼 번지고 있을까.

이것을 단순히 비관적 사고나 편의주의쯤으로 치부해서는 안 될 것이다. 사실을 직시하고 인정할 건 인정해야 한다. 그렇다고 그들의 주장에 적극 동조하고 싶지는 않다. 그 이전 세대들도 더 힘들고 어려운 상황 속에서도 난관을 극복하며 살았으니까.

그리고 성공한 기득권층만 볼 때에도 금수저가 아닌 흙수저 그보다도 못한 무수저 출신들도 얼마든지 존재하고 있다. 요즘 한참 뜨고 있는 황교안 국무총리도 고물상을 하는 가난한 집안에 태어났고 (흙수저 출신) 기득권을 대표하는 스카이(서울대 연세대 고려대) 대학 출신도 아니다.

그럼에도 여당에서 수시로 러브콜을 받으며 여론조사에서 계속 승승장구하고 있다. 물론 금수저라 해서 다 신분상승의 기회가 주어지거나 성공 케이스가 되는 건 아니다. 출발이 남들보다 좀더 쉽고 기회가 많을 뿐이다. 그게 다 금수저를 물고 태어난 출신 덕분이겠지만.

그보다는 환경과 상관없이 평안과 행복감을 누리며 사는 게 더 중요하지 않을까?

긍정적 사고로 환경이나 조건과 관계없이 누리는 만족감, 그건 분명 하늘의 소망과 좋은 인간관계에서 오는 넉넉한 인심일 것이다. 누구나가 다 편안하고 성공적으로 살아갈 수는 없다. 그리고 그것을 원한다고 해서 다 주어지는 것도 아니다. 거기에는 어떤 절대적인 힘과 운명적인 기회가 주어져야 할 것이다.

그렇다고 운명 탓만 하기엔 인생은 너무 짧고 수시로 다가오는 기회를 그냥 놓쳐서는 안 될 것이다. 기회는 수시로 다가오는 것이고 그것을 잡느냐 못 잡느냐는 본인의 노력과 의지에 달려 있는 것이니까.

어쩌면 기회란 신이 인간에게 내려준 가장 공정한 선물인지도 모른다. 우리 집은 윤(尹)의 집안에 비하면 흙수저에 불과했지만 내 남동생은 굴지의 재벌그룹에서 억대 연봉을 받으며 생활하고 있고 나 또한 꿈을 이루어 만족을 누리며 살아가고 있다.

예전에는 늘 질고(疾苦)를 달고 살았는데 지금은 병원 신세 지고 살지 않으니 금수저 부럽지 않은가.

또 금수저라 하여 인생 말년까지 행복하란 법도 없으니까. 양지가 음지되고 음지가 양지되는 게 인생사이니 금수저 흙수저는 따질 게 못 된다고 생각한다. 그냥 세태를 인정하고 힘든 젊은 세대의 이야기에 귀를 기울여 주고 힘을 실어 주었으면 하는 바람이다.

지혜란?

　젊었을 적 열등감이라는 혼수상태에 빠져 지낼 때 자주 질문하던 게 있었다.

　지혜란 무엇인가? 어떻게 해야만 지혜로울 수 있을까. 그와 관련한 설교나 책자도 많이 읽었다. 그리고 지혜서라고 불리는 잠언도 수차례 읽었다. 그러나 내가 생각하는 지혜는 나를 찾아오지 않았다. 사실 지혜의 의미도 깨닫지 못했다.

　나중에 내가 터득한 건 순간순간 하나님을 의지하고 사는 게 망하지 않고 사는 길이라 생각했다. 그리고 신문이나 인터넷에 난 글을 읽으면서 나름대로 지혜를 생각해 보았다.

　지혜란 위기 대처 능력을 의미한다. 즉 문제 해결 능력이다. 이 것은 지도자의 첫 번째 조건이며 성공자의 필수요건이기도 하다. 따라서 지혜는 인생의 가장 큰 강점이자 자산인 것이다. 또한 지혜는 저절로 주어지는 것이 아니고 노력하고 터득해서 이루어지는 것이며 관리되어야 하는 것임도 깨달았다.

　또한 지혜야말로 멘탈갑으로 가는 지름길이란 사실도 깨달았다. 태생이 소심한 나는 멘탈갑이 되는 게 소원이었다. 시거든 떫지나 말라고. 소심하면 두뇌가 명석하든가. 그도 아니면 끈기나 인내심이라도 있는가. 막말로 특출 난 제주라도 있는가. 난 그중 아무 것도 갖지 못했다.

무엇보다 항상 눈이 낮은 게 문제였다. 나 자신에 대한 기대치가 낮고 자존감 또한 낮아 비굴함으로 혼절할 지경이었다. 걸핏하면 멘붕 직전으로 이어졌는데 그때마다 나를 일으켜 준 힘이 있었다.

그건 내 안의 또 하나의 힘. 성령님의 음성이었다.

다른 사람들이 나를 비천하게 여기고 멸시했을 때 그분은 내게 말씀하셨다.

내가 너를 보배롭고 존귀하게 여기노라.

비굴함으로 혼절하기 직전에도 그랬다.

하나님은 모든 넘어지는 자를 붙드시며 비굴한 자를 일으키는도다.

세상에는 역경을 딛고 일어선 많은 성공담이 있다. 그들이야말로 희망의 아이콘이다. 오직 혼자만의 노력으로 절망을 이기고 일어선 그들은 많은 사람들에게 메시지를 던지고 있다.

봐라 나도 해내지 않았는가. 포기하지 말라.

언젠가 TV 화면에서 가수 이상민의 이야기를 접한 적이 있었다.

그는 사업 실패로 수십억 원의 빚을 떠안은 채무자였다. 그와 비슷한 문제로 자살을 택한 경우는 얼마든지 많이 있다. 그러나 이상민은 사업실패와 이혼이라는 악수(惡手)에도 불구하고 꾸준히 활동하고 방송에도 출연함으로 재기에 성공했다. 그의 성공은 포기하지 않은 데 있었다.

그가 거창한 문구를 동원하며 메시지를 던진 것도 아니었다. 그는 자신과 비슷한 처지에 있는 사람들에게 포기하지 말라는 메시지를 전한 것뿐이다. 그는 수입이 생길 때마다 손에 만져보지도 못한 채 체납되었다고 한다. 하지만 성실히 빚을 갚음으로써 본인의 수입으로 생활하게 되었고 자유로운 상태가 되었다고 한다.

그 말을 듣는 순간 엄청난 파장과 함께 희망의 메아리가 퍼져 나갔으리라. 그는 한 편의 인생 드라마, 역경을 이겨낸 인간 승리 그 자체라고 해도 결코 모자라지 않을 것이다.

과거의 지인(知人)들이 나보고 눈이 높다고 했다. 그건 내게 수치심과 모욕을 주고 싶어 악한 의도를 가지고 꾸며댄 거짓말이었다. 나는 눈이 높기는커녕 오히려 그 반대였다. 얼마나 눈이 낮은지 성경에 나오는 메뚜기 같다고 스스로 판단할 지경이었다. 나의 이러한 처지를 보고 사나운 인심이 벌떼같이 달려든 건 당연한 것인지도 모른다.

분노가 충천해도 해소할 방법이 없었다. 화병으로 얼굴이 새까맣게 변하고 심장병이 발발해도 방법이 없었다. 마음속에 미움이 가득하면 어둠 속을 헤매는 것과 같다고 성경에도 나와 있지 않던가.

미움은 독약은 내가 마시고 상대가 죽기를 바라는 것과 똑같다고 하지 않던가. 한때는 주변 사람들에게 능멸 당하지 않기 위해 최선을 다한 적이 있었다. 친절과 선행을 실천해 보기도 했다. 그럴수록 비굴함과 상처는 배로 증가했다. 내가 노력하고 환경이 조금 바뀐다고 달라지는 건 없었다.

피해의식과 산만함으로 정신분열증 환자가 될 것 같았다. 날마다 불안증에 시달렸고 우울증으로 툭하면 멘붕 직전으로 돌입했다. 내가 견딜 수 있었던 건 소설가가 되겠다는 유일한 꿈과 의지였다. 그리고 내세에 대한 확신이었다.

전업 작가로 살아가던 어느 날 중요한 사실을 깨달았다. 내가 운이 없어 악한 인심을 만났던 게 아니었다. 인간 자체가 본성이 악하고 교만하다는 사실이었다. 소설을 쓰면서 나 자신에 대한 성찰에 들어갔다. 항상 피해의식 속에 살았는데 어느 날인가부터 생각이 바뀌기 시작했다.

나 또한 그들 못지않게 교만과 악으로 똘똘 뭉쳐 있었다. 상처의 원인도 내가 제공하고 있었다. 이전엔 변명과 핑계거리가 많았다면 지금은 회개와 감사거리가 넘친다. 내가 만일 평생 좋은 사람들만 만나 사랑받고 인정만 받았다면 어떻게 심리소설을 쓸 수 있었겠는가.

남들보다 뛰어난 능력으로 갑의 인생만 살았다면 결코 하나님을 믿지 않았을 것이다. 그런데 오히려 남들보다 부족하고 위약(萎弱)한 삶을 산 탓에 하나님을 체험할 기회가 많았고 낮은 처지에서도 감사하고 살 수 있었다.

한번 낮아져 본 사람은 또다시 낮아지는 걸 결코 두려워하지 않는다.

그것이야말로 인생의 강점이 아니겠는가.

나는 나이 60에도 비록 알바이긴 하지만 아침에 출근한다는 사실에 감사한다. 내 아킬레스건인 무능력을 상쇄할 수 있고 게다가 평생 꿈인 소설가가 되어 저서 출간을 이루었기 때문이다. 하나님은 불가능을 가능으로 바꾸시는 권능자이시다.

또한 지혜와 총명의 신이요 모략과 재능의 신이신 하나님을 의지하는 삶이야말로 성공자라 생각한다. 하나님은 언제나 우리를 향해 위기 대체 능력이 되시기 때문이다. 지혜의 근원이신 하나님의 자녀된 삶을 사는 사람이야말로 진정한 지혜자라 생각한다.

'하나님께서는 세상의 미련한 것들을 택하사 지혜 있는 자들을 부끄럽게 하려 하시고 세상의 약한 것들을 택하사 강한 것들을 부끄럽게 하시며.'

고린도 전서 1장 27절

사자(The Divine fury)

사자(使者)는 가톨릭 영화다.

영화배우 안성기가 사제 주인공으로 출연하며(축사) 구마사역을 담당하고 있다. 개신교에서는 축사 또는 축귀라고 하고 불교에서는 퇴마라고 표현한다. 악마를 쫓는다는 일종의 주술적인 의미를 포함하고 있다.

불교에서는 승려가 주술을 걸어 퇴마의식을 행하고 가톨릭에서는 십자가와 성수 성경 말씀과 그리스도의 이름으로 사탄을 제압해 내쫓는다.

예전에도 가톨릭에 의거한 축사를 주제로 한 영화는 많이 있었다. 주로 공포영화였는데 인간의 상상력을 초월한 강한 영적시너지 효과를 노린, 엑소시스트 드라큐라 같은 귀신 공포영화였다. 가공할 사탄의 힘을 인간은 속수무책으로 당할 수밖에 없다.

영(靈)의 힘을 당할 자는 그와 버금가는 신적 능력을 지닌 사제일 뿐이다. 가톨릭에서는 신부가 그 대상이고 개신교에서는 소위 성령사역을 하는 목사다. 한 가지 주목할 사실은 기독교 영화는 현실에 기초한 사회적 이슈나 비리 폭로에 치중하다 보니 대부분 감성에 호소하게 되고 성경에 답을 맞추다보니 스케일이 작은 편이다.

반면 가톨릭 영화는 스펙타클하고 긴장감 넘치고 흥미롭다. 그래서 더 관객의 몰입도를 끌어내는데 성공적이다.

안성기는 구마사역을 대부분 방언으로 진행한다. 과거의 영화가 십자가와 성수에 의한 구마였다면 사자에서는 방언과 성경에 기초한 대사가 많이 등장한다. 긴장감 넘치는 장면과 대사 하나 하나에 믿음의 힘이 실려 있다.

쌍두 쌍두. 성부 성자 성령의 이름으로 너의 정체를 밝혀라.

내 이름은 군대고 666마리가 들어 있다. 그리스도의 이름으로 명하노니 너는 성령님께 자리를 내어주고 물러갈지어다.

손을 내밀어 축사하는 순간 안성이기의 손에서 피가 솟는다. 순간 십자가 보혈이 떠올랐다. 손바닥을 사탄에게 대자 불이 솟는다.

성령의 불이다. 성수(聖水)도 마찬가지다. 보혈의 의미를 지닌 성수는 사탄을 제압한다. 안성기는 옆에서 돕는 박서준에게 말한다.

속임수와 분노는 마귀의 힘을 강하게 한다. 반면 사랑과 성경말씀은 사탄을 이기는 강력한 무기가 된다. 쌍두 쌍두 아도나이.

아도나이는 히브리어로 여호와 하나님이란 뜻이다. 사탄은 하나님의 존재에 두려움을 나타내고 굴복한다.

사제는 다른 신부들처럼 편하게 사역할 것이지 굳이 구마사역을 하느냐는 질문에 이렇게 답한다. 세상에서 선과 정의를 위해 싸우는 사람은 하나님이 보내신 사자다.

신부가 구마사역을 안 하는 것은 편하게 살고 싶어하기 때문이다. 그는 또다시 말한다.

모든 고통에는 뜻이 있다.

믿고 순종하면 깨닫게 된다.

가톨릭 영화에 비해 기독교 영화는 사회적인 이슈나 비리에 초점이 맞춰져 있어 영적인 시너지 효과가 미미하다. 불신자들에게는 공감력이 떨어지고 흥행성에도 못 미친다.

대표적인 예가 밀양이다. 일사각오. 낮은 데로 임하소서 등은 감성적인 부분에 초점이 맞춰져 있다. 세상이 거부하는 복음을 영화로 표현하는 데는 많은 제약이 있고 반론도 예상된다.

복음은 세상적인 논리와 맞지 않는 역설이고 그것을 대중이 받아들이기 해서는 특별한 기법이 필요하다. 이젠 기독교 영화도 대중에게 어필할 수 있는 좀 더 스펙타클하고 센셔널한 기법으로 다가갈 필요가 있다.

언제까지 기독교인들을 위한 집안잔치 정도로만 끝낼 수 없다. 문화전쟁에서 이길 수 있는 사탄의 존재를 알리고 물리칠 수 있는 영적 영화가 나와야 한다. 사자가 비록 가톨릭 영화였지만 축사하는 장면에서는 개신교와 거의 흡사해 영적 긴장감과 흥미를 높였다.

눈에 보이지 않는 영적 존재인 사탄의 존재를 알리고 그를 대항할 무기, 즉 복음의 능력과 승리를 알리는 기독교 영화가 곧 나왔으면 좋겠다.

프리즌

안양역사 옆에 있는 롯데시네마에서 영화 프리즌을 보았다.

최고 역량급 배우들이 총출동한 범죄 영화답게 시종일관 긴장일 변도였다. 영화는 처음부터 끝까지 모략과 살인 힘의 대결로 이어진다. 악과 악의 합종연횡는 선과 악의 구분이 없이 펼쳐진다.

영화에서도 드라마에서도 악은 언제나 승승장구한다. 결말에 이르러서야 종말을 고하겠지만 악은 언제나 연대하고 끈질기고 교묘하고 배반하고 보복한다. 또한 강한 의인이 아닌 한 사람은 악에 편승하고 굴복한다. 의는 항상 핍박당하고 죽음을 면치 못한다. 악은 언제나 돈과 힘을 숭상하는데 그들의 지략을 선은 결코 이길 수 없다.

항상 뒤통수를 치기 때문이다. 프리즌의 악의 대명사 한석규의 명대사가 마음을 끌어당긴다. 감옥이나 바깥 세상이나 시간은 똑같이 흐른다. 싸울 때는 반드시 윗대가리부터 쳐라.

감옥 안의 군림자, 악의 화신 한석규는 무소불위(無所不爲)의 막강한 힘의 지배자다. 그가 나서면 안 되는 일이 없다. 그는 누구에게도 굴복 당하지 않으며 힘의 대결에서 반드시 승리한다. 말 한 마디로 교도소장과 막강한 힘의 실세를 무너뜨린다. 감옥 안에 있지만 바깥 세상에 있는 그 누구와도 상통하며 돈과 힘의 질서를 무너뜨린다.

막강한 힘을 가진 그는 과연 끝까지 승승장구할 것인가. 그의 명령 한마디에 잔인한 살인이 자행되고 진실은 매번 파묻힌다. 악이 추구하는 것은 과연 무엇일까? 파멸과 죽음. 그 이상도 그 이하도 아닐 것이다. 감옥 안에서 펼쳐지는 악과 악의 대결에서도 한석규는 교묘하게 승리한다.

숫자와 상관없이 그는 치밀하게 불법을 합리화 하고 은폐에 성공한다. 완전 범죄는 증거조차 사멸하고 증인과 함께 매장 당한다. 지위 고하를 가리지 않고 펼쳐지는 살인과 범죄 앞에 딱 한 사람 복수를 위한 내부자가 나타난다. 김래원이다. 불법과 비리의 온상, 한석규의 범죄 고리를 파헤치려 했던 기자는 바로 김래원의 형이었다.

그는 경찰 수사관인 동생에게 협조를 요청하다 한석규의 농간으로 죽임을 당한다. 뿐만 아니다. 한석규의 범죄를 파헤치려는 시도는 번번이 죽음으로 되돌아온다. 거대한 범죄 조직의 실상을 파헤치기 위해 스스로 감옥 소굴로 들어온 김래원은 마침내 형을 죽인 장본인을 눈앞에서 목격하고 복수심에 불타는데.

그는 한석규를 죽이기 위해 교도소 내부에 불을 지르고 폭파를 감행한다. 그리고 한석규와 무모하게 맞짱을 뜨는데 악의 화신 한석규는 비겁하고 치졸한 악의 행태를 그대로 보여준다. 악은 잔인하고 무모하기 짝이 없다. 악은 포기할 줄 모르고 끈질기고 죽음 앞에서도 담대하고 두려워하지 않는다.

악은 오직 악으로 최후를 마친다. 집중 총격을 받고 죽음을 맞이하는 악인의 입가에는 잔인한 미소가 흐른다.

영화가 끝나고 화장실에 갔는데 문 옆에 작은 모니터가 보였다. 각종 상업 광고와 영화 예고편이 계속 방영되고 있었다. 장사가 안 되는지 영화표도 휴게실에서 겸하고 있었고 직원을 줄이기 위함인지 자동판매기에서 영화표 매매를 대신하고 있었다. 관람객 수가 300만 명에 육박한다더니 막상 상영관 안에 들어서니 20명도 안 됐다.

덕분에 편하게 잘 감상하고 나왔다. 밖으로 나오는데 문예 출판사에서 전화가 왔다. 이번에 출간된 책을 문예지 전면에 홍보해주겠다는 제의였다. 주소를 다시 묻는데 정작할 말을 하지 않은 채 전화를 끊었다.

원고 청탁도 자주 받다 보니 느낌이 묘하다. 거절할 수도 없고 소설이 무한정 나오는 것도 아닌데 신작만 달라니 선뜻 내주기도 그렇다. 거리로 나오니 한 문장이 떠오른다.

악인에게는 미래가 없다.

영화 배니싱(미제 사건)

　영화 배니싱을 보았다. 배니싱은 범죄 미스테리물로 프랑스 영화다. 배니싱은 흔적도 없이 사라진다는 뜻으로 제목 자체가 범죄 스릴러물을 연상케 한다. 유연석 예지원 올가 쿠릴렌코가 출연하는데 프랑스와 인도네시아 중국을 오가며 촬영했다. 드론을 사용해 공중에서 촬영해서 그런지 여느 영화보다 촬영기법이 뛰어나 보였다.

　배니싱은 범죄를 다룬 영화답게 처음부터 살인사건으로 시작한다. 장기밀매를 두고 벌어지는 사건을 맡은 형사 유연석의 카리스마적인 매력이 유난히 돋보인다. 영어를 능숙하게 구사하며 사건을 진두지휘하는데 여기에 예지원의 감성적인 연기 또한 한몫을 더하고 있다.

　또한 프랑스에서 차출된 미모의 국제 법의학자의 최첨단 과학수사로 다양한 사건이 펼쳐지면서 주변에서부터 범죄의 실체는 점점 드러난다.

　거액으로 어린 아들을 살리기 위한 부모는 또다른 어린 생명의 심장을 공여받기 위해 국제 범죄조직을 통해 장기밀매를 시도한다. 또 수혈을 위해 같은 혈액형(B 마이너스)을 가진 중국 여자를 강제 납치한다. 이를 위해 범죄조직은 긴밀히 움직이고 여기에 국제 법의학자와 연관된 통역자 예지원이 끼어든다.

어린 생명의 심장을 그녀가 담당한 것이다. 그녀의 남편은 이 사건에 주역을 맡은 외과 전문의다. 어린 시절 가난이 뼈에 사무친 외과 전문의로 그는 가난을 선택하느니 차라리 죽는 게 낫다고 주장한다. 그는 아내를 중간책으로 이용하고 아내는 심장을 공여할 아이를 중간 책에 넘겨준다.

영화의 단골 소재는 언제나 돈과 사랑과 범죄이다. 돈이면 목숨도 의리도 배반도 심지어 가족까지도 이용한다는 범죄인의 사상이 영상 전면에 깔려 있다. 경찰 수사망이 좁혀지는 가운데 생명의 골든 타임은 점점 다가오고 심장을 바꿔치기 하려는 순간 기적은 일어난다.

범죄자의 괴수와 경찰이 한꺼번에 수술실로 들이 닥친다. 생명의 바꿔치기가 결정되는 순간 범죄의 괴수는 경찰의 총탄에 힘없이 쓰러진다.

수사 과정은 처음부터 끝까지 컴퓨터 과학 수사로 진행된다. 영화의 플롯인 기승전결 중에서 기(起)가 너무 길었다는 느낌이 들었다. 기는 길었던 반면 승(承)과 전(轉)은 축약돼 있었고 결(結)은 너무 어이없게 빨리 끝나버려 아쉬운 느낌이 들었다.

영화가 끝났을 때 아니 벌써? 라는 느낌을 버릴 수 없었다.

총 1시간 30분만에 끝났는데 뭔가 미진한 느낌을 지울 수가 없었다. 모든 영화가 그렇듯이 배니싱 역시 결말은 악의 종말 선의 승리였다. 너무 승리가 일찍 예견돼 흥미는 덜했지만 라스트 신이 인상적이었다. 마지막 영상은 보통 점층적인 편인데 배니싱은 밑에서부터 위로 올라가는 화면 기법으로 빼어난 촬영기법을 보여주었다.

그리고 형사 역할을 맡은 유연석의 뛰어난 스케일과 배우들의 연기는 스펙터클하면서도 감성적인 면이 돋보였다. 특히 예지원의 표정 연기는 압권이다. 신기술을 선보인 법의학의 과학수사의 또다른 진면목을 보는 것 같아 신기했다. 하지만 처음부터 결말이 보여서 역시나 하는 예상을 뛰어넘진 못했다.

제목과 달리 미제사건은 아니고 완결이다. 지난 반세기 동안 의료기술의 혁신적인 발전은 생명을 연장시키는 혁혁한 공로를 가져왔다.

하지만 그를 두고 벌어지는 범죄도 따라서 진화한 것도 사실이다. 한 생명을 살리기 위해 또 다른 생명을 도륙하고 의술을 돈으로 바꾸는 강력 범죄가 영화의 소재로 등장한 지는 그리 오래된 것 같지는 않다. 일례로 범죄 영화에서 가끔 등장하는 대사인데 돈을 갚지 못하면 장기 포기 각서를 쓰라는 것이다.

언젠가 국회와 시청 앞에서 중국의 파룬공 수련생들이 모처에 끌려가 산 채로 장기적출을 당했다는 보도를 접한 적이 있다. 정부를 비판했다는 이유로 갑자기 들이닥친 공안원들에 의해 마취도 없이 살아있는 채로 장기를 적출했다는 것이다.

아직 숨이 떨어지지도 않았는데 쓰레기 소각장으로 끌려가 사라졌다니 얼마나 천인공로할 일인가. 이러한 범죄는 정부의 묵인하에 자행되고 있다니 믿고 싶지 않을 뿐이다. 그렇게 적출된 장기는 은밀히 매매 되는데 주요 고객이 한국인이라고 한다.

돈은 많은데 장기를 구하지 못한 사람들이 은밀히 방문해 거래가 이루어지는데 심장도 포함돼 있다. 소문에 의하면 사형수의 심장을 이식 받거나 심지어 탈북자들의 심장이나 장기도 매매된다고 한다. 의학의 발달은 분명 많은 희생의 대가로 이루어진 건 사실이다.

2차 세계대전 때 일본에 의해 자행된 731부대의 생체 실험에 의해 수많은 생명이 도륙 당했다. 독일에서도 생체실험이 진행됐었는데 그로 인한 비화는 너무 끔찍해 들을 수 없을 정도이다. 내가 대학에 진학할 80년대 전후만 해도 의대에 가는 학생들은 독일어가 필수였던 그 이유를 이제야 알 것 같다.

일제는 생체실험을 위해 어린아이까지 이용했는데 그 잔혹함은 이루 말할 수 없을 정도이다. 어머니와 어린 아이를 원심 분리기에 돌려 죽이는가 하면 성병에 대해서도 잔인한 생체실험을 했다. 시인 윤동주도 일본에 끌려가 생체실험용으로 희생당했다는 설이 있다.

그런데 그 생체실험을 총 진두지휘한 일본군 의사는 전쟁이 끝난 뒤에도 천수를 누리다 죽었다고 한다. 일말의 회개나 후회도 없이. 천인공노할 범죄자 치고는 결말이 너무도 아이러니하다.

조선시대에 야사에 의하면 건강에 좋다는 이유로 어린 아이를 잡아다 피를 마신 양반도 있었다고 한다. 그 아이를 잡아 바치는 중간 책은 항상 죽어가는 어린 아이의 비명을 듣고도 그 짓을 계속했다고 한다. 돈을 위해서다. 유럽에서는 악독한 왕비가 처녀의 피로 목욕을 하면 피부 미용에 좋다는 소문을 듣고 처녀 공출을 명했는데 그녀가 목욕하는 곳은 피비린내가 진동했다고 한다.

그런데 왜 하나님은 그 광경을 보고도 당장 그들을 심판하지 않았을까. 아무리 무법한 옛날이어도 그렇지 도대체 신은 왜 그 광경을 방관만 했을까. 당장 벌을 내리지 않고. 사람들은 그러면서 무신론을 들먹거린다.

그러나 영화의 결말처럼 언젠가 악은 심판받을 것이고 그것은 내세에까지 이루어져 영원형벌에 처해질 것으로 믿는다. 성경에도 나와 있지 않은가. 너희가 행한 대로 내가 갚아 주리라. 그래서 천국과 지옥은 마지막 심판대가 될 것이다. 선과 악의 대가는 죽음 이후에도 꼭 이루질 것으로 믿는다.

고전 영화 초우(初雨)

유튜브에서 고전 영화 초우를 시청했다.

60년대 초 호화 스타가 출연한 영화 치고 내용이 치졸하고 유치했다. 당대의 최고 영화배우인 신성일, 문희, 전계현, 트위스트 김, 윤일봉 등이 총출연했다.

시대상이 변해서 그렇지 당대에는 꽤나 인기를 끌었을 작품이었으리라. 겉으로 보기에는 지고지순한 사랑 같아 보여도 내면에는 여자의 헌신적인 사랑이 깔려 있다. 남자는 뭘해도 괜찮고 여자는 무조건 순결하고 복종적이어야 한다는 봉건적 사랑이 시대의 흐름을 반영하고 있다.

내가 자라던 시대에도 그랬다. 여자는 무조건 손해 보아도 당연지사고 남자는 어떤 잘못이나 흠이 있어도 무사통과 되는……

그러고 보면 지금 세태는 참 개벽된 세상에 살고 있는 셈이다. 예전의 풍습과 관습을 따져서 무얼 하겠는가. 과거를 거울삼아 바른 지혜를 모으고 잘못된 선택을 하지 않으면 되는 것이다.

영화가 시작되면 당시에 최고 가수 패티 김의 노래 초우가 배경에 흐른다. 60년대 시대적 배경과 문화상이 젊은이들의 세태가 보인다. 서로의 신분을 숨긴 채 음흉한 욕심을 사랑으로 포장한다. 겉으로는 순수를 주장하지만 애정 한탕주의가 숨어 있다.

배경 좋은 상대를 만나 신분 상승을 꾀해야겠다는, 외모에 먼저 마음이 끌리고 감정이 통하면 만사 오케이다. 특히 여자의 경우는 다른 조건은 보지 않고 오직 사랑 하나만 본다. 행복에 겨워 어쩔 줄 모른다. 현재와 미래를 몽땅 애인에게 올인한다.

여자의 가슴에는 남자를 향한 사랑 이외엔 전혀 존재하지 않는다. 두 청춘 남녀의 사랑은 거침없이 일직선상으로 진행된다. 우선 약속시간과 장소를 정하는 방법부터 유치하기 짝이 없다.

비오는 날 오후 2시. 장소는 시청 앞.

잘생긴 외모를 필두로 거침없는 애정공세를 이어 간다. 연애의 기초 단계인 밀당도 없다. 여자는 제 어리석음도 모르고 헤픈 웃음을 연거푸 날리며 남자에게 올인한다. 가슴 설레며 뒷감당도 생각지 않고 사랑 하나에 목숨 건다. 두 남녀가 바라보는 배경은 엄청나다.

여자는 프랑스 대사의 딸이고 남자는 큰 기업체 아들이다. 그러나 실상은 다르다. 남자는 일당 80원 받고 일하는 서비스 공장 노동자고 여자는 대사관 집에서 식모살이를 한다. 그러함에도 둘이서 나누는 대화는 영어와 미사여구로 가득 차 있다. 남자는 대사 집 딸의 환심을 사기 위해 클럽에 가서 자금을 조달하고 자동차 서비스 공장에 맡겨진 자동차를 몰래 렌탈한다.

또 세탁소에 가서 남의 양복을 빌려 입고 여자(문희)의 마음을 빼앗는다. 그는 돈을 위해 창부(娼夫) 노릇까지 하는 못된 기질의 남자이지만 영화에서는 이마저 미화시키고 있다. 대사관 딸과 결혼하기 위해 창부 곁을 떠나기로 결심하던 날 그녀가 끌어들인 폭도들에게 엄청난 린치를 당한다.

그런 더러운 모습으로 애인에게 달려간다. 여자는 남자가 하는 빤한 거짓말을 그대로 믿어주고 감격해 오열한다. 끈 떨어진 뒤웅박 신세가 된 남자는 됐다 싶었는지 자신의 본색을 드러내며 사랑을 읍소한다. 이제 그에겐 대사 집 딸과 결혼하는 길만이 남은 희망이다.

자신의 신분이야 어쨌든 여자 하나 잘 만나서 신분상승을 노리겠다는 계산이 깔려 있다. 남자는 이제 그 에스컬레이터에 오르는 길밖에 남지 않은 것이다. 그런데 바로 그 순간 여자도 자신의 신분을 고백하고야 만다. 사랑한다는 이유를 내세워. 그런데 남자의 반응은 전혀 상상 밖이다.

갑자기 분노를 터뜨리며 여자의 뺨을 때리고 머리채를 질질 끌고 폭력을 가한다. 그리고 더럽고 빗물이 새는 공간으로 끌고 가 여자의 순결을 빼앗는다. 그럼에도 여자는 자기의 모든 것을 사랑하는 남자에게 바쳤다며 환희의 웃음을 짓는다. 60-70년대 영화 이야기의 단골 메뉴는 대충 이렇다.

'맨발의 청춘'이나 '미워도 다시 한번' '로맨스 빠빠' '위험한 청춘' 등도 대부분의 주제가 여자의 일방적이고 헌신적인 사랑으로 그려져 있다. 당시 시대상과 맞아 떨어지고 눈물바다를 이룬 영화의 단골 메뉴였기 때문이리라. 현 시대와 전혀 동떨어진 것 같지만 나름대로 진실성도 엿보이는 것도 사실이다.

현 세태는 그나마 있었던 진실성은 보이지 않고 계산기 두드리는 맞춤형 연애, 외모 지상주의 능력 지상주의만 팽배하기 때문이다.

요즘 누군가 헌신적인 이야기를 말하면 정신병자 취급받는다. 용서
나 헌신 대신 바로 종지부 찍고 돌아서기 때문이다.

잘난 일부종사 하느라 속 썩고 살다 암명(cancer) 걸려 죽느니
차라리 일찌감치 갈라서 마음 편하게 사는 쪽을 택하는 것이다. 그
런데 그런 선택도 경제적 능력이 있어야 가능한 일이기에 일찍부터
스펙 쌓기에 최선을 다해야 한다. 그것이 바로 누구에게도 강요받
지 않고 미래를 향한 포석이 되기 때문이다.

갑자기 헌신하면 헌신짝 된다는 말이 생각난다.

문호리 여행

벚꽃 구경을 위해 지인과 함께 중앙선 국철을 탔다.

전동차가 지날 때마다 산야에 핀 개나리와 벚꽃이 봄빛과 함께 다가왔다 사라졌다. 들판에 핀 보랏빛 풀꽃이 어찌나 아름다운지 탄성이 절로 났다. 작년의 기억을 떠올리며 잔뜩 기대감을 품고 양수역에 내렸다. 그런데 기대감이 실망감으로 바뀌었다.

작년에는 산 전체가 진분홍과 샛노랑 새하양으로 덮였었는데 검푸른 녹색이 그대로 남아 있었다. 도로변을 따라 한참을 걸어가자 개나리와 진달래가 보였다. 거리 풍경도 고급 커피숍과 음식점으로 변신을 거듭해 있었다. 아스팔트 길을 따라 걷다가 호숫가로 접어들었다.

감촉도 부드러운 흙길 사이로 잔잔한 호수가 따스한 봄빛을 안고 유영하고 있었다. 물오리가 자맥질을 하며 먹이를 물었는지 물가에 포문이 일었다. 개나리와 벚꽃이 군데군데 보였다. 호수 건너편 산에는 별장 같은 풍경이 보이고 양평으로 향하는 차량은 끝도 없이 이어졌다.

봄바람이 햇살과 함께 마음속에 여유로움을 안겨주었다. 자연은 순수함과 풍요로움과 힐링을 선사한다. 마음속에 끝없이 평화가 임하는 것 같다. 우리는 큰 대로변을 따라 걷다 양수대교 쪽으로 걸음을 옮겼다.

그곳에 우리가 가는 국밥집이 있었다. 나는 원래 뜨거운 국밥 종류는 좋아하지 않는다. 국수 종류는 너무 자주 먹어 질린 상태고 하여 고강 음식점으로 들어갔다. 그 집은 국밥 중에서도 콩나물 국밥을 잘 하는데 펄펄 끓는 뚝배기에다 달걀을 풀어 넣고 새우젓으로 간을 하는데 맛이 일품이다.

곁들여 나오는 깍두기와 배추김치 노란 콩장도 맛있다. 땀을 흘리며 먹고 나면 자판기에서 커피도 뽑아 마실 수 있다. 겨울에는 무쇠 난로 위에 둥글레 차도 따라 마실 수 있는데 그 은근한 맛이 아주 환상적이다. 음식점 바로 위층은 순복음교회인데 주일에는 조용기 목사님 이영훈 목사님의 설교를 화상으로 볼 수 있다고 한다.

그 음식점을 나오면 바로 눈앞에 양수대교가 보이고 조금만 걸으면 두물머리 강가와 문호리로 가는 마을버스를 탈 수 있는 정류장이 나온다. 식사를 하고 나와 문호리 버스 시간표를 보니 50분이나 남았다. 그냥 가지 말까 하다가 근처에 있는 옷 가게로 들어갔다.

지인이 속옷을 놓고 한참 고르더니 드디어 사기로 했다. 나는 밖에 걸어놓은 잠옷 바지를 샀다. 둘이서 실컷 수다를 떠는데 한참 만에 마을버스가 도착했다. 버스를 타자마자 차창 밖으로 북한강이 기세 좋게 흘러가는 모습이 보였다. 거센 물살이 마음속까지 시원하게 했다.

도로 주변에 샛노란 개나리가 흐드러지게 피었다. 중간 중간 진달래와 벚꽃도 보였는데 작년 수준은 아니었다. 작년에는 흰 벚꽃이 주변 도로를 완전히 덮을 정도였는데 아직 봉오리만 있고 개화

하려면 멀었다. 드디어 버스가 종점에 닿았다. 그런데 기대하던 꽃무리가 전혀 보이지 않았다.

개나리도 벚꽃도 진달래도 이따금씩 눈에 띄는 정도였다. 아스팔트 길을 따라 걷다가 내 단편 「멜로 스릴러 드라마」에 나오는 갤러리로 들어섰다.

작년에 개울가를 덮었던 벚꽃과 매화나무가 거의 보이지 않았다. 괜히 왔구나. 잘못 왔구나 싶었다. 돌 탁자와 돌 의자만 그대로였다. 그래도 개나리는 주변에 피어 있어 사진 찍기에 좋았다. 한참 이야기하는데 예술가 타입으로 보이는 중년 남녀가 이쪽으로 걸어오는 게 보였다.

그들이 먼저 고개를 숙여 인사하기에 우리도 덩달아 인사했다. 화사하고 세련된 중년여자가 예술가로 보이는 남자에게 주변 환경에 대해 설명하고 있었다. 자세히 보니 화랑 주변에 빨간 깃발이 꽂힌 철심이 박혀 있었다. 군(郡)에서 주변을 자전거 길로 만들기 위해 조성 중이라고 했다.

알고 보니 중년여자는 화랑 관장이었고 남자는 며느리의 아버지 사돈이라 했다. 차나 한 잔 하라기에 화랑 내부로 들어섰는데 유명 화가의 그림과 차를 마시며 담소할 수 있는 카페테리아가 있었다. 커피 메이커 기계에서 커피 향내가 진동했다. 잔잔한 음악과 함께 국산차 향기도 봄빛과 함께 느껴졌다.

내부에서 바깥을 보니 풍경이 더 이채로웠다. 개울 건너편 산에 진달래와 개나리가 한폭의 산수화를 연상케 했다. 화랑 관장은 아들 며느리가 모두 한예종 미대 출신이라 했다. 자기도 마찬가지로 미술 전공했다는데 작년과 말이 틀렸다. 반갑다며 코엑스에서 하는 미술전시회 초대권을 주었다. 찻값보다 훨씬 비싼 거라 했다.

화가들의 그림을 잘 감상하고 버스 정류장으로 향했다. 정류장에 도착해 보니 대기소가 보여 들어갔다. 그냥 대기소가 아니었다. 잘 꾸며진 응접실 같았다. 탁자와 의자는 여느 커피숍 못지않게 고급스러웠고 뒤에 있는 푹신한 긴 의자는 누워서 잠을 자도 좋은 침대 같았다. 창밖에는 흘러가는 개울물과 산의 푸른 숲이 그대로 보였다.

더구나 대형 TV에서는 신사임당 재방송이 한 시도 눈을 떼지 못하게 했다. 마음 놓고 쉬었다 가도 좋은 동네 찻집 쉼터 같은 분위기였다. 한쪽 벽면에는 동화책으로 가득 채워져 작은 도서관을 방불케 했고 출입문 옆에는 우산꽂이도 준비돼 있었다.

여름에는 에어컨과 겨울에는 히터도 작동될 준비가 되어 있었다. 서울 어디에서도 이와 같은 버스 대기소는 없을 것이었다. 쉬고 있는데 버스가 도착해 모두 우르르 뛰어나가 승차했다. 다시 양수리에 내려 두물머리를 산책했다. 두물머리 강가는 언제 봐도 환상적이다.

어른 팔뚝만한 물고기가 강가에 많이 서식하고 있어 깜짝 놀랐다. 물오리가 잠깐 잠수 하더니 떠올랐는데 자기 몸집보다 훨씬 큰 물고기를 단번에 입속으로 삼키고 있었다. 느티나무와 강가를 구경하고 서울로 가기 위해 버스 정류장에 도착했다. 전자 알림판이 고장 나 의자에 앉아 기다리는데 이상하게 의자가 따뜻했다.

노인들을 위한 온돌의자였다. 배터리를 깔았는지 어디 연결고리

도 없는데도 앉아 있는 내내 온기가 느껴졌다. 찜질 효과마저 느껴
졌다. 노인들을 위한 배려 차원에서 설치해 놓은 온돌의자는 사랑
의 의지로 여겨져 마음이 훈훈했다. 참 좋은 세상이다.

이윽고 도착한 버스를 타고 양수대교를 건너는데 어둔 강물 위로
낭만이 흘러가고 있었다.

도로를 달릴 때마다 차창 밖으로 샛노란 개나리와 벚꽃 무리가
수도 없이 스쳐 지나갔다. 팔당댐을 지나고 망우리 고개를 넘었을
때 봄기운은 우리의 마음을 완전히 들떠웠다. 어둔 밤에도 봄은 마
음을 기운차게 했다.

시골 읍내

난 소박한 시골 읍내 풍경을 좋아한다.

화려하지 않고 번잡하지 않고 약간은 한적한 읍내 거리를 좋아한다. 한가롭게 시골길을 걸으면 복잡한 심사도 가라앉고 온갖 시름도 숨을 멎는 것만 같아 안심이 된다. 오일장이 서는 날이면 더 좋다. 그때는 번잡한 장터 구경은 오히려 활력이 된다.

물가는 비싸도 산지(産地) 물건이라 안심도 되고 먹거리도 풍부해 어릴 적 군것질하던 감회에 젖는다. 옛날 다방을 몰아내고 들어선 원두커피 전문점이나 시골 점방 대신 들어선 편의점도 아스팔트 따라 펼쳐진 도로도 낭만의 운치를 더해 준다.

새로 개장한 시외버스 터미널은 대기실이 커피숍처럼 산뜻하게 꾸며졌다. 밝은 조명에 고급 탁자와 의자 한켠에 커피 자동판매기까지 고풍스럽기까지 하다. 창밖은 높은 산줄기에다 논밭이 그대로 보인다. 인적 드문 농로에 탈탈거리며 경운기가 지나간다.

추수가 끝난 논밭은 허허롭지만 왠지 모르게 풍요가 느껴진다. 터미널 건너편은 면내(面內) 유일의 중고교가 보이고 올해 대입시에 합격한 명단이 현수막에 나부끼고 있다. 발걸음을 돌려 보건소 쪽으로 향하면 80년도 넘은 성당이 고갯마루 위에 높이 서 있다.

십자가가 온 동네를 내려다보며 행인들에게 무어라 말을 건네는 것 같다. 읍내 거리는 병원과 약국 치과 종묘상(種苗商) 식당과 농협으로 주민들의 편리를 도모하고 있다. 도로마다 부려놓은 리어카 상인들과 소매 차량으로 삶의 현장을 말해 주고 있다.

도로를 지나는 시내버스들. 승용차와 트럭 이정표를 사이로 갈리는 찻길. 철도 열차는 낭만과 전설을 싣고 달리다 한적한 길가에 여행객들을 내려놓는다. 마치 드라마의 한 장면처럼. 낭만이 깃든 읍내 거리는 아무리 돌아다녀도 피곤하지가 않다.

바쁠 이유도 조급할 이유도 없어 마냥 걸음이 느려진다. 그래서 더 한갓지고 여유롭다. 각종 문화 강좌와 혜택을 알리는 현수막에도 정취가 느껴진다. 참 편리해진 세상이다. 장터 구경을 하다 4000원짜리 칼국수를 먹기 위해 음식점 강화 도어를 밀고 들어섰다. 장터가 한눈에 그대로 들어온다.

바닥에 쪼그리고 앉아 푸성귀 몇 가지 팔고 있는 노파의 얼굴에 피곤이 보인다. 메밀전병, 수수부꾸미, 호떡, 만두 등 먹거리를 파는 코너에는 사람들이 잔뜩 몰려 있다.

화려한 경광등을 내건 음식점들은 폐점상태다. 코로나의 직격탄을 맞은 것 같다. 해가 지기도 전에 파장을 하는 상인들이 눈에 띈다. 서둘러 짐을 챙겨 자동차에 싣고 떠나는 사람들. 해거름이 그들 뒤로 와 머문다. 산에서 불어오는 찬바람이 사람들의 발걸음을 재촉한다.

아쉬움과 함께 역사(驛舍)로 몰려가는 외지인들. 그들은 모두 나처럼 하루 읍내 풍경과 오일장을 구경하기 위해 온 도시민들이다. 지친 대도시의 기운에 떠밀려 잠시 휴식을 위해 외지인 이곳 읍내 구경에 마음을 던지러 온 것이다. 오랜만에 시골 정취에 젖어 지친 심신을 위로하기 위해.

낯섦이라는 호기심과 낭만과 여유로 마음을 치장하기 위해 발걸음을 내딛은 것이다. 잠시 여행심리에 들떠 자유와 안식을 위해 떠남을 선택한 것이다. 모두들 그렇게 떠남을 반복하고 노년의 외로움을 위로한다. 한번 떠나면 다시 못 올 이 세상의 아름다움을 여행이라 말하면서.

나 역시 그렇게 변명하며 50년 전, 그가 밟았을 그 거리에 내 꿈 한 조각 심어 놓고 돌아왔다. 눈물과 애환이 가슴 한복판을 적시며 나도 모르게 자꾸만 변명이 터져 나왔다. 어린 날의 기억이 오랜 세월을 후회도 못하도록 나를 이끌고 있었다.

세월은 간단(間斷) 없이 흘러도 기억은 언제나 가슴 속에 남아 현재를 주장한다. 숨 가쁘게 달려온 인생길 이젠 여유와 함께 낭만을 즐기고 싶다.

전통 시장

인터넷 광고에 뜬 전통시장을 찾아 여행을 떠났다.

대부분 시골 오일장인데 기대보다 실망이 더 컸다. TV 드라마에서 본 장면을 상상했는데 대도시의 전통시장과 다를 게 하나 없었다. 오히려 가격은 더 비쌌고 품목도 도시와 거의 같았다. 다만 다른 게 있다면 산지에서 생산된 야채나 특산품 정도였다.

맛집도 마찬가지였다. 대부분 허위 광고가 많았다. 규모나 맛의 질에 있어 훨씬 떨어졌고 가성비도 좋은 편이 아니었다. 교통이 편리해져 여행하기는 편해졌지만 기대만큼 흥미를 유발하지는 못했다. 이유는 간단했다. 대부분의 품목을 서울의 도매상에서 떼어다 소매하기 때문이었다.

다만 처음 방문하는 곳은 생소한 느낌에 호기심을 약간 충족시켰기에 쇼핑하는 즐거움은 있었다. 어느 군소 도시나 지방을 방문해도 고층 아파트와 상가는 다 비슷비슷했다. 옛 풍경이 살아 있는 곳도 있었지만 소규모이거나 물가가 비쌌다. 세월 따라 시골 읍면 단위도 도시화되어 문화적인 차이도 덜했다.

이제는 산골 벽촌이 아닌 이상 시골 풍경은 기대하기 힘들게 됐다. 더구나 신도시는 어딜 가나 정형화 된 고층 아파트와 의류상 병원 유통상가와 잘 구획된 도로가 똑같았다. 숲이 사라지고 잘려져

나간 산허리는 자연 훼손이라는 단어를 저절로 생각나게 했다.

일평생을 도심 속에 산 나는 자연이 좋다. 흙과 바람, 수목과 개울물이 흐르는 정원 같은 곳에서 살고 싶었다. 아파트는 살아 보지 않아서 그런지 거부감이 든다. 자연을 동경하다 보니 난 젊었을 때부터 자주 여행을 떠나곤 했었다. 산야(山野)에 개울물이 흐르는 한적한 곳에 나의 글방을 마련해 놓고 소설 삼매경에 빠지고 싶었다.

자연을 친구 삼아 감성적이고 흥미진진한 소설을 쓰고 싶었다. 외부와 차단된 곳에서 상상력을 극대화한 베스트셀러를 집필하고 싶었다. 소설은 나의 연인이었고 삶의 목적이었고 목표였다. 난 그 꿈을 향해 시간 날 때마다 소설 여행을 떠났다.

소설 여행은 세월의 흐름에 따라 과거로의 추억여행으로 변모했다. 그런데 난 여행할 때마다 심각하게 나의 인생을 되돌아보는 습관이 있었다. 그건 주로 나 자신에게 묻고 대답하는 형식인데 대충 이러했다.

넌 너의 인생을 후회 없이 잘 살아왔다고 생각하는가?

너 자신을 향한 목표치에 근접하고 남들에 비해 성과 있는 부끄러움 없는 인생이었다고 자부하는가?

그건 곧 남들에 비해 뒤떨어진 인생은 아닌가 하는 질문과 상통했다. 그 안에는 숨겨진 열등감과 무능감에 대한 나만의 호소가 들어 있었다. 나는 지금까지 살아오면서 무능력의 한계 속에서 살아왔다고 해도 과언이 아닐만큼 힘든 인생 여정을 보냈다.

수 없는 자책감 속에 한 발짝도 나가지 못하고 정체된 시간도 많았다. 전후 사정도 살필 줄 모르고 외곬으로 살았다. 나중에 생각해 보니 보고 싶은 것만 보고 듣고 싶은 것만 듣는 편견이었다. 평소 때는 잘 못 느끼던 것도 여행을 할 때면 자신에 대한 성찰에 들어가면서 새롭게 깨닫게 되는 사실이다.

어떨 땐 팩트와 상상을 헷갈리기도 하고 울컥 울컥 솟아오르는 분노를 삭이지 못해 망신을 당한 적도 많다.

지피지기(知彼知己)면 백전백승(百戰百勝)이라고 했던가. 내 꿈은 상처와 멸시 불가능이라는 악천후를 먹고 자랐다. 난 꿈을 이루면 그것으로 다 되는 줄 알았다. 꿈이라는 이상(理想)을 실현하면 정신적 풍요 속에 다른 건 아무 문제도 안 될 줄 알았다.

치욕스런 과거의 상흔도 심지어 돈도 건강도 아무 상관없을 줄 알았다. 오늘날과 같은 인터넷 유튜브 시대가 올 거라곤 상상도 하지 못했다. 그리고 등단과 더불어 22년이 넘는 세월 동안 수백편의 작품 발표와 20권이 넘는 저서를 출간했다.

이제 나이 60이 넘어선 나는 오늘도 그 꿈을 포기하지 못하고 끝없이 소설 여행을 떠난다. 소재 발굴이라는 핑계를 달고서 당일치기 여행을 떠나면서도 마음이 설렌다. 기대가 허무로 바뀌는 걸 뻔히 알면서도 여행을 멈출 수가 없다. 이게 바로 소설을 위한 동력이 되기 때문이다.

여행지에서 빠지지 않고 들르는 곳이 있다면 바로 전통시장이다. 삶의 이야기가 묻어나는 스토리가 전개되는 리얼 현장이기 때문이다. 여행지를 선택할 때는 과거 내가 머물렀던 곳이나 한번쯤 방문했던 곳으로 한다. 추억과 관련해 스토리 구상을 하기 위해서다.

그래서 선택한 곳이 있는데 바로 춘천이다. 내가 20대 때 그곳에서 발령장을 받고 첫 근무를 시작했고 공무원 연수차 들렀던 곳이기 때문이다. 그때는 논밭으로 둘러싸였던 곳인데 지금은 서울과 전철이 직통하면서 대규모 아파트 군단이 들어섰다. 관광지는 예전보다 많이 퇴락한 느낌이고 옛 모습은 전혀 찾아 볼 수 없지만 소설가의 눈에는 많은 스토리가 보인다.

영감(靈感)이 잘 안 떠오르거나 글이 안 될 때 나는 용산으로 달려가 춘천행 열차를 탄다. 춘천은 공기가 맑고 거리가 깨끗하다. 옛 지인(知人)을 만날 확률도 거의 없다. 하지만 기억은 수십 년의 세월을 타고 흐르면서 스토리 구상이 연재된다. 어제는 비오는 춘천 거리를 걸었다.

코로나로 상가는 대부분 폐점 상태였고 전통시장도 해가 지기가 무섭게 파장을 했다. 춘천의 번화가 명동만이 불빛이 요란하게 상가 건물을 비추고 있었다. 거리는 눈이 쌓여 빙판을 이루고 있었고 눈 치우는 상인들이 비질하는 소리만 요란했다.

춘천도 여느 도시와 같게 요양병원이 곳곳에 보였고 버스 정류장에는 서울과 마찬가지로 도착 알림판이 있어 편리함을 더해 주었다. 수십 년 전 내가 걸었을 거리 명동에 휘황찬란한 불빛이 상가 건물을 여전히 비추고 있었다. 버스를 기다리며 나는 자신에게 또다시 물었다.

너는 너의 인생을 후회없이 살아 왔다고 생각하는가?

내 작가 인생 말고는 그렇다고 대답할 말이 없었다. 그나마 감사했다. 그마저 없었다면 난 어떻게 되었을까. 돌아오는 열차는 4

분????만에 도착했다. 신기하고 기분이 좋았다. 차창 밖으로 북한 강 강줄기가 어둠 속으로 지나가고 있었다. 인생은 여행이다. 여행은 힐링이다.

내가 썼던 소설 문장이 떠올랐다.

편견

'보고 싶은 것만 보고 듣고 싶은 것만 듣는다.'

편견은 오해와 착오 그릇된 결과를 낳는다. 선입견도 마찬가지다. 그를 대표하는 가장 위험한 발상이 있다. 하나를 보면 열 가지를 안다는 말이다. 난 이것이 남의 이야기인 줄로만 알았다. 그런데 어느 날 보니 나의 잘못된 결론에 편견이 작용했음을 알게 되었다.

또 다른 사실은 내 시야가 전체를 보지 못하고 어느 한 부분만 보고 전체적인 결론을 내리는 것이었다. 면밀한 분석 대신 즉시로 결론 내리고 이내 후회하고 마는 실수가 거듭되면서 내 두뇌에 대해 심각한 의심현상마저 일었다. 편견과 선입견은 교만의 대명사다.

대표적인 게 내력과 과거지사다. 흔한 예로 금수저와 흙수저 논란이다. 사람들은 과거사의 중요한 예로 가정환경을 꼽는데 그건 바로 집안 내력과 관련한 것으로 대물림된다는 통계적인 결과와도 결부된다. 그러나 예외적인 경우는 항상 발생한다.

성공한 연예인 중에는 이혼한 부모 밑에서 성장한 경우가 많이 있다. 많은 경우 불행한 어린 시절을 상처와 학대 자란 사람은 결혼 이후에도 똑같은 학대 속에 놓이는 경우가 70퍼센트라고 한다. 부모 잘못 만나 평생을 고통 속에서 살아가는 경우다.

성경에는 악한 자라도 자식에게는 좋은 것으로 줄줄 알거든이라고 했지만 그와 반대인 경우가 얼마나 많은가? 자녀를 학대하고 성폭행하고 유흥가에 팔아먹는 부모도 있다. 그런 끔찍한 일을 국가 자체에서 용인하고 외화벌이로 활용하는 경우도 있다.

그래서 혹자는 교회에서 그리스도의 사랑을 부모의 사랑과 견주어 말하는 목회자가 싫어 신앙을 받아들이지 않았다고 한다. 어릴 때 사랑받고 인정받으며 살아야 인생의 성공가도를 달리는데 편하다고 한다. 어느 정도 맞는 말이다. 과보호 속에 자라 무능한 처지 빼고는.

그러나 어린 시절을 상처와 학대 속에 자랐다 해서 반드시 실패와 고통 속에 살아가는 것은 아니다. 오히려 자신이 겪은 상처를 통해 동일한 어려움에 처한 사람들을 돕는 경우도 얼마든지 찾아볼 수 있다. 대표적인 예가 미국의 방송인 오프라 윈프리다.

사생자로 태어난 그녀는 어린 시절을 끔찍한 고통을 겪으며 살았지만 특유의 저돌적인 성격으로 세계에서 가장 영향력 있는 거인 100인에 선정되는 영예를 안았다.

9살이라는 어린 나이에 성폭행을 당했고 친모처럼 미혼모가 되어 밑바닥 인생을 살았다. 그러함에도 불굴의 의지로 대학을 졸업하고 유명한 토크쇼 방송인이 되어 많은 시청자들을 위로하는 영웅(?)이 되었다. 상처가 영광이 된 셈이다. 얼마 전 유튜브에서 본 내용이다.

오빠도 가지 못한 중학교를 간다고 어머니의 대성통곡하는 소리를 들었던 이예선 박사는 대학 간다는 말 한마디 때문에 친아버지로부터 죽음의 위협과 고통을 당했다. 돈 한 푼 보태주지 않으면서 단지 대학 간다는 말 한 마디에 분노해 딸의 목숨까지 앗으려 했으나 실패한 친부는 그 몫을 막내동생에게 일임했다. 대입시를 치르기 위해 서 있던 친조카를 강제로 끌어내 무지막지한 폭행을 3시간이나 휘두른 삼촌은 기절해 쓰러진 조카를 강제 성폭행 했다.

이후로도 폭행은 멈추지 않았다. 폭행을 멈추기 위해 마지막으로 강구해낸 것은 결혼이었다. 그녀는 어린 나이에 결혼했지만 이번에는 남편의 외도와 시어머니의 폭행에 시달렸다. 어렵게 얻은 딸이 태어나도 폭행은 멈추지 않았다. 남편과 시어머니는 입만 열면 말했다.

"너만 없어지면 돼."

궁리 끝에 그녀는 프랑스로 유학을 떠나겠다고 말했다. 학비가 저렴하다는 이유로 유학이 허락됐다. 하고 싶은 공부를 원없이 하게 된 그녀는 행복했다고 한다. 그리고 무방비로 방치된 딸을 데리고 프랑스 유학생활을 이어갔을 때 더할 나위 없이 행복했다고 고백한다.

귀국 후, 대학 시간 강사로 뛰면서 딸을 훌륭하게 키워 냈고 불치병에 시달리면서도 그녀는 감사 생활을 하고 있다. 그녀의 얼굴 표정은 과거 이력과 달리 당당하고 전혀 구김살 없이 해맑고 아름답다. 그 끔찍한 이야기를 전혀 동요됨 없이 하는데 듣는 사회자가 오히려 치를 떨었다.

아무리 고통에 달관되었어도 그렇지, 너무나 아름답고 해맑고 당차 보였다.

또 한 예가 있다. 그녀는 여러 번 인터넷 상에 떠오른 적이 있는 친부에 의한 성폭행으로 죽음 직전까지 갔다 살아난 케이스였다. 12살의 나이에 친부에 의해 시작된 성폭행은 21살이 되기까지 9년간에 걸쳐 저질러졌다.

그녀의 고백이 눈물겹다.

아빠의 강간과 폭행을 피할 수 있는 유일한 공간은 여자 화장실과 학교뿐이었다. 학교가 파하면 친부가 데리러 오는데 너무나 끔찍했다고 한다. 학교 교사였던 엄마는 딸에 대한 남편의 성폭행을 말리지 못했다. 이어질 폭행이 너무나 무서웠기 때문에.

무력감에 빠진 엄마는 학교마저 그만두었고 폐인처럼 살다 죽었다. 죽음보다 못한 삶을 살던 그녀는 21살 대학 2학년 때 집을 뛰쳐나왔다. 여러 지인들의 도움이 컸다.

자살충동과 우울증 등 여러 고난이 많았지만 그녀는 주변 사람들의 도움과 사랑으로 대학 심리학과에 진학했다. 그리고 자신처럼 가정 내에 발생하는 친족간의 성폭행으로 고난 받는 여성들을 돕는 사역을 하고 있다. 그녀는 주변 사람들의 도움으로 친부를 미성년자 성폭행 범으로 고발해 마침내 법의 심판을 받게 했다.

그녀가 사과를 받기 위해 마지막으로 친부를 찾아갔을 때도 달라진 건 전혀 없었다. 그는 미안하다는 말 대신 너가 어떻게 나한테 이럴 수가 있느냐는 대답뿐이었다. 그는 끝까지 철저한 악마였다.

그녀는 오늘도 자신처럼 친족 간의 성폭행으로 고통 받는 많은 여성들을 위한 상담사로 활동하면서 그 누구도 못할 공감대를 나누고 있다.

재취로 시집 간 어머니가 아버지의 폭행을 견디다 못해 떠나자

짐승만도 못한 학대와 굶주림 속에 살다 목회자가 된 여자가 있다. 그녀는 어머니가 떠난 후 10살의 나이로 남의 집 식모로 보내졌는데 그곳에서도 끔찍한 학대와 굶주림을 겪었다고 한다.

그러다 자기보다 17살이나 많은 이복 오빠에게 성폭행을 당했다. 그것도 12살이라는 어린 나이에. 그것도 모자라 17살에 또 성폭행을 당했다. 자살하기 위해 바다에 뛰어들었다. 구사일생으로 살아난 그녀는 엄마가 살고 있는 산골로 갔지만 거기서도 굶주림을 면하지 못했다.

그런 그녀가 버틸 수 있는 유일한 버팀목은 신앙이었다. 산등성이 두 개를 넘고 2시간을 달려야 도착하는 교회를 매일 새벽예배에 참석했다. 그리고 초등학교 3학년이라는 학력으로 혼자 책을 읽고 공부해 학원까지 운영했다. 그러다 친부보다 더 악랄한 남편을 만나 폭행과 착취를 당했지만 끝내 회개시켜 목회자로 만들었다.

이와 비슷한 예는 수없이 많다. 어린 나이에 결혼해 남편의 무능력과 폭행에 시달렸지만 신앙의지로 견뎌 자신은 목회자가 되고 목회자 사위까지 얻은 내 주변의 지인도 있다. 그녀는 과거의 이력과 달리 얼마나 겸손하고 명석한지 모른다. 지금 그녀는 우리나라에서 가장 큰 기도원에서 사역하면서 목회 생활을 이어가고 있다.

언젠가 내적치유라는 단어가 열풍처럼 유행하던 때가 있었다. 그것은 상처와 대물림이라는 묘한 함수관계와도 맞아 떨어졌는데 그 안에는 DNA라는 유전인자도 포함되어 있었다.

나도 그 부분에 관심이 있어서 애니어그램과 MBTI 같은 성격유형에 관한 공부를 한 적이 있다. 많은 경우, 상담자들 중에는 상처로 인해 어려움을 겪었던 사람들이 많이 있다고 한다. 그래서 상처 받은 사람들을 돕기 위해 일부러 상담자로 나서는 것이다.

동병상련의 심정으로 그들은 어둠 속에 있는 영혼들을 위해 사회 곳곳에서 활동하고 있다. 반면 상담학적인 지식과 스킬로 하는 경우도 있다. 공감대와 상관없이 그들도 나름대로 좋은 결과를 이끌어 낼 것이다.

언젠가 지인이 한 이야기가 생각난다.

상담을 신청했는데 상담자가 대화 도중 약 처방을 하는가 싶더니 병도 주고 말더라는 것이다. 그래서 다시는 상담 신청을 하지 않았다고 한다. 하지만 그것도 편견일 수 있다. 꼭 경험을 의지할 필요도 없겠지만 일단 편견은 배제해야 한다.

상담학 교수가 말한 요지가 생각난다.

상담자의 기본자세는 무엇보다 겸손이어야 한다.

과거와 화해하기

나는 가장 슬픈 세대로 여겨지는 베이비붐 즉 7080세대다.

베이비붐 세대란 마지막으로 시부모를 모시고 버림받는 뜻에서 생겨난 말이다.

어떤 이들은 우리 부모세대가 더 불쌍하다고 하지만 내가 젊었던 시절만 해도 내 부모세대는 며느리의 깍듯한 공대를 받으며 노후를 보내는 경우가 더 많았다.

과거의 며느리들은 매서운 시집살이로 온갖 핍박과 손해를 감수해야 했다. 여자라는 이유로 희생은 당연지사로 여겼고 남존여비 사상에 굴복하느라 자신마저 포기하는 삶을 살아야 했다. 말대꾸나 저항은 꿈에도 하지 못했고 남편의 축첩에도 말 못하고 견뎌야 했다.

기껏 할 수 있는 화풀이가 부지깽이를 빨갛게 달구어 부엌 바닥을 내리치는 정도였다고 한다. 아들을 못 낳으면 당연히 첩을 들이거나 쫓겨나는 경우도 있었고 권리 주장은 아예 할 수도 없었다. 참고 또 참으면서 생겨난 말이 한(恨)이었다.

그래서 우리 민족의 정서를 한이라고 표현하는 경우도 많았다. 하지만 세월은 이러한 정서를 뒤엎고 일인 가구가 늘어나면서 비혼 무자녀 시대가 되었다. 저출산이라는 예전에는 생각지도 못한 단어가 등장했다. 또 컴퓨터 인터넷 인공지능(AI)라는 신종단어는 실업률을 폭발적으로 증가시켰다.

사람이 할 일을 기계가 대신하면서 젊은이들의 일자리가 급격히 줄어든 것이다. 기성세대보다 편하게 성장한 요즘 젊은 세대는 난관을 헤쳐 나가는 힘이 부족한 것은 사실이다. 힘들고 위험한 일을 하기 보다 차라리 백수로 지내는 것을 선택한다.

그래서 선택한 결과가 비혼과 무자녀인 것이다. 정부가 갖가지 대책을 내놓으며 출산을 장려하지만 전혀 미동도 하지 않는다. 오히려 취업도 안 되는데 인구가 줄어들면 더 좋은 게 아니냐며 반문한다. 그러면서 생겨난 단어가 또 금수저 흙수저이다. 책임을 부모 세대에게 떠넘기는 것이다.

갖은 풍상을 겪으며 살아온 기성세대가 들으면 기가 막힐 노릇이다. 우리는 갖은 고생 끝에 오늘을 이루며 살아왔다고 말하면 아예 귀를 막고 듣지 않으려 한다.

나도 젊은 시절 똑같이 그랬다. 흔한 전쟁 세대의 이야기는 아예 외면했다. 한의 문화는 판소리나 민요로 작곡되어 히트할 만큼 우리 민족이 정서를 차지했다. 그런데 먹고 살만해지니까 그 한(恨)이 상처로 악순환 되는 것이 증명되면서 내적치유라는 단어가 등장한 것이다.

늙을수록 과거에 집착한다는 말이 생각난다. 그것은 곧 옛 사고에 묶여 현실을 도외시하고 고집을 피운다는 뜻이다. 나이가 노년을 향해 달릴수록 옛 기억이 생각나 가끔씩 그 현장을 찾게 된다. 과거에 대한 향수나 추억 때문이 아닌 회자정리(會者定離)하는 마음에서랄까.

과거는 과거일 뿐이라고 말하지만 마음속에 무의식으로 남아 현재에 영향을 끼친다. 과거는 추억의 의미로 해석될 수 있지만 대부분 상처나 고통과 연관되어 언제 어느 때에 출몰할지 모르는 변수로 작용하기 쉽다.

그러기에 과거와 화해하는 게 급선무(?)다.

즉 마음속에 자리 잡은 쓴뿌리(상처)를 제거하고 나면 진정한 내적 평화와 자유가 주어진다. 나 같은 경우는 글을 통해 해결하거나 기도 즉 신앙의 힘을 빌린다. 내 능력이 아닌 성령님의 도움을 구하면 의외로 쉽게 해결되었다.

좀 더 심한 경우는 전문적인 상담사에게 도움을 청하는 게 좋다. 과거에 대한 가장 큰 폐해는 피해의식이다. 피해의식은 자신은 물론 주변사람에까지 막대한 영향을 끼친다. 예전에 여러 번 내적치유세미나에 참석한 적이 있었다. 상처 치유와 관련해 많은 강의를 들었는데 피해의식에 관해서는 전혀 듣지 못했다.

너무 광범위해서 그런지 이에 대해 강의하는 교수도 만나 보지 못했다. 그래서 글을 쓰면서 피해의식에 관해 나름대로 정리해 보았다. 다음은 내 단편소설에 나오는 한 대목이다.

〈피해의식은 다분히 과거의 경험에서 비롯된다. 그 감정의 근저는 불신이며 양상은 적대감과 분노로 나타난다. 피해의식은 모든 것을 악의로 해석하는 경향을 띤다. 어떠한 말이나 행동도 과거에 반추해 악의로 결론 내린다. 설령 그것이 잘못된 판단으로 나타난다 할지라도 그와 같은 현상은 매번 반복된다.

과거의 상처에 집착된 사고(思考)가 끊임없이 추측과 상상을 되풀이하기 때문이다. 자기만이 옳다고 주장하기 때문에 타협이나 수정의 여지가 없다. 자연히 무리에서 이탈되며 외톨이가 된다. 대인관계에 있어 가장 상대하기 힘든 케이스다. 사람들은 피해의식에 휩싸인 사람들을 가장 꺼려한다. 진실이 통하지 않기 때문이다. 과거의 기억에 모든 판단을 맡기기 때문에 그에게는 오직 이기심과 두려움만 있을 뿐이다.

그에게는 사랑이나 인정(認定)도 통하지 않는다.

그것조차 의심하고 두려워한다. 그것이 사실로 판명난다 할지라도 다시 재해석함으로 마음이 낮아진다. 피해의식은 두려움의 형태가 분노로 나타나는 일종의 자의식 현상이다. 그 이면에는 자존심 상하고 손해 본 기억들이 도사리고 있다. 그래서 뇌에서 끊임없이 명령하는 것이다.

손해 보지 말아라.

상처 입지 말아라.

대적하고 먼저 공격하라.

거절의 감정을 이기지 못하고 그는 항상 고뇌한다. 의식속에 한번 뿌리 내려진 상처는 사고(思考)를 고착화하고 갖가지 부정적 양상을 일으킨다. 모든 걸 자기주관적으로 해석해 수많은 오해의 불씨를 나타낸다. 불신과 두려움이 끊임없이 생각을 조정하는 것이다.

그는 항상 외롭다. 사랑을 믿지 않기 때문에 평강이나 행복이 존재하지 않는다. 손해볼까봐 늘 전전긍긍하며 사랑마저도 늘 주저한다. 그러나 그 심연(深淵) 저변에는 사랑받고자 원하는 끊임없는 욕구가 도사리고 있다. 누군가 그에게도 다가가야 한다.

그에게 다가가 참 사랑의 진수를 보여주어야 한다. 한두 번 갖고는 안 된다. 열 번 스무 번 거듭 거듭 보여주어야 한다. 피해의식의 가장 확실한 처방책은 사랑이기 때문이다. 그 사랑은 과거의 고리를 끊는 결정적인 역할을 한다. 사랑으로 치유 받은 마음은 더 이상 과거에 머물지 않는다.

무조건 배척하기보다 부드러운 말과 사랑으로 관심 가져 준다면 그도 언젠가는 과거의 고리에서 벗어나 자유로워질 것이다. 그래서 그가 진정 사랑으로 거듭난다면 자신과 같은 사람들을 도울 수 있게 될 것이다.

또한 피해의식은 불신에 대한 감정 치유이다.

불신감의 원류는 배반감이며 상처에 대한 두려움이다. 즉 과거로부터의 나쁜 기억과 올무에 결박된 부자유다. 불신감의 이면에는 감정의 영속성에 대한 기대감을 깔고 있다. 불신은 항상 최악의 경우만을 상정한다. 더 나아가 불신은 인간 사이의 정을 차단한다. 불신의 결국은 자기 부정이다〉

피해의식에 사로잡혀 남을 공격하고 깊은 상처를 입히는 사람을 많이 보았다. 말 한마디도 그에게는 올무가 된다. 지난번 ○○모임에서 남의 말 한마디 가지고 핏대 올리며 싸우는 사람을 보았다. 왜 저러느냐고 보고 있던 사람들이 고개를 저었다. 그런데 조금 있으려니까 또 다른 사람이 한 말을 가지고 또 꼬투리를 잡고 언성을 높이고 주변을 소란하게 했다.

싸움대장 같다는 생각이 들어 그 다음부터는 아예 인사도 않고 피해버렸다. 그런 경우는 자기에게 있는 피해의식을 남에게 전가시킴으로 자기 안전을 추구하는 케이스다. 나에게도 엄청난 피해의식이 있다. 과거의 기억에 누적된 감정의 상흔들이다.

여호와께서 말씀하신다. "너희를 위로하는 자는 나인데 어째서 너희는 풀잎에 불과한 죽을 인간을 두려워하느냐? 너희는 어째서 하늘을 펼치고 땅의 기초를 놓은 너의 창조자, 나 여호와를 잊어버리고 너희를 괴롭히며 너희를 파멸시키려고 하는 그들의 분노를 항상 두려워하며 사느냐? 그들의 분노가 어디 있느냐? 사로잡힌 자들이 곧 풀려날 것이며 그들이 지하 감옥에서 죽거나 굶어죽는 일이 다시는 없을 것이다. 나는 바다를 휘저어 물결을 일으키는 너희 하나님 여호와이니 내 이름은 전능한 여호와이다."(이사야서 51장 12-15절 말씀.)

과거에서 벗어나는 길은 결코 쉽지 않다. 만일 과거와 같은 환경에 여전히 머물러 있다면 과감히 현실을 박차고 나가라고 권면하고 싶다.

또한 새로운 환경 속에 빠르게 적응해 나가는 것도 중요하다. 물론 힘들 수도 있다. 그리고 자신의 능력에 맞는 일거리를 찾아 나름대로 취미생활도 즐기고 시선을 사람이나 나 자신이 아닌 절대자께 돌리는 것이다. 그리고 긍정적인 사고의 변화를 통해 나 자신을 성찰하고 현재에 집중하는 것이다.

그러나 가장 큰 해결책은 기도를 통해 성령님의 도우심을 구하는 것이다. 보혜사 성령님은 우리의 상담자가 되어 주셔서 사람이 줄 수 없는 위로와 평강을 주신다. 우리의 작은 신음에도 귀를 기울여 주시며 상처를 치유해 주신다. 십자가의 갈보리 사랑이 흘러넘칠 때 진정한 용서와 화해가 가능하다.

상담에 대한 능력을 부인하자는 게 아니다. 마음을 창조하신 하나님께 나의 모든 삶과 미래를 맡길 때 과거는 더 이상 우리의 발목을 잡지 못할 것이다.

억울한 일 슬픈 일

등단 초기에 주로 사이코 소설을 썼던 기억이 난다.

다른 작가와 차별을 두고 좀 더 기발한 소재를 놓고 기량을 나타내고 싶었는지 모른다. 정신분열증과 정신 착란증 강박증 노이로제 등 다양한 심리묘사를 하다 보니 어느새 내게 심리소설 작가라는 타이틀이 붙게 되었다. 이런 내게 모 작가가 말했다.

"사이코 소설 좀 그만 써요. 그러다 진짜 사이코 되는 수가 있어요."

"저는 신앙생활 하니까 괜찮아요."

"그런 소리 말아요. 제가 아는 모 소설가는 신실한 교인인데도 사이코 소설만 쓰다 정신병이 들고 말았어요."

그럴 법한 이야기다. 실제로 정신병동에 가면 정신과 의사와 상담사들이 의외로 많다고 한다. 왜 안 그렇겠는가. 멀쩡한 사람들 상대해도 미쳐 돌아가는 세상인데 정신이 정상궤도를 이탈한 사람들을 대하는데 스트레스가 이만저만이 아닐 것이다.

얼마 전 상담사 하는 지인(知人)에게 들은 이야기다. 친한 상담사가 갑자기 자살했다는 것이다. 꽤나 능력 있는 상담사인데 워낙 끔찍한 이야기를 많이 듣다 보니 감당이 안 됐던 모양이다. 그러고 보면 아무리 잘 훈련된 상담사라 할지라도 멘탈갑 아닌 이상에야 힘들 것이란 생각이 든다.

　우스갯소리로 30, 40년 전에는 길거리에 지나가는 사람들 중 삼분의 일은 정신이상자라고 했다. 그런데 얼마 전부터는 성한 사람이 없는 거의 전부가 정신이상자라고 한다. 다만 경중의 차이가 있을 뿐이다. 어느 심리학자 교수가 한 말이 생각난다. 정신에도 견딜 수 있는 함량이 있다.

　그 궤도를 벗어났을 때 정신은 정상적인 기능을 상실하고 만다. 사실 정신병에 걸리는 사람들은 대부분 심약하고 착한 사람들이 많다고 한다. 소심하고 감정이 여리다 보니 그것을 견디지 못하고 정신병이 발발하고 마는 것이다. 멘탈이 강하고 악독한 인간은 정신병도 자살도 하지 않는다고 한다.

　그런데 보기에는 멀쩡한 사람 같아도 한순간에 정신병자 증세를 나타내는 경우가 있다. 내재된 상처가 분노로 표출되거나 이상 행동을 보이는 것이다. 심지어 빙의 현상을 일으키는 일도 발생한다. 곁에는 보는 사람은 얼마나 불안하고 떨리겠는가.

　그런데 그런 사람들을 직업적으로 만나고 치료하는 사람들은 얼마나 힘들겠는가. 그래서 그런지 몰라도 상담사 중에는 자신이 겪은 상처와 고통을 딛고서 봉사하는 마음으로 일하는 경우가 많다고 한다. 동병상련의 마음으로. 그들이 흘리는 눈물을 나는 곁에서 지켜보았었다.

　사람이 얼마나 괴로우면 정신이상 증세를 초래하게 되었을까?

　나는 절감하며 공감한다. 미치지 않고 견딜 수 있는 방법을 생각하느라 60평생이 흘러갔다. 정신이 블랙홀 속에 처박히는 듯한 고통과 터질 듯한 분노 자살충동과 끝없이 되풀이되는 우울증과 강박증. 그것보다 더 괴로운 건 그 고통을 비웃고 조롱하는 주변 사람들의 입술들이다.

악의에 찬 말을 서슴없이 내뱉는 입술들. 이상하게 내 주변에는 그런 인간들이 많았다. 남의 약점을 교묘히 파악해 집중적으로 공격하는 악마의 대리인 같았다. 심약하다 못해 소심증 환자인 나는 그것을 고스란히 견뎠다. 한번 타격 받은 마음은 끝없이 무너져 내렸다.

언제 공격받을지 몰라 초긴장하다 보니 불안의 연속이었다. 마음이 무너지더니 몸은 질병의 온상지가 되었다. 온몸의 뼈가 마르기 시작하더니 무기력이 심화돼 움직이기조차 힘든 상태가 되었다. 차라리 쓰러져 병원에 실려 가면 좋으련만 늘 간당간당했다.

나를 죽이기 위한 고사 작전이 늘 도사리고 있는 것만 같았다. 악재는 겹쳐서 온다고 했던가. 끔찍한 가난과 모멸감 무능감 열패감 온갖 안 좋은 단어는 내게 찾아와 괴롭혔다. 그중에서 일평생 괴롭힌 단어는 무능이었다. 내겐 그 무능감을 극복할 힘이나 재간이 없었다.

그래서 늘 누군가의 도움을 바라고 있었는지 모른다. 상담사도 엄청 많이 찾아 다녔던 것 같다. 그러나 한번도 시원한 대답은 들어보지 못했다. 나중에 생각해 보니 상처 치유의 주체는 바로 성령님이셨다. 언제가 교회 공동체 안에서 담당 목사님으로부터 들은 말씀이 생각난다.

"상처에 관한 부분은 나와 하나님과의 문제이다. 어떤 논리적인 방법보다 먼저 하나님과 나와의 관계를 우선시해야 한다."

즉 상처와 관련해 끊임없이 기도를 통해 문제해결 방법을 모색해야 한다는 뜻이었다. 당시에 내적치유에 관한 세미나와 합숙 훈련 등이 많이 있었다. 참석자들은 많은 은혜와 변화가 있었다고 하지만 얼마 안 가 재발하고 마는 현상이 되풀이되었다.

세미나에 참석해서 울고, 이론을 학습한다고 해서 해결될 문제가 아니었다. 상처의 원인과 치유 방법을 알았다고 해서 완치가 되는 것도 아니었다. 상처는 언제나 재발될 수 있는 것이고 또 현재진행형인 경우가 더 많았으니까. 하지만 원인을 안 이상 치유 또한 가능한 것도 사실이었다.

제일 첫 번째 관건은 상처의 현장에서 벗어나야 한다. 예를 들면 매일 남편의 폭력으로 시달리는 여자가 있다면 아무리 상담기법을 동원한들 효과는 기대하기 힘들 것이다. 그런데도 상황은 그리 녹록치 않아 벗어나기가 쉽지 않은 경우도 있다.

세상이 좋아져서 그렇지 억울한 일 슬픈 일 당해 보지 않은 사람이 몇이나 되겠는가. 노예가 존재했던 봉건주의 사회에서 평민이나 노예가 당해야 했던 인권말살이나 처참한 살육현장은 필설로 표현하기 어려울 정도이다. 옛날에 서양의 어떤 왕비가 처녀의 피로 목욕을 하면 미용에 좋다고 하여 처녀를 강제로 납치해 피비린내를 이루었다는 기록이 있다.

노예는 상품이나 재산으로 취급되어 고문이나 살인을 해도 법에 저촉되지 않았다. 성군 세종대왕 시대에도 여종을 끔찍한 방법으로 살해해 죽인 양반가 부인이 있었는데 아무런 처벌도 받지 않았다고 한다. 뿐이랴. 일본군 위안부 사건은 얼마나 극악무도 하며 민주주의가 시퍼렇게 살아있는 시대에도 성고문이 자행되었다니 더 말해 무엇 하랴.

태어나자마자 친부모에게 살해당한 영아가 있는가 하면 친 자녀를 노동자로 팔아먹는 부모도 있다. 끔찍한 부모 밑에서 학대받고 자란 자녀가 그 상처를 고스란히 대물림하는 이야기도 심심치 않게 들려온다. 이러한 비인륜적인 상황 앞에 사람들은 질문한다.

신의 전능성과 침묵에 관해서.

그러나 백번을 강조해도 신의 능력은 무한대이며 그 사랑 또한 무한대이다. 사랑하는 외아들 그리스도를 십자가에서 죽이시기까지 인류에 대한 사랑을 몸소 나타내 보여주셨기 때문이다. 언젠가 피해 보지 않기 위해 발버둥치는 나 자신을 발견하게 되었다.

어린 시절 상처와 관련해 피해의식에서 비롯된 현상이었다. 사랑받지 못하고 상처와 모멸감 수치와 분노 등등.

그때 마음속에 울림이 있었다. 그리스도께서는 전능주임에서 하늘 보좌를 버리고 말구유에서 태어나 온갖 고초를 다 겪으셨는데 내가 인정받을 이유가 무엇이며 고난당하지 않을 이유가 무엇인가.

또 그리스도께서는 하나님이심에도 불구하고 사람들로부터 수치와 모멸 비웃음과 조롱을 받으시고 외면당하셨는데 내가 못 당할 이유가 무엇인가. 신(神)이신 주님께서도 당하셨는데 나도 당함이 마땅하다. 생각하니 마음속에 자유가 넘치는 것 같았다.

말도 안 되는 자존심 내세워 원수 맺고 피해의식에 사로잡혀 분노하고 눈물 뿌릴 이유가 없어 보였다.

그 흘리신 피의 공로로 죄 탕감 받은 은혜만으로 충분하다. 인권이 보장된 나라에 태어나 많은 기회 속에 살아가는 것만으로도 감사하다는 생각이 들었다. 사실 억울한 일 슬픈 일들을 일일이 열거하자면 끝이 없을 것 같다. 가정에서 시작된 차별대우 일터에서 벌어지는 끝없는 갑질 행태.

어떤 고용주는 유독 내게만 인격적인 모독을 가하며 교만 왕으로 행세했는데 나중에 알고 보니 그는 원래부터 인격 자체가 교만하고 악했다고 한다. 어떤 고용주는 다른 직원들의 급여는 우선순위로 주면서 유독 내 급여만 모른 체했다. 이유를 따져 물었더니 아까워서 그렇다며 눈물을 철철 흘렸다.

일이 잘못되면 무조건 남의 탓으로 돌렸고 그러면서도 끊임없이 찬사와 존중받고 싶어 했다. 알바생에게까지 인센티브를 주면서 내 급여만 자꾸 미뤄져 이유를 따져 물었더니 그래서 내가 니 월급 떼어 먹은 적 있냐고 오히려 큰소리를 탕탕 쳤다.

직원들은 말했다. 저런 사장 밑에서 더 일했다간 정신병자 될 거 같다. 월급 받자마자 속히 그만두자. 친구도 빨리 그만두라고 했다. 그런데 밀려 있는 월급이 500만원이 넘어 그마저 쉽지가 않았다. 친구는 그마저 뒤로 하고 빨리 나오라고 했다.

퇴사하고 나서 급여를 받기 위해 애를 끓인 수고는 말해 무엇하랴. 결국 받긴 했지만 그로 인한 피해의식은 쉽게 사라지지 않았다. 그런데 그것보다 더 기막힌 건 친구의 반응이었다. 빨리 그만두고 나오라고 성화를 하더니 막상 나오니까 싸늘한 목소리로 말하는 것이었다.

"너 노후대책 해 놓았냐?"

그 말 한마디에 내 처지에 대한 비난과 조롱과 비웃음이 다 포함
돼 있었다. 이후에도 마음 놓고 내 처지를 멸시하는 말을 했다. 그
러면서 하는 말이 나는 너한테 위로만 받고 싶지 니가 하는 힘든
이야기는 전혀 듣고 싶지가 않단다. 그런데 정작 웃기는 건 상처는
자기가 내게 주었으면서 오히려 제가 피해자 행세를 한다.

이 기막힌 상황을 어떻게 표현해야 할까. 세상은 가해자가 피해
자 행세를 한다. 남한테는 단돈 십만 원도 못 빌린다며 내게 돈을
빌려 갔던 그녀가 내게 무능력하다고 하대하는 것이다.

기도 부탁을 하면서 자신도 모르게 말을 해 놓고 아차 싶었던 모
양이다.

동생에게 그랬단다.

"내 친구가 있는데 참 별 볼 일 없는데 기도의 능력은 있단다."

그 친구가 바로 나였다. 그 말은 내 무능력을 꼬집은 결정적인
말이었다. 난 한번 맺히면 풀지 않고 되씹고 되씹는 스타일이다. 한
마디로 뒤끝 작렬이다. 그걸 모를 리 없는데도 그 말을 해 놓고도
오히려 자기가 피해자 행세를 한다. 자기는 아무런 잘못이 없고 모
든 원인 제공은 내가 했고 내가 못나서 그렇다는 뜻이다.

몇 번의 예시가 있지만 그만 두겠다. 어쨌든 그녀는 누구보다도
만사형통의 삶을 살아가고 있다. 언젠가 영성훈련 세미나에 참석했
을 때 담당 리더가 말했다.

"마음속에 분노가 있군요."

당시로선 인정하고 싶지 않았다. 하지만 그 후 오랜 세월 동안

그 말의 실체를 경험하며 살고 있다. 왜 툭하면 주눅 들고 분노하는지 참지 못하고 실수하고 마는지. 후회와 슬픔과 연민으로 날마다 한계상황에 부딪치는 느낌이다. 그럼에도 가슴 한편에서는 위로받고 싶은 마음이 간절했다. 그때 언젠가 들었던 설교 말씀이 떠올랐다.

여러분 중에 상처받은 사람 있습니까? 사람에게 위로받을 생각 꿈도 꾸지 마십시오, 혹시 목사인 저한테 위로받고 싶으시다고요? 저는요, 여러분 위로해 줄 생각 1도 없습니다. 하나님께 위로받으세요. 이 세상에서는 아무도 당신을 위로해 주지 않습니다.

방법은 한가지였다. 하나님 앞에 내 모든 사정을 아뢰고 진실해지는 것이었다. 내 약함을 아시는 하나님께 모든 흉허물을 토로하며 진정한 위로를 경험하는 것이다. 그렇게 하기까지 참으로 오랜 시간이 걸렸다. 기도를 못 하는 건 믿음이 없어서이고 인내심이 부족해서다. 믿을만한 사람에게 하소연하며 해결점을 찾는 게 더 쉬워 보이기 때문이다.

그러나 사람은 이야기를 들어주면서 약(藥)도 주지만 병(病)도 준다. 다만 본인이 인지하지 못할 뿐이다. 그렇게 사람에게 실망하고 나서야 진심으로 하나님을 찾게 된다.

어느 목사님께서도 설교시간에 말씀하셨다. 아무리 절친이어도 자주 찾아가면 싫어한다. 처음에는 반길지 모르지만 너무 찾아가면 진저리치면서 거절할 것이다.

그런데 우리 하나님은 다르시다. 찾아가면 갈수록 좋아하시고 문제도 해결해 주신다. 그러니 사람에게 실망 당하지 말고 찾을수록 기뻐하시고 사랑해 주시는 하나님께 나가라. 목사에게 실망했는가? 그때야말로 하나님을 찾고 뜻을 구할 때이다. 또 다른 목회자는 말했다.

집착에서 벗어나라. 집착에서 벗어나는 길은 단 한가지다. 그건 바로 하나님께 집착하는 것이다. 단순한 말 같지만 가장 명쾌한 대답이었다. 그 말 한마디가 얼마나 은혜가 되는지 집착이라는 뜻에 대해 다시 한 번 생각하게 되었다. 하나님을 향한 영적인 집착은 축복이다.

남편과 자녀와 돈, 세상 영광에 집착하는 사람들이 너무 많이 있다. 코로나라는 최고 위험군인 상황 속에서 마스크도 쓰지 않고 밀집된 공간에서 일하는 사람들이 있다면 믿겠는가. 돈에 대한 집착은 상상을 초월할 정도다. 세상 명성을 위해 돈은 물론 자기 몸조차 희생물로 삼은 경우도 있다.

모든 게 집착이 원인이다.

집착은 스스로 만든 벗어날 수 없는 감옥과 같다. 자의로 절대 벗어날 수 없다. 방법은 한가지 절대주 하나님께 집착하는 것이다. 말씀과 기도가 해답이다. 어느 날 설교 말씀에서 들었다. 사람은 원래부터가 부정적인 사고로 태어났기에 긍정적인 마인드로 바꾸도록 자꾸 노력해야 한다.

세상에 저절로 되는 건 없다. 억울한 일 슬픈 일일수록 속히 집착에서 벗어나야 한다. 피해의식이 클수록 실수와 고통은 배가 될 수 있기 때문이다. 사람들에게 하소연했다가는 피해의식이 가중될지 모른다. 나도 처음에는 원한 맺힌 사람들의 이야기를 잘 듣고 위로해 주었다.

그랬더니 그들이 나중에 나를 제 노예 취급하면서 온갖 험담을 퍼뜨리고 다니며 비방을 일삼았다. 오지랖 넓은 체하다가 오히려 해코지 당한 뒤부터는 마음을 굳게 닫아버리게 된다. 공연히 의(義)로운 척했다가 피해만 가중된 꼴이었다. 또다시 설교 말씀이 떠올랐다.

사람들 앞에 억울한 사정을 하소연하지 말라. 사람들은 겉으로는 그 이야기를 듣는 척하지만 속으로 멸시한다. 남에게 도움을 받았을 때 그걸 은혜로 아는 사람은 성자(聖者)다. 대부분 은혜를 원수로 갚는다. 어려움과 고난을 당했다고 무조건 도와주지 말라.

그 사람을 향한 하나님의 뜻이 있다. 자기 의(義)를 위해 함부로 남을 도와주었다가 자신도 어려움에 처하고 그 당사자의 고난이 더 오래갈 수도 있다. 도와주기 전에 하나님께 먼저 물어보라.

평소에 잘 몰랐다가 어려움을 당하면 꼭 설교 때 들은 내용이 떠오른다. 그래서 난 설교 내용을 머릿속에 저장해 두기 위해 애를 쓴다. 그것이 삶의 지혜가 되고 도움이 될 때가 많아서다. 세상에는 억울하고 슬픈 일도 많지만 그것을 잘 극복해서 전화위복의 기회로 삼는 경우도 많다.

실수라는 경험이 성공의 밑바탕이 되기 때문이다.

분노 조절 장애

억울한 게 쌓이고 쌓이면 한(恨)이 된다.

한은 대부분 갑질이나 일방적인 상처에서 기인된다. 또 상처는 대물림되거나 다른 사람에게 투사돼 이중 삼중으로 악영향을 끼친다. 쌓이고 쌓인 분노는 한순간 걷잡을 수 없이 폭발해 통제 능력을 상실하고 마는데 이게 바로 분노조절 장애이다.

분노조절장애는 과거에 경험했던 부정적인 사건과 현재 발생한 부정적인 상황이 관련될 때 과거의 나쁜 기억 속에 자신을 몰입시키는 것을 의미합니다. 분노조절장애는 특별한 동기 없이 화를 참지 못해 타인을 공격하기도 합니다.

(인터넷에서 발췌)

분노는 대부분 자신보다 연약한 대상을 향하여 분출되는데 그로 인한 끔찍한 죄악상이 인터넷에 자주 등장하곤 한다. 천인공로 할 죄악상 중에 하나가 어린 아이에게 가해지는 학대이다. 또 어린 여자아이를 향한 폭력과 성폭행도 이에 반한다고 할 수 있다.

힘없는 어린아이를 향한 죄악상은 종교 영역에서도 행해진 지 오래고 친부모나 계부에 의한 성폭행도 비일비재로 일어나고 있다. 세상이 좋아져서 그렇지 옛날이라고 왜 없었을까. 쉬쉬하고 그냥 넘어갔을 뿐이다. 예전에는 그와 같은 일이 발생해도 오히려 피해자의 입막음하기에 바빴다.

너 그러면 시집 못 간다.

어디 집안 망신시킬 일 있냐.

니가 어떻게 처신을 했길래 그런 일을 당해?

오히려 가해자를 두둔하고 피해자에게 이차 삼차로 피해가 발생했다. 세상은 악인에게 관용하고 약자나 피해자에겐 무관심하거나 판단의 잣대를 휘두를 때가 더 많다. 강자가 가해자일 경우이다. 내가 어린 시절만 해도 버스기사에게 욕설과 폭행하는 남자들을 볼 수 있었다.

술 취한 남자들이 주정을 하는데 마침 운전기사가 눈에 들어온 것이다. 일부러 운전기사에게 다가가 시비를 붙고 끝내는 욕설과 주먹을 날리는 바람에 버스가 출발도 못하고 마는 사태가 벌어지고 만다. 그런 류의 사람은 분명코 가정에 돌아가서도 똑같이 가족들을 괴롭히고 말 것이다.

옛날 가부장적인 시절에야 오죽하였으랴. 무능력한 가장일수록 더 가족을 괴롭히고 자식들을 학대했다. 내가 공무원 하던 시절(40년 전) 직장 내에서도 그런 사람이 있었다. 자기보다 12살이나 어린 아내를 술만 마시면 무지막지하게 폭행하고 집에서 내쫓는 것이다.

여자는 어릴 때부터 친부의 미움을 받고 살다가 집안에서 부리는 머슴과 함께 야반도주를 했다. 남들 가는 중학교도 못 가고 온갖 고생하며 사느라 결혼식도 못 올리고 말았다. 그런데 이번에는 남편의 폭행 속에 항상 기가 눌려 지내는 것이다.

그렇게 맞고 살면서도 남편 공대는 끔찍하게 잘했다. 자식이 셋이나 되니 도망도 못 갔다. 그러나 그게 아니었다. 오랜 세월 동안 학대 속에 지내다 보니 전의를 상실하고 자포자기한 것이다. 여자는 온갖 중노동 속에 맞고 살면서도 생활력은 얼마나 강한지 몰랐다.

돈이라면 물불 안 가리고 덤벼들었다. 그런 식으로라고 남편 사랑을 받고 싶은 모양이었다. 80년대 초 그 시골 마을엔 그런 여인네들이 많았다. 남편은 첩에게 양보하고 자신은 시부모의 구박 속에 농사일에 파묻히고, 또 한 여자는 처자식을 철천지원수처럼 여기며 학대하는 남편과 시집 식구들 속에서 눈물과 한숨으로 지내는 여자도 있었다.

모 개그맨의 아내로 살다 이혼한 여자(배우)는 어릴 때 너무나 가정 폭력에 시달린 나머지 행복한 가정을 이루는 게 꿈이었다고 한다. 그녀는 남편의 사랑을 받기 위해 최선을 다했지만 성질 못된 남편과 끝내 이혼했다. 그녀는 어릴 때 친부로부터 온 가족이 고통당한 이야기를 하면서 눈시울을 적셨다.

어느 날 친부의 교통사고 소식이 들려왔을 때 느낀 감정에 대해 솔직히 이야기하는데 가슴이 찡했다.

"아! 이젠 편해지겠구나."

가족을 괴롭히고 학대하는 사람들은 의외로 사랑받고 싶어 몸부림을 친다. 자신을 하늘처럼 떠받들라고 요구하며 또다시 폭행을 반복한다. 내가 어릴 때만 해도 그런 가정이 많았다. 가족들의 생계를 책임진다는 이유로 툭하면 자식들을 때리고 내쫓고.

그러면서 부모로서의 당당한 권리를 요구했다. 사흘돌이로 가족을 때리고 괴롭히며 그의 마음은 편했을까. 정말 묻고 싶은 질문이다. 그렇게 맞고 사는 여자들은 남편에게 기가 눌려서 이혼도 못한다고 한다. 그 바탕에는 절망감과 남존여비 사상이 깔려 있으리라.

내가 아는 지인(知人)은 어머니가 평생 아버지한테 맞고 살았다고 한다. 처음에는 아들을 못 낳았다는 이유로 맞았고 다음에는 화난다는 이유로 맞았고 이유는 대기 마련이었다. 또 딸한테도 말할 수 없는 폭력을 저질렀는데 딸은 결혼해서도 남편과 시댁 식구들로부터 똑같은 폭행과 학대를 당했다고 한다.

지인의 아버지는 다른 사람들에게는 말 한마디 못하면서 유독 아내와 딸한테만 학대를 일삼았다. 나중에 아들이 장가들어 며느리를 보았는데 절절매며 하는 말이 자기 아내를 흉보는 것이었다. 그러자 며느리는 아예 시어머니를 사람 취급을 안 했다고 한다.

어머니는 온갖 고생하며 자식들을 가르쳐서 출가시켰는데, 지인이 눈물을 글썽이며 말했다.

"제가요, 다른 사람들한테는 싫은 소리 한번 못 하면서 엄마한테는 함부로 대들고 그랬어요. 우리 엄마 너무나 불쌍해요."

집에서 새는 바가지 들에서도 샌다고 했던가. 내 주변에는 그런 하소연하는 사람들이 많다. 모 유명한 여류명사는 대학 시절 계모로부터 받은 상처를 이야기를 하는데 깜짝 놀랐다. 계모에게는 분노조절 장애가 있었는데 그것을 유독 전처 자식에게 풀었다고 한다.

온 집안을 헤집어 놓고 전처 딸을 무지막지하게 폭행하기 일쑤였다. 왜 동생에게 이렇게 대하냐고 하자 너도 맞아 볼 테냐 하며 문을 부수고 달려드는데 그만 기절해 쓰러졌다고 한다. 그 상처를 안고 살면서 그녀는 무수한 마음고생과 영적 전쟁을 했다고 한다.

방법은 기도였다. 계모는 전처 자식들한테 한 행동은 전혀 생각하지 않는지, 친자식을 두고도 꼭 전실 자식 집에 머물다 간다고 한다. 상처와 분노에 몸부림을 하다가도 기도하고 나면 어느 샌가 계모가 좋게 보여 자신도 놀란다고 했다. 상처는 대물림되는 경우가 많고 언젠가는 투사(投射)되거나 폭발하기 마련이다.

분노가 들끓어 올라 이성을 마비시키고 통제 기능을 상실하게 한다. 나 또한 그런 경우를 여러 번 겪었었다. 순간적으로 욕설과 고함이 터져 나와 스스로도 놀랄 지경이다. 나이가 들어서는 짜증과 조급증까지 추가되는 모양새다. 남들은 과거의 상처도 잊고 교양과 아량을 베풀며 사는 경우도 많다던데 난 왜 그게 안 될까.

분노 폭발은 어릴 때 자주 일어났던 것 같다. 하도 기가 막힌 상황과 말을 듣다 보니 요즘 말로 빡치는 것이다. 너무나 기가 막힌 현실이 자주 일어났다. 상처는 분노와 한이 되어 가슴 속에 쌓이고 시한폭탄처럼 뇌관을 조정한다. 그러나 한번 눌린 정신은 매번 폭발 일보 직전에 주저앉고 만다.

속으로 삭이다 끝내 우울증으로 발전한다. 한번 폭발하고 나면 더 큰 후유증과 가책 자괴감으로 멘붕 직전이다.

소설가로 등단한 이후 사이코 소설을 많이 썼다. 실제 정신병동에서 일어날만한 사건을 추리하여 리얼하게 묘사하는데 성공했다. 독자들은 나보고 정신병동에 몇 년이나 있다 나왔느냐고 물었다. 처음엔 약간 황당하고 무시당하는 기분이었는데 리얼리티가 살아 있다는 의미로 받아들여져 기분이 좋았다. 언젠가는 누군가 내게 악담이나 멸시를 해도 그냥 참았다. 기가 눌려 말 한마디 할 수가 없었다.

교회를 나가도 도무지 믿음이 생기지 않았다. 긍정적인 사고를 강조하는 설교는 도대체 이해가 가지 않았다. 현실은 온통 불가능 투성이인데 긍정적인 생각을 하라니 어불성설 같았다. 십자가 갈보리 사랑에 대한 설교를 들을 때도 귓등으로 흘려들었다.

그때 나보다 더 힘든 환경 속에서 믿음의 본을 보이며 나를 위해 기도해 주시는 분이 있었다. 구역장이었는데 말씀 한마디 한마디에 배려와 사랑의 힘이 실려 있었다. 위로와 권면과 함께 기도해 주실 때는 마음에 힘이 생겼다. 그때 고마움의 표시를 많이 못한 게 후회가 된다.

어느 날 내게도 기적처럼 하나님의 사랑이 찾아왔다. 난생 처음 느끼는 행복 물결이 가슴을 차지하면서 내 글에 가속도가 붙기 시작했다. 사랑이 마음을 차지하자 그동안 쌓였던 미움 분노 원한의 독소가 눈물이 되어 빠져나가기 시작했다. 그 이전에 나는 일년 내내 눈물 한 방울 흘리지 않았다.

눈물을 보이면 그건 최대 수치요 완전 파멸이라고 믿었다. 마음을 강하게 무장하고 냉정해지려고 무진장 노력하며 살았다. 그런데 언젠가부터 설교를 들을 때마다 은혜가 폭포수처럼 쏟아졌다. 전에는 찬양을 할 때도 몇 절을 불렀는지 모를 정도로 딴 생각만 났었는데 찬양을 할 때마다 기쁨이 가슴 속에서 솟아나는 감동이 있었다.

하루 종일 찬양 듣고 모든 공 예배는 빠지지 않고 참석했다. 중보기도 열심히 했더니 어느 날 내게도 중보기도자들이 생겼다. 봉사하지 못하겠거든 중보기도를 해라. 그것도 봉사다. 목사님의 설교 때 하신 말씀이다.

내 마음도 마음대로 못한다. 역설 같지만 사실이다. 세상에 분노에 사로잡혀 살고 싶은 사람이 어디 있겠는가. 본인도 주변사람들도 고통인 것을.

그러나 하나님 은혜로 얼마든지 가능하다고 믿는다. 은혜가 넘치면 분노는 어느덧 사라지고 없을 테니까.

정점(頂點)

　얼마 전 유튜브에서 8번이나 이혼한 전직 탤런트에 대한 이야기를 들었다. 그는 19세 나이에 아버지를 잃은 후, 너무 외로운 나머지 여자를 만나 동거를 시작했다고 한다. 첫 번째 아내는 아들만 둘을 낳았는데 그는 가족을 먹여 살리기 위해 안 해본 일이 없을 정도로 최선을 다했지만 결국 아내와 이혼했다.

　다시 만나 가정을 꾸렸지만 연거푸 두 번이나 헤어져 세 번이라는 이혼 경력을 남긴 후 이번에는 다른 여자와 재혼했다. 그는 마지막으로 헤어진 외국인 여자와는 33살이라는 나이 차를 딛고 딸까지 낳았지만 서로 맞지 않아 이혼했다고 한다.

　그의 거듭되는 결혼은 인터넷 상에서 수없이 회자되었는데 그때마다 엄청난 악성 댓글이 달려 심각한 트라우마가 생겼다고 한다.

　그는 자기를 찾아온 유튜버가 여러 번 결혼한 이유에 대해 묻자 이렇게 대답했다. 다른 사람들은 서로 연인으로 만났다가 동거로 끝나는 경우가 대부분이지만 자기는 남편으로 책임을 다하기 위해 정식으로 혼인 신고절차를 거쳤다고 했다. 마지막으로 헤어진 아내와는 어린 딸이 있었는데 엄마를 따라 외국에 살고 있었다.

　어린 딸에 대한 그리움으로 그는 연신 눈물을 흘렸다. 그는 마음의 상처 외에 심각한 당뇨증상을 앓고 있었는데 약과 주사를 병행하고 있었다. 한때 요식업으로 크게 성공한 적도 있었지만 코로나로 인해 큰 규모의 매장은 텅텅 비어 있었다. 그는 외로움과 절망 속에서도 노래방 기기를 설치해 놓고 노래 연습을 하고 있었다.

그의 삶을 바라보자니 삶과 절망의 줄타기를 하는 것처럼 보였다. 가정의 행복을 위해 거듭되는 실패에도 결혼을 강행한 것으로 보인다. 남들처럼 동거가 아닌 혼인식을 치름으로 많은 비난의 대상이 되었지만 책임을 다하기 위해 확신에 찬 결단을 한 것이다.

하지만 지금은 2칸짜리 사글세방에 살고 있다. 행복을 위해 열심히 살았지만 남은 건 병(病)과 빚투성이다. 그럼에도 그는 긍정적인 마인드를 유지하기 위해 몹시 애쓰고 있다.

유튜브를 시청하다 보면 많은 공인(公人)들의 이야기를 접하는데 인생무상이란 단어가 실감난다. 인생의 정점을 찍으면서 최고의 미남 미녀 배우였던 인물들이 한순간의 실패로 지옥으로 떨어진 경우가 있는가 하면 잘못된 인연으로 파탄 난 경우도 여럿 있었다.

뛰어난 외모와 재능으로 부와 명예를 축적했지만 무너지는 건 순간이었다. 인생의 정점을 찍었다 해서 성공이 언제까지나 이어지는 건 아니다. 사랑이라는 감정도 뛰어난 외모와 상관없이 변질되고 이혼과 재혼을 거듭하며 인생이 망가지는 경우도 있었다.

한때 개그우먼으로 이름을 날렸던 여자는 경기도 먼 외곽지대에 있는 식품공장에서 단순노동으로 일하고 있었다. 그런가 하면 한때 영화계를 주름잡고 흥행에 성공했던 유명한 남자배우는 사업실패와 이혼으로 코너에 몰린 뒤, 외국에서 온갖 고생을 다하다 돌아왔다.

그는 귀국해 유튜브를 운영하는데 주요 게스트가 70,80년대 배우들이었다. 한때 인생의 정점을 찍고 내려온 사람들의 주된 화제는 자신이 인기 절정에 있던 시절을 회상하는 게 대부분이다. 유튜브에서 먹방 코너를 운영하는 모 배우는 파주에 있는 농촌마을에 사는데 주변 풍경이 소박하고 평화롭다.

따로 방송 출연을 하지 않아 수입이 없어 보이는 그는 자신이 일하는 건설현장을 내보이기도 했었다. 70년대 고교 영화에 단골로 출연했던 모 배우는 60대 나이에 만난 음식점을 하는 중년여자와 살면서 옛날 팬들에게 안부를 전하고 있었다. 가게 이름도 자신이 출연했던 영화 제목을 그대로 옮겼다.

또 다른 여배우는 그간의 사정은 알 수 없지만 거듭되는 사업의 실패로 현재는 고시원을 전전하며 생활한다고 했다. 또 아역 배우로 이름을 날렸던 배우는 사업의 실패와 고충을 그대로 보이면서도 옛날의 영화(榮華)를 잊지 못했다.

사실 연예인만큼 굴곡진 인생도 없어 보인다. 엄청난 명예와 부를 축적한 대스타라고 할지라도 인생이 꼭 평탄한 것만은 아닌 것 같다.

코로나19

　몇 주 전 코로나19 검사를 받기 위해 보건소에 들른 적이 있었다. 직장에서 함께 일했던 동료가 확진자로 판명되어 밀착 근무했던 사람들은 모두 검사 대상이 되었기 때문이다.

　안 그래도 보건소 근처를 지날 때마다 은근히 불안한 마음이 들었었다. 보건소 앞에 임시로 설치된 검사소에서 불길한 예감을 느꼈기 때문이다.

　당시 내가 근무하는 환경은 코로나19에 대해 최악이었다. 사고가 나지 않는 게 기적일 정도였다. 나는 무증상이었기에 당연히 음성으로 나올 줄 알고 갔다. 집에서 가까운 거리였기에 걸어서 갔는데 막상 검사소 앞에 이르니 겁이 덜컥 났다. 검사는 생각보다 힘들었다.

　긴 면봉 같은 걸 콧속으로 깊게 들이미는데 아찔한 통증이 느껴졌고 긴 막대기 같은 걸 입속으로 집어넣는 데도 숨이 막힐 듯한 통증과 구역질이 났다. 그 좁은 공간에 수많은 사람들이 검사를 받는데 공기 중에 코로나 세균이 퍼져 있지 않을까 의심도 들었다.

　검사를 받으러 온 사람 중에는 분명 확진자도 있을 터인데 검사 받는 공간이 너무 좁았다. 물론 방역한다고 하지만 걱정되기는 마찬가지였다. 결과는 이튿날 아침에 문자로 왔다.

　코로나 검사 결과 음성입니다. 그게 끝이 아니었다. 잠복기라는
게 있어서 15일 동안은 꼼짝없이 자가 격리상태에 들어가야 했다.
집 밖으로 한 발짝도 나가면 안 됐다. 나갈까 봐 핸드폰에 앱을 깔
아 감시했다. 만약 어겼다가는 수백만 원의 벌금과 징역형이 기다
리고 있다고 겁박을 했다.

　꼼짝없이 집안에서 마스크를 쓰고 생활하는데 감옥살이 같았다.
밖에 나가 노는 고양이도 찾지 못하고 소리 질러 불러야만 했다.

　격리기간이 끝나기 전날 다시 한 번 검사를 받는데 그날 하루 외
출이 허락되었다. 검사를 받으러 가고 오는 동안 누구를 만나거나
슈퍼나 가게에 들러서도 안 되었다. 그런데 다음날 당연히 음성이
라는 문자가 올 줄 알았는데 오후가 되도록 아무런 연락이 없었다.

　보건소로 전화했더니 코로나에 대한 멘트만 들리고 이내 종료 되
었다. 혹시 담당자들이 착오가 생겨서 연락이 없는 줄로만 알았다.
그래서 중대본 본부에 전화해 문의했더니 직접 물어보라며 전화번
호를 가르쳐 주었다. 그때까지만 해도 음성이라고 확신했었다.

　그런데 담당자 말이 충격적이었다. 검사결과가 미결정이라고 했
다. 미결정이 무슨 뜻이냐고 했더니 음성인지 양성인지 아직 결정
이 나지 않은 상태라 했다. 다시 검사받을 필요는 없고 의사의 판단
이 양성으로 나오면 당장 입원해야 한다고 했다.

　나는 아무런 증상도 없는데 무슨 말이냐고 했더니 결정되면 연락
해 주겠다고 하고는 전화를 끊었다. 인터넷을 검색해 미결정을 클
릭했더니 코로나 세균이 침투했는데 아주 미미한 수준이라 양성이
라고 진단하기 어려워 재검사를 받아야 한다고 했다.

1시간쯤 지났는데 보건소 여직원에게서 전화가 왔다. 미결정이라는 설명을 하면서 재검사를 받으라고 했다. 그때부터 머릿속에서 온갖 시나리오 영상이 펼쳐지기 시작했다. 인터넷 검색을 해보니 미결정으로 난 경우 대부분 양성으로 판명이 났다.

코로나 치료 방법을 클릭했더니 음압 병동과 치료 기간 후유증 등 그 여파가 엄청났다. 일단 양성으로 판명이 나면 음압 병동에서 적어도 2-3주 동안 혼자 치료받는데 따로 치료 방법이 없고 저항력을 키워서 세균을 이기는 것이라 했다.

그러다 통증이 생기면 진통제를 주고 고열이 나면 해열제를 주는데 기저질환이 있는 사람들은 이를 견디지 못하면 사망에 이른다고 했다. 그동안 인터넷에서 수없이 읽었던 내용이었지만 피부에 와닿는 순간이었다. 병동에서 가장 힘든 건 혼자 지내야 하는 것이라고 했다.

2-3주 치료받는 동안 외부 출입도 못하고 혼자 침대에서 지내는데 음압기 돌아가는 소리가 가장 거슬린다 했다. 혼자 할 수 있는 게 스마트폰 보는 것인데 그조차 뇌에 부담을 주어 치료가 더디다고 했다. 그 정도면 완전 감옥소 수준이었다.

죽음과 통증에 대한 공포도 공포려니와 설사 완치된다 해도 탈모와 후각 미각 상실 피로감 등이 수개월 동안 이어진다니 정말 무서운 병이었다. 3차 재검사를 위해 보건소 검사소에 들렀다. 통풍을 위해 밖에 설치된 검사소는 두 칸으로 나뉘어져 있는데 살벌하게 추웠다.

한 사람이 검사하고 나오자 방역복으로 완전 무장한 사람이 소독

하기 위해 들어갔다. 다음 내 이름이 불려져 들어갔다. 검사 요원에게 미결정이 무슨 뜻이냐고 재차 물었다. 긍정적인 답변을 듣고 싶어서였다.

"방금 들어온 사람도 미결정이 뭐냐고 물었는데요, 미결정은 한마디로 음성이 아니란 뜻이에요. 그래서 양성인지 아닌지 확실하게 하기 위해서 재차 검사를 하는 거예요."

그러니까 그 말은 양성일 가능성이 더 많다는 뜻이었다. 더 정확하게 검사하기 위해서였을까. 검사하는데 이전보다 더 심하게 통증이 느껴졌다. 양성으로 나온다면 어떻게 이 상황을 받아들여야 할까? 입원하게 된다면 어떤 대책을 세워야 할까.

운이 없었다고 말하기에는 내가 일했던 상황이 너무 열악했다. 그렇지 않아도 코로나가 발생하지 않을까 얼마나 전전긍긍했던가. 그동안 보름 넘게 집안에만 갇혀 있다 바깥 풍경을 대하니 바람도 시원하고 삶이라는 단어가 새롭게 느껴졌다.

"가실 때 집까지 걸어가셔야 해요, 누구를 만나서도 안 되고 아무데도 들리거나 물건을 사도 안 됩니다. 가정에서도 검사 결과 나올 때까지 항상 마스크 쓰고 생활하시고요."

돌아서는 내게 보건소 직원이 재차 말했다. 1차 2차 검사 때 했던 똑같은 말이었다. 그야말로 만감이 교차했다. 보건소 밖을 나와 찻길로 걸어가는데 "날 구원하신 주 감사" 찬양이 내 입에서 나왔다. 기도할 때 받는 응답 찬양이었다. 안심이 되면서도 한편으론 또 걱정이 되었다.

검사 요원이 하던 말 때문이었다.

"미결정은 음성이 아니란 뜻이에요."

집에 오자마자 목사님께 카톡을 날렸다. 미결정이란 단어를 설명하면서 기도해 주세요 했더니 목사님께서 염려하지 말라고 계속 기도하고 있다고 카톡을 보내 주셨다. 다른 믿음의 자매도 걱정하지 말라고 문자를 보내 주었다. 밤에 잠을 자는데 꿈을 꾸었다.

아침에 일어났는데 내 입에서 감사찬송이 나왔다. 보통 오전 9시 30분경이면 검사 결과가 문자로 온다. 그날은 검사한 숫자가 많아 10분쯤 늦게 온 것 같다.

"검사 결과 음성입니다."

할렐루야!

전날 저녁은 온갖 시나리오를 다 썼던 것 같다. 만일 양성으로 나오면 소설 한편 쓴 셈 치고 입원하자. 가서 할 일도 없다는데 코로나를 주제로 대박 칠 소설이나 쓰자. 인터넷 검색을 해보니 무증상이거나 경미한 증상은 생활치료소로 입소해 일인 병실 2명에 의사도 상주해 치료가 이루어진다고 했다.

그렇다면 소설 쓰는데 막대한 지장이 있겠는 걸. 지금은 무증상이지만 만약 증상이 악화돼 죽음을 맞이한다면? 내 나이도 이제 60을 넘었는데 나야 천국 가면 그만이지만 아직 불신자인 가족들은 어찌한단 말인가. 책도 20권이나 냈고 여한 없는 인생이었다.

글을 깨우칠 무렵부터 작가가 되기로 소원하고 살아온 인생이 아니었던가. 그런데 하나님께서 축복해 주셔서 20권이나 저서를 냈고 또 인터넷 서점을 클릭하면 버젓이 판매지수도 떠오르니 얼마나 축복받은 인생이었나. 생각하니 코로나에 대한 두려움이 싹 사라지는 느낌이었다.

까짓 한번 살다 가는 인생, 천국 가면 그만이지.

음성이란 결과가 나오자마자 담당 공무원에게 문자를 넣었다. 그리고 바로 자가격리 해제가 되었다. 다음날 기도원으로 올라가 감사헌금을 했고 노숙자 봉사단체에 구제헌금을 보냈다.

열흘 뒤 동네 병원에 가서 정기검진을 받았다. 아무 의심 없이 이전에 하던 대로 몇 가지 검사를 추가해 받았다. 13년 전에 암 조직 검사를 받은 이후 정기검진 때마다 다른 부위까지 초음파 검사를 병행하는데 생각지도 않은 결과가 나타났다. 피에 노폐물이 많이 쌓였는데 흰색이 뚜렷하게 보였다.

참고로 나는 평생 채식만 해서 피가 아주 깨끗해 혈당이나 혈압도 정상이었다. 담당 의사도 내 나이에 비해 피 체질이 좋다고 할 정도였다.

"2년 사이에 피에 노폐물이 많이 쌓였네요, 이대로 두면 중풍이나 치매가 올 수도 있어요."

몇 년 전에도 정기검진 결과 혈관성 치매에 걸릴 가능성이 있다고 했다. 그런데 이상하게 마음이 담대했다. 까짓 거 한번 죽지 두 번 죽나. 검사받기 전 병원 복도에서 치매 뇌혈관 질병 예방 치료약이란 문구를 보았다. 요즘은 약이 좋으니까.

유튜브를 열었는데 치매 예방이란 코너가 눈에 확 들어왔다. 구기자차를 매일 한잔씩 마시면 치매 예방에 탁월한 효과가 있다고 했다. 세상에는 병도 많지만 치료 방법도 많고 약도 많다. 설사 죽음이 온다 할지라도 돌아갈 천국이 있으니 이제부턴 천국으로 이사

갈 준비를 하면서 살아야겠다.

 얼마 전 교회에 나보다 두 살 어린 구역 식구가 있었는데 소천했다. 그녀는 금융회사에 근무하며 가수로도 활동했는데 작년에 볼 때까지만 해도 건강한 모습이었다. 그런데 아무도 모르게 지병을 앓고 있었던 모양이다. 한때 여선교회에서도 활동한 적 있었는데 기억이 나지 않는지 별다른 반응이 없었다.

 병원을 나서는데 가족들이 건강한 것에 대해 하나님께 감사가 나왔다. 일 분 일 초 이후도 알 수 없는 예측불허의 삶, 주님만 바라보고 삽니다. 예전에 했던 고백이 나도 모르게 흘러나왔다.

인생에 남는 것은 무엇인가

건강검진을 위해 동네 병원에 갔다.

원무과에 들렀더니 낯익은 직원이 말했다.

"올해 환갑이시네요."

듣고 싶지 않은 말을 들은 탓일까. 나도 모르게 얼굴이 찌푸려졌다. 등단 이후 나는 나이를 잊고 살았다. 상상의 세계 속에 살다 보니 현실감각이 둔해졌고 그만큼 소견도 좁아졌다. 관심사가 오로지 소설이다 보니 바깥세상 소식은 인터넷이나 유튜브를 통해 들여다보는 정도였다.

소설에 빠져 사는 동안 나이와 현실을 잊고 내 만족감을 위해 산 것 같다. 나이 육십 넘도록 현실을 직시하기보다 과거 혹은 미래를 향해 헛발질을 한 것 같다. 그러나 마음 한구석에는 두려움이 있었는데 그건 시간 낭비에 대한 것이었다. 언젠가 맞이할 죽음에 대해 시간 낭비는 너무도 후회스러울 일이었다.

그래서 틈나는 대로 여행을 떠났다. 내가 할 수 있는 유일한 호사가 여행이었다. 그것도 남들처럼 거창하게 해외여행이나 며칠씩 작정하고 떠나는 여행이 아닌 청량리 역사에서 떠나는 2시간 내외 걸리는 곳으로 당일치기 여행이었다. 핑계는 대기 마련이었다.

여행을 떠날 때마다 자신에게 하는 말이 있다. 소설 소재감을 찾기 위해서. 기분 전환을 위해서.

예전에는 현실도피를 위한 목적으로 여행을 했었다. 그저 암울한 현실을 잊고 전혀 낯선 곳에서 잠시 마음 놓고 여유를 즐기기 위해서 떠남을 선택했다. 코레일 열차를 타고 낯선 읍내에 내려 처음 가보는 골목길도 걸어보고 전통 시장에 들러 시골 풍경에 취했었다.

시골 버스터미널이나 개울물 농가를 돌아보며 망중한을 즐겼다. 답답한 도심을 떠나 잠시나마 낯선 곳에 머문다는 건 정신 건강상 좋다고 자신에게 주장했다. 그렇게 낯선 거리를 걸으며 쾌감을 느꼈고 작가로서의 내 모습을 상상했다. 그때만 해도 아날로그 시대라 문학은 가치가 높았었다.

하지만 디지털 시대 인터넷 스마트폰 시대로 접어들면서 문학은 사망시대를 예고했고 무용론까지 대두됐다. 이제 더 이상 베스트셀러는 없다는 말이 공공연하게 나온다. 그래도 어찌하랴. 평생 껴안고 살아온 내 문학 인생을. 이젠 나 자신조차도 문학에 대한 가치를 스스로 낮추고 만다.

자포자기 그 말이 맞는 것 같다. 문학예술로서의 가치가 아닌 먼 옛이야기로 사람들은 기억해줄까? 이마저도 의심이 든다. 코로나 여파로 집콕 신세가 되었다. 확진자 수가 연일 1,000명대를 웃돌고 있다. K방역이 성공했다고 그렇게 자화자찬하더니 이젠 3단계까지 거론하는 실정이 되었다. 여행은커녕 외출조차도 겁난다.

세상 망조 현상이 어찌 코로나뿐이겠는가. 도덕이나 이념과 종교의 추락상이 영화의 한 장면처럼 날마다 생중계되는 세상이다. 영화나 막장드라마 같은 상황이 하루가 멀다 하고 펼쳐지고 있다. 악

이 정의로 둔갑하고 불의가 정당성을 내세우며 큰소리치는 세상이
다.

나이가 60대에 들어서니 병원에 가면 들려오는 말이 나이가 있으
니 여러 검사를 받아보라고 한다. 임플란트 수술과 신경치료 보철
하느라 1300만 원대가 깨졌다. 속이 터져 죽을 지경인데 치과 여직
원이 비웃는 모습을 보면 어찌나 화가 나던지 몇 번이나 치과를 바
꿀까 고민했었다.

평생 자신했던 시력에도 문제가 생겼는지 나이를 거론하며 여러
가지 검사를 권해서 녹내장 증상이 보인다는 말 앞에 기절하는 줄
알았다. 그 말을 듣는 순간 온갖 상상 드라마가 써지면서 노이로제
현상마저 일었다. 이럴 때 하는 게 있다. 바로 인터넷 검색하기다.

그리고 다음 순간 상상은 현실이 되어 머리와 가슴을 압도하고
죽음과 파멸이라는 단어가 엄습한다. 녹내장이라니 그건 곧 실명이
아닌가. 미리 상상하고 예측하느라 멘탈이 붕괴될 지경이었다. 녹
내장뿐 아니라 백내장에다 안구건조증 약까지 처방받아 하루에도
몇 번씩 안약을 넣어야 했다.

정기검진하러 갔을 때 녹내장이면 실명하는 거 아니냐고 너무 고
민돼서 머리가 깨질 지경이라고 하니까 의사가 갑자기 깜짝 놀라며
말했다.

"실명이라뇨? 절대 실명 안 돼요, 제가 말씀 드린 건 녹내장 증세
가 나타나지 말라고 억제하는 약이에요, 그리고 실제 녹내장 증세
가 나타나더라도 레이저 요법 주사요법이 있어서 얼마든지 치료가
가능하니까 걱정하지 마세요."

그러나 녹내장 안약에 써진 설명서를 읽어 보면 심장이 내려앉는 느낌이었다. 그나마 안압이 정상인 게 위로가 되었다. 그렇다고 안심 못할 게 정상적인 안압에도 녹내장은 진행한다는 게 더 큰 문제였다.

3개월마다 정기검진을 가는데 어떨 땐 빗금 친 부분에 색깔이 선명하게 보여 위험도가 높아진 적도 있었다. 그래서 추가 검사를 하고 시신경 검사를 재차 하기도 했다. 그때마다 의사가 하는 말이 이젠 나이도 있고 하니 컴퓨터나 스마트폰은 많이 줄이라고 했다.

골다공증 치료를 위해 들리는 동네 병원에서도 나이를 거론하며 여러 가지 검사와 처방전도 제시한다. 다분히 상업적이다. 아무리 상상 속에 산다 해도 난 현실을 무시할 만큼 어리석지는 않다. 그래도 그렇지 걸핏하면 나이를 들먹이다니 비참해지는 건 순간이다.

어쨌든 나이 60고개는 넘어섰고 닥친 노년이 코앞이니 돈벌이는 놓칠 수 없기에 기를 쓰고 알바를 다녔다. 나이 60에 돈을 번다는 사실 하나만으로 느끼는 위로와 자긍심은 대단하여 살맛이 났다. 그러다 알바 현장에서 코로나 확진자가 나오는 바람에 당분간 휴업 상태에 있다.

돈보다 몸 건강이 우선이라 출근 요청이 있어도 거부하고 있다. 돈벌이에 매달리다 보면 이 역시 나이와 현실을 잊는다. 돈이라는 위력 앞에 몰입하기 때문이다. 그러면서 하는 말이 있다. 나이가 들수록 돈을 벌어야 한다. 그건 곧 치매 예방과 자신감과 유지하기 위해서다.

어쨌든 코로나 검사도 끝났고 자가격리도 해제됐고 자의반으로 집콕 신세가 되어 본업인 습작에 매달리는데 생각만큼 글이 써지지가 않는다. 몸도 이불 밖으로 나오기 싫어하고 시간은 돈벌이 할 때보다 더 빠르게 휙휙 지나간다. 다시 돈벌이 현장으로 나갈까 생각하다가도 코로나 확진자의 증가 추세로 몸과 마음이 움츠러들어 포기하고 만다.

나는 등단 이후 작품 발표와 저서 출간을 목표로 하다 보니 시간 개념도 모른 체 세월의 흐름조차 잊고 살아왔다. 그것이야 날로 내가 살아온 성과요 죽음에 대한 대비책이라 여겼다. 그런데 어느 날 보니 나이 60이 내 앞을 지나가고 있는 것이 아닌가.

가끔씩 생각해 본다.

내 인생에 남는 것이 무엇인가.

이젠 정말 죽음에 대해 더 진지하게 생각할 시기가 된 건 아닌가. 나이 60이란 숫자가 내 앞에 다가왔을 때 앞으로 내가 살아낼 시간에 대해 구체적으로 헤아려 보았다. 적어도 15년 정도는 살지 않을까. 그렇다면 무엇을 준비하고 살아야 할까.

그동안 발표한 문예지만 해도 200권은 넘은 것 같다. 그동안 정리하느라고 했는데 아직도 먼지를 뒤집어쓰고 있는 것들이 천장 아래 빼곡히 쌓여 있다. 20권의 내 저서들은 또 어떻게 정리할 것인가. 몇몇 봉사단체에 기증할 것인가 생각이 복잡하다.

올 한해도 고민하다 보니 어느새 연말이 되었다. 기쁨보다 슬픔이 위기와 절망 분노가 더 많았던 인생길이었다. 날마다 한계에 부닥치고 좌절하고 낙담하고 또 분노하고 그러다 하나님을 만났고 한계상황을 뛰어넘어 숙원이던 소설가가 되었다.

또 기적의 일환으로 저서 출간도 20권이나 했고 전국에 도서관에 나가 있으니 인생의 기쁨이라 아니할 수 없다. 이전에도 그랬지만 죽음에 대한 마음의 준비를 항상 하고 살려고 노력한다. 그래서인지 천 년 만 년 살 것처럼 돈에 목숨 걸고 집착하는 사람들을 보면 이해가 안 간다.

사람들은 다 저 잘난 멋으로 살아간다. 그러나 더 중요한 건 살아가면서 남에게 상처 주거나 피해 주는 일만큼은 절대 해서는 안 된다. 남에게 해코지 하고 깊은 상처를 주고도 일말의 가책도 없이 사는 사람들도 많다. 남에게 상처 주고 나서 오히려 제가 피해자 행세하는 사람도 보았다.

그래서 나는 더욱 내세관을 믿는다. 현세에 받지 못한 응보는 내세에 가서 꼭 치러야 한다고 믿기 때문이다. 인생에 있어 무언가를 남기는 것은 중요하다. 그러나 남에게 상처나 피해는 남기지 말고 떠나야 한다. 물론 내게도 오점은 있겠지만 앞으로도 나 자신의 양심에 대고 말할 것이다.

내 30대 전반(全般)의 변곡점

누구나 인생에서 가장 힘든 정점(頂點)이 있을 것이다.

그 시기를 지나고 났을 때 아! 하고 깨닫는 것은 전화위복이 되었거나 상황이 좋아졌다는 뜻이다. 고난이 언제까지 이어지는 것은 아니다. 반드시 끝이 있고 언젠가는 형편이 좋아지는 날이 있기 때문이다. 성경에도 나와 있지 않은가.

이 또한 지나가리라.

그래서 남의 힘든 처지를 두고 함부로 말할 것은 못 된다. 옛말에도 있지 않은가. 자식 둔 사람 남의 자식 흉보지 마라. 음지가 양지 되고 양지가 음지 된다. 쥐구멍에도 볕들 날 있다. 내가 이런 글을 쓰게 된 이유는 이제 내 나이도 60고개를 넘어 인생이란 단어에 대해 이야기해도 괜찮지 않을까 싶어서다.

내가 극심하게 힘들 때는 사람들이 흔히 말하는 팔자와 운명이란 단어를 믿었었다. 끝나지 않을 것 같은 고난이 수레바퀴처럼 연이어 찾아왔기 때문이다. 사실대로 말하면 나는 내 나이 사십 이전까지만 해도 배려(配慮)나 인정, 사랑의 의미조차 모르고 살아왔다.

그냥 살아지니까 사는가 보았다. 난관 아닌 적이 없었고 도대체 내게 쉬운 일은 하나도 없어 보였다. 난 그 모든 과정과 결과를 다 내 탓으로 돌렸다. 내가 부족한 탓으로 돌리고 끝없는 자괴감에 침

몰되었다. 우울감 강박증 피해의식 온갖 안 좋은 단어는 다 내게 달라붙는 것 같았다.

그중에서 가장 견디기 힘든 건 내 처지를 두고 조롱하는 입술들이었다. 내가 그렇게 힘들었던 이유 중의 하나는 나의 무능력이었다. 능력이란 단어의 대표적인 의미는 돈이다. 어릴 때부터 돈 때문에 당해야 했던 수모와 상처는 말로 형용할 수 없을 정도로 많다.

끔찍한 멸시 때문이라도 난 돈에 사력을 다해야 했지만 내 관심은 전혀 엉뚱한 데 있었다. 난 초등학교에 입학해 글을 깨우칠 무렵부터 작가가 소원이었다. 돈 때문에 온갖 수모를 다 당해도 꿈이 우선 순위였다. 그런데 꿈도 어느 정도 돈이 뒷받침해 주어야 한다.

세상에 돈 없이 가능한 예술 종목이 있다면 말해 보라. 물론 돈보다 재능이 우선순위지만 돈을 전혀 무시할 수 없는 것이다. 그런 연유로 나의 꿈도 차일피일 미뤄지면서 가슴 속에서만 불을 지피고 있었다. 난 능력도 없었지만 집안살림 하느라 제대로 된 직장을 구할 수도 없었다.

그래도 용돈 문제는 스스로 해결해야 체면 유지가 되는 게 아닌가. 전공을 버리고 직장을 구하자니 단순 노동밖에 없었다. 그래도 용케 직장을 찾아 용돈 벌이를 했다. 남들 한 달 용돈에도 못 미치는 급여를 놓고 견디는 방법은 딱 한 가지였다.

안 먹고 안 쓰는 것.

그때 내 나이 30대에 가장 큰 고민은 미래에 대한 향방이었다. 무능력한 자신 때문에 자기 혐오증에 걸릴 정도였다. 도대체 길이 보이지 않았다. 자존심을 땅 끝까지 떨어뜨려도 해결점이 보이지 않았다. 다니던 직장에서도 나이가 많아 퇴직해야 처지였다.

이럴 줄 알았다면 젊었을 때 하던 공무원이나 계속할 것을. 언제 쯤 돈 걱정 안 하고 살아볼까. 언제나 이 치욕스런 직장생활을 면해 볼까. 무언가를 배워 보려고 해도 의욕상실이 먼저 마음을 가로막 았고 진로도 보이지 않았다. 그러다 우연찮게 직장 상사가 주선하 는 맞선 자리에 나가게 되었다.

난 처음부터 기대도 하지 않았고 그냥 소설 쓰는 기분으로 나갔 다. 내 삶에 있어 모든 사건은 다 내 소설을 위한 무대라고 생각했 다. 내 맞선 상대는 하나같이 나보다 학력이 낮고 직업도 변변찮은 사람들이었다. 내 처지를 무시하고 주변 사람들이 꾸며 낸 발상이 었다.

당시만 해도 내 환경은 최악이었다. 내가 결혼을 생각한 이유는 딱 한가지였다. 직장생활을 더 이상 하기 싫어서였다. 그런데 그 조 건을 거꾸로 달고서 상대가 내게 나온 것이다. 나보다 학력도 낮고 6남매의 장남이라는 꼬리표까지 달고서. 그 잘난 외모(?)에 꼴 사내라고 장남 구실을 제대로 하겠단다.

매번 여자에게 퇴짜 맞을 수밖에 없는 조건을 달고서도 내가 만 만했던 것일까. 당치도 않게 시집살이에다 맞벌이까지 요구했다. 어쩌나 기가 막히고 황당하던지 그런데 눈치를 보아하니 내가 그 조건을 받아줄 거라 확신하는 것 같았다.

세상에 아무리 멍청해도 그렇지.

내가 거부 의사를 밝히자 당황하는 눈치였다. 나의 어떤 점이 그 를 그렇게 당당하게 했을까. 너무 슬프고 화가 나서 쓰러질 지경이었다. 어리석은 그는 나중에야 내 마음을 눈치 챘는지 다른 방법으로 시도를 해 왔다. 나는 그의 어정쩡한 태도를 들어 다시는 시도 못 하도록 쐐기를 박아 거절했다.

지금으로부터 30년 전이다. 이기심으로 치자면 그나 나나 서로 마찬가지였다. 나는 직장생활이 너무 지겨워 편해지고자 결혼을 생각한 것이고 그는 장남이라는 의무를 다하기 위해 말도 안 되는 조건을 제시한 것이다. 상대가 나보다 조건이 좋았다면 아니 비슷하기라도 했다면 그렇게까지 분이 나지는 않았을 것이다. 그 어리석은 남자는 나한테 퇴짜를 맞고 나자 비로소 정신이 들었는지 다시는 맞선 자리에 나가지 않았다고 한다.

나는 그때나 지금이나 이기심을 내세울 수밖에 없었다. 그 누구도 내 행복이나 미래에 대해 관심 가져 주는 사람이 없었다. 내가 나를 이기심으로 보호해야 했다. 하마터면 고생바가지를 뒤집어 쓸 뻔하지 않았겠는가. 이상했다. 나는 봉사나 희생할 생각은 죽어도 없는데 사람들은 마치 나를 희생양으로 삼기 위해 각종 제안을 하는 것이었다.

내 힘든 처지를 비웃고 흠집 내기 위해 말 폭탄을 내는 사람들이 항상 내 주변에 즐비했다. 너 내가 이렇게 말하는 데도 울화병 안 나면 기적이지, 하고 내 앞에 나타나는 인간마다 내 부아를 돋우었다. 분노가 치민 내 입에서 악담과 저주의 말 폭탄이 터졌던 때도 그때였다.

세상에 인간만큼 잔인하고 악독한 존재는 없는 거 같았다. 난 생존의 방법으로 이기심으로 나를 무장하고 또 무장했다. 절대로 손해 보지 않겠다는 발상으로 숙고(熟考)를 거듭했다. 더 이상 낮아질 곳도 없는데 마지막까지 끌어 내리려는 교악(狡惡)한 입술들로 난 심장병이 발발해 매일 얼음 수건을 머리에 이고 살았다.

울화병으로 머리가 뜨거워 열기가 났기 때문이다. 머리 위에서 얼음이 녹으면서 하얀 수증기가 모락모락 피어올랐다. 극심한 흉통이 발생하면서 잠을 자다가도 벌떡벌떡 일어나곤 했다. 심장정밀검사를 해도 원인을 몰랐다. 한번은 한의원에 갔더니 한의사가 대뜸 하는 말이 '화병 났구먼' 했다.

처방법이 없으니 그냥 견디라고 했다. 날마다 얼굴이 새까맣게 변해가고 기미가 끼어 몰골이 사나웠다. 인재(人災)가 따로 없었다. 어딜 가나 악한 인심이 꼬리를 물고 나타났다. 그때는 참으로 억장이 무너지고 울분에 숨이 끊어질 것 같았는데 나중에 보니 그 일련의 사건들이 내 소설 소재가 되어 카타르시스를 일으키고 있었다.

내 나이 30대 전반에 걸쳐 벌어졌던 그 힘든 방황과 아픔은 내 마음을 만신창이로 찢어 놓았지만 고난이 끝없이 이어지는 건 아니었다. 성경에도 나와 있지 않은가.

이 또한 지나가리라.

30대 말미에 이르러 비굴함과 억하심정이 조금씩 누그러지면서 차츰 평안이 찾아오기 시작했다. 드디어 평생의 숙원인 소설가가 된 것이다.

소설은 어디까지나 내 유일한 소망이자 의지이자 버팀목이었다. 그 끔찍한 조롱 속에서도 습작을 멈춘 적이 단 한 순간도 없었다. 내 인생을 소설을 위한 무대로 생각하고 결정하고 행동했다. 지인들은 내게 꿈도 꾸지 말라고 했지만 난 꿈을 붙잡고 이루었다.

꿈은 내게 처음으로 탄탄대로를 걷게 했다. 꿈을 이루고 난 이후로는 기적의 연속이었다. 난 현실에서 이루지 못한 것을 소설로 대신했고 극기 훈련하는 심정으로 소설을 완성해 발표했다. 그리고 차츰 나 자신에게 정직과 성실을 요구하며 마음의 폭이 넓어졌다.

하지만 분노가 완전히 없어지진 않았다. 언젠가 내게 조롱과 모욕을 주었던 말들은 기억에서 리셋되며 심리전쟁이 벌어졌다. 이참에 소설로 원수를 갚아버리자. 그러나 그것도 얼마 안 가 시들해졌다. 소설에 파묻혀 지내면서 더 현실감각이 둔해지는 것 같았다.

그런데 여러 각도로 소설을 쓰다 보니 내 태도가 그들에게 원인제공을 하고 있었다는 걸 알게 되었다. 회개와 반성이 일면서도 한편에선 원망이 터져 나왔다.

"하나님 제게 좋은 사람들 좀 보내 주시지 왜 교만한 인간들만 골고루 만나서 마음 고생하게 하셨나요?"

나도 모르게 불평불만이 터져 나왔다. 그때 내부에서 들려오는 소리가 있었다.

"그러니까 니가 심리소설을 쓰는 거야."

깜짝 놀라는 순간 또 한 음성이 들려왔다.

"그러니까 니가 사람 바라보지 않고 하나님만 의지하고 사는 거야."

이어 내 감정에 대한 모순점도 많이 떠올랐다. 결단코 손해 보지 않고 살겠다는 이기심. 냉소주의, 교만, 감정의 모순점을 깨달을수록 진정성을 찾아가고 있다. 인생의 힘든 변곡점을 지나고 나니 비

로소 마음의 여유가 생겨 깊은 회개 기도와 함께 감사가 저절로 나
온다.

'하나님을 사랑하는 자 곧 그 뜻대로 부르심을 입은 자에게는 모
든 것이 합력하여 선을 이루느니라.'

신은 자유의지를 중요시한다.

진정성에 관하여

　코로나가 발생한 이후부터 교회에서 개인기도하는 게 힘들어졌다. 그래서 생각해 낸 게 대형교회 앞 광장에 있는 의자에서 기도하는 것이다. 사방이 뻥 뚫려 있어 소리가 퍼지기 때문에 큰소리로 기도해도 방해하는 사람이 없어 좋을 뿐더러 대형 십자가를 보면서 기도하면 이상하게 집중도 잘되고 마음도 편하기 때문이다.

　문제는 오픈된 장소이기에 오가는 사람들이 많은 데 있다. 십자가를 바라보며 기도하는데 나 혼자 할 때도 있고 다른 사람들도 멀찌감치 떨어져 기도할 때도 있다. 방언으로 기도하는 사람도 있고 찬양이나 성경을 읽는 사람도 있다. 또 주변 벤치에는 노숙자나 정신이상자도 있다.

　한참 기도하다 보면 불청객들도 찾아온다. 노숙자들이다. 와서 돈을 요구하기도 하고 먹을 것을 달라고 하거나 시비를 거는 사람도 있다. 어떤 땐 험악한 인상의 남자 노숙자가 기도를 방해하려고 일부러 그러는 경우도 있다. 한번 돈을 주면 자주 찾아와 요구할까봐 겁이 났다.

　그러나 자주 있는 편이 아니어서 기도하는데 큰 불편은 없다. 교회 광장 주변에는 벤치가 많은데 주로 노숙자들이 기거하는 장소로 이용되기도 한다. 비가 오는 날이면 교회 건물 처마 밑에 우산을 펼쳐놓고 옹기종기 모여 앉아 비를 피하는데 여간 짠한 게 아니다.

노숙자나 정신병자들이라 제대로 끼니를 해결 못해 지나는 사람들에게 구걸을 하며 지낸다. 잠자리는 주로 외진 장소를 택해 침구를 놓고 해결한다. 식사는 봉사자들이 주는 도시락으로 해결하기도 한다. 한번은 의자에 앉아 기도하고 있는데 큰 비닐봉투를 든 사람이 다가와 말했다.

"저녁 식사는 하셨나요?"

전에 이상한 말투로 시비 거는 사람을 본 적이 있어서 잔뜩 긴장하며 퉁명스럽게 말했다.

"네."

"식사 안 하셨으면 이거 도시락인데 드실래요?"

속으로 깜짝 놀랐다.

"저는 했으니까 저분들이나 주세요."

"다 드리고 나오는 거예요, 저희는 노숙자들한테 도시락 제공하는 봉사자들이에요."

자신들의 소속을 밝히자 비로소 안심이 되면서 회개가 나왔다. 공연히 오해하고 불친절하게 대했구나 싶었다. 그들은 주일날 저녁때만 도시락 봉사를 하는 것 같았다. 언젠가 컵라면을 일부러 의자위에 놓고는 앉았는데 자주 뵙는 할아버지가 먹어도 되냐고 해서드렸더니 고맙다며 연신 고개를 숙였다.

이후 떡이나 빵 핫팩 등도 드렸더니 어찌나 고마워하시는지 미안한 생각이 들기도 했다. 밥 사 먹을 돈을 달라며 현찰을 요구한 여자도 있었다. 개인 신상을 묻기에 얼버무렸지만 기분은 썩 좋지 않았다. 선행도 닮아가며 옮는 법이다. 누군가 약자에게 선행을 베풀면 따라 하면서 감동을 받는다.

그러나 그 선행조차 악용하는 사람들이 많기에 행동으로 옮기는데 용기가 필요하다. 불쌍한 마음에 도와주었다가 엄청난 피해와 해코지를 당한 경우가 있어서다. 구호 단체가 기부금을 착복한 경우가 밝혀져 회원이 떨어져 나갔다는 기사를 읽은 기억이 난다.

좋은 마음으로 여러 번 도움을 주었다가 상처와 낭패를 당한 적도 있었다. 그런 기억이 쌓여 피해의식이 되어 정작 도움이 필요한 사람을 만나도 당장 의심부터 생겨 거절하게 된다. 돈을 요구해 주지 않으면 욕설과 협박까지 하는 경우도 있었다.

또 몇 번 도움을 주었다는 이유로 내 안에 의(義) 발생해 그것이 교만으로 이어져 스스로 당황한 적도 있었다. 도움을 주기 위해 다가갔다가 머쓱해져 돌아선 적도 있었다. 또 교회 내에 신천지 이단이 폐해를 일으키는 바람에 교인들끼리도 경계하는 습관이 생겨 상처가 되기도 했다.

그래서 고안해낸 방법이 신뢰할만한 자선단체에 구제헌금을 보내는 것이었다. 그러나 적은 액수를 보내고 나서 생색내는 건 아닌지 스스로 점검하기도 한다. 나름대로 선행이라고 한 행동이 잘못된 결과로 돌아와 후회와 자책한 사람이 어디 나 한 사람뿐이겠는가.

그러나 그런 저런 계산 따지지 않고 선행하는 사람들이 있기에 세상은 아직도 살만한 것이다. 그들이라고 왜 오해와 상처를 받지 않았겠는가. 그러나 선뜻 나서 봉사와 선행을 하는 것은 따뜻한 마음과 의가 있기 때문일 것이다. 지난주에는 기도하기 위해 계단을 올라서는데 사람들이 의자 위에 앉아 식사를 하고 있었다.

내가 기도하는 자리인데 여러 명이 모여 식사하는 걸로 보아 다른 장소를 구해야 했다. 그런데 자세히 보니 부르스타 위의 압력밥솥에서 밥을 퍼서 먹고 있었다. 의자에 앉아서 성경을 읽던 중년여자가 집에서 가져와 직접 밥을 해서 나누어 먹는 것이다.

순간 마음이 찡했다. 노숙자로 보이는 여러 명이 식사 대열에 합류하고 있었다. 나는 평소 하던 기도 자리를 옮겨 계단 밑으로 내려갔다. 의자가 없어 서서 기도했다.

십자가가 보이는 쪽을 택해 서서 기도했다. 한참 기도하고 있는데 어떤 중년여자가 계단 쪽에서 캐리어를 끌고 오면서 자꾸만 나를 쳐다보았다. 그러더니 가까이 오더니 말했다.

"식사는 하셨나요?"

"네."

"제가 떡볶이랑 무나물을 가져 왔는데 드실래요?"

"저는 식사 했으니까 저 위에 계신 분들이나 드리세요, 저는 괜찮아요."

"저분들은 이미 다 제가 드렸어요. 그래도 남은 거니까 드세요."

거절하는 데도 내 손에는 어느새 비닐 봉투가 들려져 있었다. 잠시 갈등이 생겼다. 노숙자들한테 이미 제공됐다고 하니 또다시 주기도 뭣했다. 인상을 보니 좋은 사람 같았다. 캐리어에 음식을 잔뜩 담고서 추운 겨울에 노숙자들을 먹이기 위해 수고했으니 보통 정성이 아닐 것이다.

망설임 끝에 집에 가지고 와 펼쳐보니 준비된 봉사자란 생각이 들었다. 비닐봉지 안에는 떡볶이와 무나물, 귤 2개와 사탕 봉지 그리고 비닐에 싸인 여러 장의 마스크가 들어 있었다. 정성껏 마련한 걸로 보여 감동이 물결처럼 몰려왔다. 단 한 번 본 얼굴이었지만 축복기도가 저절로 나왔다.

사랑의 손길 기억해 주시고 형통의 축복이 이어지게 하옵소서.

피해의식에 물든 내 마음 위로 회개와 자성이 일었다. 참된 봉사의 의미가 무엇인가 진정성에 대해 나 자신에게 계속 질문했다.

마음 훈련하기

유튜브에서 소통(疏通)에 관한 강좌를 자주 듣게 된다.

소통은 인간관계에 있어 무엇보다 중요하다. 소통의 반대인 불통처럼 패망의 길은 없다. 전직 대통령도 이 소통을 잘못해서 결국은 탄핵당한 것이다. 소통이야말로 인간관계의 성공을 향한 지름길과 같다. 그런데 나는 그 소통을 일체 무시하며 살아온 것 같다.

예전에 나는 누군가에게 지적을 당하거나 무시당할 때 다 내가 잘못해서 그러는 걸로 알았었다. 내 주변 사람들이 이구동성으로 말했었다.

"그건 다 니 잘못이야. 니가 행동을 똑바로 못해서 빌미를 제공한 거야."

내가 아무리 억울한 일을 당해도 그건 다 네 탓이라고 말했다. 시간이 지나자 그 말들은 모두 내 가슴에 모욕으로 남아 피해의식과 분노장애를 일으켰다. 물론 내 잘못도 있었지만 그들이 내 약점을 물고 늘어지면서 의도적으로 내게 낙심과 상처를 준 것이었다.

그럼에도 나는 나쁜 상황이 발생할 때마다 또다시 내 탓으로 돌리며 좌절했다. 뿐만 아니라 자존감이 한없이 낮아지면서 나 자신조차 나를 무시하는 일이 발생했다.

니 주제에 뭘.

니가 하는 일이 그렇지 뭘.

스스로 비하하고 낮아지면서 분노와 좌절이 끝없이 반복되는 것이었다. 자존감의 추락은 자신감마저 빼앗아 작은 일조차 시도하는 게 두려워졌다. 만일 실패하면 어떡하지? 그 다음에 닥칠 비난과 조롱이 두려웠다. 어릴 때부터 하구한날 비난에 직면하다 보니 불안이 습관화되면서 의욕마저 사라졌다.

그러다 보니 심각한 대인기피증에 시달렸고 강박증 우울증과 함께 몸에도 이상 증세가 나타나기 시작했다. 극심한 불안 증세와 스트레스 정서불안은 온몸의 뼈가 휘는 증상으로 나타났고 무릎 통증으로 걸음도 걷기 힘들게 됐다.

당시만 해도 의학이 덜 발달된 시기라 원인을 알 수 없었다. 처방전도 없이 매일 통증과 반복되는 비난 악다구니 속에 자살충동마저 일었다. 찢어지게 없이 사는 집안에서 환자는 거추장스러운 물건이나 마찬가지였다. 급기야 영양불량으로 온몸이 각종 이상증세를 초래했다.

불안 증세는 잠시도 집중하지 못하게 하는 산만함을 나타냈다. 당시 나는 집중하는 게 하늘의 별따기만큼 어려웠다. 당연히 공부실력은 뒤떨어졌다. 질병과 정신불안과 산만함의 삼중고 속에 세월이 흘러 성년이 되었다. 판단력 분별력도 없이 나이만 먹어 이번에는 무능력자가 되었다.

어딜 가든지 이상하게 내 주변에는 내 처지를 비웃는 교악한 인간들만 나타났다. 열등감 외에 자포자기가 마음속에 포진하기 시작했다. 마음의 병중 가장 큰 악마는 자포자기라고 생각한다. 자포자기는 내가 나 자신을 포기하고 방치하는 것이다.

살아 있으나 죽은 거나 마찬가지다. 이보다 더 슬픈 일은 없을 것이다. 무능감 속에 자신을 내버려둔 채 가족에게 짐 덩어리가 되는 자신을 스스로 포기한 사람은 그 누구도 책임지지 않는다. 방치되고 쓸모없는 인간이 되어 도태되고 마는 것이다.

그렇게 무능감 속에 자신을 방치하면서 끝까지 포기하지 않은 게 두 가지가 있었다. 하나는 작가가 되겠다는 꿈과 미약하나마 절대자 하나님께 기도하는 것이었다. 소심하고 의기소침하고 자주 낙망하고 넘어져도 위의 두 가지는 포기할 수 없었다. 나는 원래 작심 3초도 안 하는 성격이다.

어차피 중도에 포기할 거니까 아예 결단도 안 하고 마는 것이다. 아무리 꿈이 거창하면 뭣하나 중도에 포기할 것을. 그런데도 마음속에서는 여전히 포기가 안 되는 것이다. 짓밟힐수록 조롱당할수록 꿈에 매달리는 나 자신을 보았다. 그리고 마지막 순간에 꿈을 기도로 연결시켰을 때 나는 완성의 기쁨을 누릴 수 있었다.

꿈이 의지로 연결되면서 이전에는 느끼지 못했던 나 자신에 대한 새로운 경험하기 시작했다. 제일 처음 경험한 건 작품을 시작했을 때 중도에 포기하지 않고 완성하는 것이다. 남들은 우습게 생각할지 모르지만 나로선 대단한 것이었다. 매번 자포자기 중도 포기 등 포기를 밥 먹듯 하며 살아온 나였기 때문이다.

자포자기라는 그물에 빠져 보지 않은 사람은 결코 이해하지 못할 것이다. 그런데 여전히 자신 없음과 불안 증세는 그대로였다. 자신 없음이란 자신이 스스로를 믿지 못하는 것을 의미한다. 이것 또한 슬픈 일이다. 스스로를 믿지 못하니까 늘 남의 의견을 구하면서 거기에서 또 다른 상처와 조롱이 반복된다.

존중받지 못한 자존감의 하락이 바로 이것이다. 이면에는 어린 시절 가족으로부터 특히 부모로부터 비난과 멸시를 당한 데서 기인한다. 앞서 말했듯이 나 같은 게 뭘 할 수 있겠어. 내가 하는 일이 다 그렇지 뭐, 내 팔자에 무슨 좋은 일이 생기겠어 하는 등이다.

하지만 그렇게 생각하는 이면에는 인정받고 싶어 하는 마음이 숨어 있다. 또한 위로받고 싶은 간절한 소망도 숨어 있다. 그런 마음에 위로와 사랑의 말을 건네주면 그는 변화된다. 그에게 마음의 갑옷을 입혀주며 용기를 실어주는 일이야말로 중요하다.

단점 대신 장점을 부각시키며 자신감을 가질 수 있도록 자아 존중의 용기를 주는 것이다.

그에게도 공감 능력을 키워주며 소통의 길을 열어준다면 그도 남을 돕는 도우미가 될 것이다. 그 소통의 일환으로 강사는 세 가지를 주문하는데 첫째가 경청하는 것, 두 번째는 칭찬하는 것, 세 번째는 긍정적인 언어를 사용하는 것이다.

자아 존중감이 높아지면 마음의 갑옷이 입혀지고 그러면 어떤 말의 독화살을 받아도 마음을 지켜낼 수 있다. 괜찮아 그쯤이야.

낙망했다가도 금세 회복 탄력성이 발동해 마음을 지킬 수 있다. 이야말로 진정한 멘탈갑이 아니겠는가. 일반인에 비해 정치인들은 멘탈이 강한 편이다. 그들은 수많은 반대자의 악풀에도 쉽게 이성을 잃거나 흥분하지 않고 더 강하게 대처한다.

소심한 평범한 소시민 같으면 꿈도 못 꿀 만큼 강인한 면모를 보일 때가 많다. 수많은 지지대가 무너지고 배반이 이어져도 심지어 감옥의 독방에 갇혀도 멘탈이 붕괴되지 않는다. 물론 우울증이나 자살도 하지 않는다. 이념이나 도덕성, 신의 문제를 떠나서 멘탈 즉 정신구조만큼은 본받을 만하다.

마음의 갑옷이 튼튼하기 때문이다. 누구나가 다 마음의 갑옷이 입혀지는 건 아니다. 타고난 성격이 제각각 다르고 자라온 환경이 다르기 때문이다. 하지만 본인 스스로 마음 훈련을 열심히 하다 보면 인생을 향한 시각관도 바뀌고 행복지수도 달라질 것이다.

마음 훈련 외에 신앙훈련도 중요하다. 자존감이 한없이 낮아지던 어느 날 내 마음속에 들려오는 소리가 있었다.

'내가 너를 보배롭고 존귀하게 여긴단다'

절대 권능주 하나님의 자녀라는 신분이 낮은 자존감을 북돋워 주고 힘을 준다. 또 인간적인 상담기법으로 해결되지 않는 죄된 습관도 신앙의 연습으로 가능하다.

조용기 목사님 말씀. 십자가의 보혈과 성령님의 능력이다. 진정한 영적 훈련으로 개과천선이라는 결과가 나올 수 있기 때문이다.

소통에 관하여

요즘은 진정성 있는 대화를 나눌만한 사람을 만나 보기 힘들다.

왜냐하면 서로의 가치관이 다르고 신뢰에 의심이 가기 때문이다. 내 기준으로 상대를 판단했다가 낭패 본 일이 떠오르면서 멈칫거리게 된다. 더구나 요즘같이 이념의 혼돈 속에 진영논리가 팽배한 세상에랴.

교회 강대상에서는 수도 없이 이웃사랑을 외쳐대지만 가슴에 와 닿지가 않는다. 공연히 오지랖 떨었다가 덤태기 쓰고 손해 본 기억이 많아서다. 쓸데없이 친절을 베풀어서도 안 된다. 이용가치로 알고 덤벼들기 때문이다. 좋은 마음으로 대했다가 악담 듣는 경우도 흔하다.

자신의 요구를 들어주지 않았다고 대놓고 비난하고 정죄해서다. 친절과 선을 악으로 되갚는 경우를 열거하자면 끝이 없을 것 같다.

사람들은 흔히 말한다.

그게 다 니 피해의식이야.

맞는 말이다.

한동안 피해의식 때문에 분노에 사로잡혀 칩거하다시피 한 적도 많았다. 그러나 세월이 지난 후 돌이켜 보니 그 피해의식 속에는 나만 옳다는 교만도 숨어 있었다. 피해의식이 발동할수록 손해 보지 않겠다는 이기심도 증대된다. 강대상에서는 외쳐대는 희생과 봉사라는 단어에는 귀를 막고 싶을 때가 한두 번이 아니다. 다분히 피해의식 때문이다.

그렇다고 측은지심이 영 사라진 건 아니어서 구제헌금도 곧잘 보낸다. 그리고 기아선상에서 허덕이는 불쌍한 어린아이들을 위한 기도도 빼놓지 않고 한다. 하지만 직접 사람들을 만나 부딪치며 봉사하는 일에는 나서지 않는다. 혹시나 실망하지 않을까 마음에 방어막을 치는 것이다. 언젠가부터 마음속에 들려오는 소리가 있었다.

너는 하나님과 사람 앞에 얼마나 진실한가?

요즘은 나 자신에게 말한다. 너는 너 자신에게 얼마나 정직한가?

나는 다른 건 몰라도 양심만큼은 센시티브하다고 믿어 왔다. 하얀 거짓말도 안 하려고 노력하고 나쁜 흔적을 남기지 않으려고 노력하기 때문이다. 나만큼만 정직하고 진실하게 살아보라고 해. 물론 혼자 한 말이었지만 당당했었다. 그러나 기도하면 할수록 내면의 어둔 기억이 생각나는데 흉통이 느껴질 정도였다.

그건 바로 교만이었다. 나는 무엇보다 내 자신의 약점이나 단점 부족한 점에 대해 너무나 잘 알고 있었다. 도무지 교만할 건덕이가 없었다. 남에게 상처 주는 말 싫은 소리 한번 못하고 모욕과 수치를 그대로 당하는데 교만이라니? 그런데 상상외로 교만은 내 안에 견고하게 뿌리 내리고 있었다.

작은 동물도 귀중하게 여기는 내게 그건 엄청난 충격이었다. 생명 경시 사상도 숨어 있었다. 교만이 드러날 때마다 난 수도 없이 통회하며 회개한다. 패망의 선봉인 교만을 방치했다간 결말이 빤하지 않은가. 그래서 교만이 물러간 줄 알았었다. 그런데 뒤돌아보면 새로운 교만이 떡 버티고 있는 게 보였다.

남이 내게 판단하는 말을 들으면 분해서 숨도 못 쉬면서 다른 사람을 판단하고 정죄하고 심판하는 말도 서슴지 않고 했다. 고민 끝에 아는 여 목회자에게 말했다.

"저는요 남에게 내세울 게 아무 것도 없어요. 인물이 잘났나 능력이 있나 재주가 있나, 그런데도 엄청 교만한 거예요. 그래서 교만 마귀를 내쫓았다고 생각했는데 새로운 교만이 떡 들어와 있는 거 있죠."

여 목회자는 재미있다는 듯 한참을 웃었다.

"저는요 예전에 하나님을 참 많이 원망했었어요, 하나님은 토기장이라면서요. 그러면 저를 좀 제대로 만들어 주시지 왜 이렇게 무능한 인간으로 만드셨나요? 제가 봐도 제 꼴이 우습잖아요. 그런데 생각해 보니까 이것도 은혜더라고요. 제가 남들처럼 인물도 좋고 두뇌도 뛰어나고 능력도 많았더라면 결코 하나님을 믿지 않고 나 잘났다 하면서 세상 속에 휘둘리며 살았을 거 같아요. 제가 남들보다 조금 부족하다 보니 더 하나님 의지하고 죄 안 짓기 위해 노력하며 사는 것 같아요."

사람들은 흔히 말한다. 내가 먼저 남에게 잘하면 상대도 나를 인정하고 잘하기 마련이라고. 과연 그런가? 천만에 만만에 콩떡이다. 열 번 스무 번 도와주어도 상대는 나를 단 한 번도 도와주지 않는다. 오히려 내가 잘되려고 하면 대놓고 질투하고 훼방 놓는다.

도움은 내게서 받고 선한 인심은 엉뚱한 곳에 쏟아놓고 천사 행세를 한다. 난 예전에 그런 이야기를 들으면 어찌 그럴까 믿지 않았었다. 그런데 사실이었다. 오지랖 떨고 도와주어 봐야 돌아오는 건 피해의식뿐이다. 물론 다 그런 건 아닐 것이다. 사람들은 대체로 기브 앤 테이크 법칙을 믿는다.

하지만 완전히 믿을 건 못 된다. 믿는 도끼에 발등 찍힐 수 있으니까. 흔히 고난하면 성경 속의 욥을 떠올리기 마련이다. 욥은 마귀의 농간으로 열 명도 넘는 자녀와 재산을 한꺼번에 잃었다. 게다가 질병의 고통이 가중되는데 사랑하는 아내마저 떠나버렸다. 그런 욥에게 더 큰 고난이 다가왔다. 바로 욥의 고난을 판단하고 비난하고 충고하는 친구들이다.

그들은 욥에게 끊임없이 죄성을 지적하며 회개를 요구한다. 마지막 부분, 욥은 내가 티끌에 내 죄를 한한다고 회개하지만 그 이전까지 그는 얼마나 속을 끓였을까. 기도원 목사님의 설교 말씀이 떠오른다.

"여러분 사업이 부도났다고 해보세요. 여러분이 친구에게 도움을 요청하기 전에 여러분의 전화번호를 먼저 삭제하는 일이 발생할 겁니다."

세상은 새옹지마 반전이 거듭되지만 그래서 역지사지를 거론하지만 진정한 도움을 주는 사람을 만나기는 여간 어려운 일이 아닌 것이다. 복지가 발달하다 보니 도움 받을 곳도 많이 생겼지만 무엇보다 진정성 있는 대화를 나눌만한 이웃이 필요하다.

크게 도움을 못 줄망정 공감을 표시하고 위로해 주는 사람들이 많아지는 세상이 되었으면 좋겠다.

시간표

언젠가부터 우리 사회에 소통(疏通)이란 단어가 유행하기 시작했다.

처음에는 상처치유를 위한 상담학이 유행하더니 그 이후부터는 소통이란 단어가 등장하면서 큰 이슈화되기에 이르렀다. 소통이란 사전적 의미로 대화로 서로의 마음과 생각을 잘 이해하는 것으로 나와 있다. 그러니까 소통이란 한마디로 대화 기법을 의미하는 것이다.

정확한 논리로 마음을 진단하고 해결책을 제시하는 강사들은 대부분 대학 교수 출신들이다. 그중에서도 성악가로 알려진 모 교수는 어린 시절의 상처를 기반으로 다양한 심리기법으로 치유 방법을 제시하는데 인기가 상당히 높다. 그의 입담은 명쾌하고 논리적이어서 전혀 반박할 근거가 없다.

심부(心府) 가장 깊숙한 곳을 콕 집어서 원인과 해결 방법을 제시하는데 복잡하거나 전혀 어렵지 않다. 그것들은 모두 실생활과 밀접해 있고 공통적인 사안이어서 누구나 공감하고 호응한다. 그의 명강의를 듣고 있노라면 어느덧 상처 문제에 직면하게 되고 아! 그래서 그랬구나 하고 무릎을 탁 치게 된다.

그중에서도 가장 명쾌하게 내 가슴을 때린 대목이 있다.

"너도 가끔은 행복해도 괜찮아."

"너도 이젠 여유롭고 편안해져도 괜찮아."

그 말을 듣는데 마음이 울컥했다. 내가 가장 듣고 싶었던 말이었다. 그는 말한다. 우리는 가끔씩 내 안에서 들려오는 말에 주목해야 한다. 그리고 그 어원의 원인에 대해 생각하고 진단해야 한다. 너무 불안에 길들여져 살아온 인생은 평안과 행복에 대해 어색해한다는 것이다.

이전에 나는 생각했었다. 난 왜 일이 잘돼도 불안한 걸까. 왜 내게는 행복이란 단어가 어울리지 않는 걸까, 평안하다가도 갑자기 불안이 엄습하는 건 무슨 이유 때문일까. 왜 툭하면 불안하고 두려움에 사로잡히는 걸까. 그 강의를 듣고 나서야 알았다. 내가 그동안 불안에 길들여져 살아왔다는 것을.

지금은 조금 나아졌지만 이전에는 하루에도 수십 번씩 감정이 롤러스케이트를 탔다. 감정의 기복이 너무 심한 것이다. 말 한마디에도 억장이 무너져 내리고 한번 감정이 뒤틀리면 오랫동안 지속 되었다. 그때마다 음울한 기조와 함께 불안증세가 심화됐다.

어린 시절 가정에서 상처로 마음이 뒤틀리고 슬픔과 우울을 경험했던 강사는 청중과 호응하면서 외친다.

"여러분 자신에게 외치십시오, 너도 가끔은 행복해도 괜찮아, 이젠 여유롭고 편안해져도 괜찮아."

오케이! 나는 속으로 외쳤다. 언젠가 친구에게 말한 기억이 난다.

"난 내가 세상에 살면서 내가 원하는 거 좋아하는 거 하면 큰일 나는 줄 알았어."

사람들은 그 말의 의미를 모를 것이다. 어릴 때부터 늘 거절당하고 상처와 멸시 속에 살아온 상황에 대해서. 어릴 때 원하는 것을 말하면 큰일 나는 줄 알았다. 갖고 싶은 것 먹고 싶은 게 있어도 말하면 안 되는 줄 알았다. 말해 봤자 핍박과 악담으로 되돌아 왔을 뿐이다.

초등학교 시절, 학교에 가져갈 준비물부터 시작해서 돈이 들어가는 것을 말하면 난리가 났다. 중죄인 취급을 당하며 거절당하기 일쑤였다. 돈 들어가는 일이라면 거의 다 불가능했다. 추운 날씨에 벌벌 떨고 도시락을 못 가져가도 아무도 관심 갖지 않았다.

간신히 끼니는 거르지 않았지만 극심한 영양부족으로 온몸의 뼈가 다 휘었고 얼굴에는 버짐이 피었고 각종 질병에 시달려야 했다. 안팎으로 불어 닥치는 환란과 핍박으로 늘 초긴장상태로 살다 보니 극심한 불안증을 앓았다. 너무 어린 날부터 돈 걱정에 시달려야 했고 중병을 앓는 엄마로 인해 단 하루도 마음 편히 지내본 적이 없었다.

불안은 결코 불안만으로 끝나지 않았다. 우울증과 조급증 분노 좌절 절망감 자포자기로 이어졌다. 이중 삼중으로 마음을 옥죄는 결과로 나타났다. 제대로 된 판단을 할 수 없었고 정신이 혼미한 가운데 청소년 시절이 흘러갔다. 생각은 늘 한가지였다.

언제 이 끔찍한 상황을 벗어나 볼까. 빨리 어른이 되어 아무도 모르는 먼 곳으로 가서 지냈으면. 가난 속에서 악재가 쌓이고 쌓이는 상황 속에서 내 귓가에는 수없이 많은 악담이 들려왔다. 내 처지를 두고 비웃고 조롱하는 입술들이었다.

니 팔자가 그렇지 별수 있나.

통증으로 온몸이 무너져 내리는 것 같아도 아무도 돌아보지 않았고 오히려 온갖 분풀이를 해댔다. 내 입에서도 온갖 악담과 한스런 말이 튀어나왔다.

내가 무슨 죄가 많아 이렇게 힘들게 살아야 하나.

겉으로 보기엔 돈이 원수였지만 실상은 악한 인심이 더 문제였다. 나이 들어 성인이 되자 이번에는 내게 사랑과 희생정신을 요구하는 일이 발생했다. 얼마나 기가 막히던지. 받아본 사랑이 없는데 사랑과 희생을 베풀라니 어이가 없었다. 너무 악재를 당하다 보니 나중에는 심장병이 발발해 숨쉬기조차 힘들 정도였다. 도무지 정신을 차릴 수가 없었다.

가슴 속에 분노가 쌓이니 사방이 깜깜했다. 미움이 있으면 길이 안 보인다는 성경 말씀이 꼭 맞았다. 만사불통이었다. 집에서 새는 바가지 나가서도 샌다고 그 말이 꼭 나를 두고 하는 말 같았다.

내가 처한 상황보다 내 처지를 두고 악담하고 비아냥대는 입술들 때문에 울화병이 치밀어 숨이 쉬어지지 않았다. 누군가 내게 단 한마디라도 긍정적인 위로의 말을 한마디라도 해 주었더라면 상황은 급반전했을지도 모른다. 사방팔방이 적이요 원수였다.

무엇보다 가장 큰 적수는 나의 무능력이었다. 나는 지금도 누군가 나의 무능력을 꼬집으면 요즘 말로 빡친다. 두고 두고 원한을 삼고 곱씹고 곱씹는다.

소심증과 불안이 겹친 나는 그 모든 수모를 고스란히 견뎠다. 생각이 너무도 복잡해 정신이 혼미할 때는 글을 썼다. 글에다 대고 화풀이를 하는데 소설적 상상력을 동원해 원수 갚기였다. 속이 타들어 가면서 각종 증세가 추가됐다. 강박증에다 우울증이 심화된 것이다.

그러던 어느 날 기적처럼 사랑이 나를 찾아왔다. 세상에 태어나 처음 경험하는 사랑이었다. 감정의 색깔이 어쨌든 나는 처음으로 행복했다. 행복에 취하다 보니 이전의 미움과 분노가 사라지면서 마음이 부드러워졌다. 마음속에서 독소가 빠져나가면서 그때부터 기도가 응답되기 시작했다.

처음으로 무릎 꿇고 기도하는데 의지가 생겨났다. 작심 3초도 안 하는 내게 의지가 생긴 것이다. 마음이 저절로 끌린다는 것, 그게 바로 사랑이었다. 나는 사랑이 주는 행복에 집중했다. 내 이기심을 위해서였다. 그가 나를 어떻게 생각하든 알 바 아니었다.

내 감정만 소중했고 나만 만족하면 그만이라 생각했다. 물론 그에게는 내 감정을 다스리는 카리스마가 있었고 무엇보다 그에게는 명철한 지혜가 있었다. 나는 그 감정을 내 소설을 위해 이용하기로 결심했다. 나는 그의 감정보다 소설이 우선이었다. 내 소설작가의 인생을 위해 그가 필요했다.

친구는 그 사람이 무엇이 부족해서 너 같은 여자를 좋아하냐고 악담을 했다. 그가 날 좋아하든 말든 무슨 상관이야 내 마음만 행복하면 그만이지.

내 마음도 못 믿는데 그 사람 마음을 어떻게 믿어, 나는 지금 이 순간 그 사람으로 인해 행복하면 그만이야, 그러자 입을 다물었다. 그런데 시간이 지나자 그 감정의 실체가 모호해지면서 행복감보다는 더 큰 불안감이 몰려왔다. 혹시나 그로 인해 내가 상처받지 않을까.

그리고 내가 느끼는 행복감이 과연 내게 어울릴까. 그의 행동에도 믿음이 가지 않았다. 확신이 가지 않아 불안했다. 수시로 변하는 감정의 변수를 도저히 믿을 수 없었다. 아니 사랑을 지켜낼 만한 자신이 없었다. 그러다 어느 날 깨달았다.

불안한 건 사랑이 아니다.

그러고 나서 나는 결론 내렸다. 쓸데없는 감정의 소용돌이에서 벗어나자. 감정이 변하기 시작하면서 얼마나 큰 불안 증세에 시달렸는지 모른다. 이별의 후폭풍은 너무도 거셌고 그때마다 나는 예배와 기도에 매달렸다.

세상에 태어나 그렇게 많이 기도한 건 그때가 처음이었다. 은사를 경험했고 무엇보다 하나님의 사랑을 많이 경험했다. 그리고 소설이 완성되기 시작했다. 그가 주었던 소중한 감정들이 소설로 연결되면서 심리묘사에 효과를 나타냈다. 하나님의 사랑은 인간의 사랑과 달리 변화무쌍하지 않다.

변함이 없는 하나님의 사랑이 나를 평강으로 인도했다. 중간 중간 불안과 우울증이 찾아왔지만 그때는 견딜만한 내공이 생긴 뒤였다. 소설가로 등단한 이후에는 창작에 전념하느라 그에 대한 생각은 까마득히 잊었다. 30년 전의 일이다. 하지만 가끔씩 소재가 부족할 때면 소설로 끌어들여 이용한다.

그는 내게 행복감을 주었지만 평안은 주지 않았다. 나는 그 불안한 행복을 놓고 힘들어 하다가 내 이기심을 위해 그를 포기했다. 난 지금도 인간의 감정은 믿지 않는다. 항상 돌발 변수가 발생하는 사랑을 어찌 믿을 수 있단 말인가. 나 자신도 믿지 않는다. 내가 믿는 건 오직 십자가의 사랑뿐이다.

그 하나님으로 인해 인생은 살만한 것임을 솔직히 고백한다.

사연(思緣)

참 편리한 세상이다.

인터넷으로 간단한 클릭 한번이면 개인의 신상명세서가 펼쳐진다. 자세한 내용은 아닐지라도 생사여부와 직위가 단번에 눈앞에 펼쳐지는 것이다. 물론 공인(公人)에 한해서지만 간단한 이름자 하나로 소식을 알게 되다니 이래서 공인이란 단어가 생겨난 모양이다.

컴퓨터 앞에 앉아 옛 지인들의 이름을 클릭하다 35여 년의 세월을 뛰어넘는 소식을 접했을 때 심상함을 느낀다. 그간의 살아온 세월의 발자취가 현재의 위상과 함께 격세지감을 일으킨다. 과거와 현재의 모습이 성과라는 단어와 맞물려 인생의 뒤안길을 생각하게 한다.

인터넷 검색을 하다 ○○○ 이름을 클릭했다.

명문대 교수로 유명한 학술인상을 수상한 기록이 나와 있었다. 학교 졸업년도와 그의 이름과 가운데 한자가 같았다. 틀림없이 그의 형이었다. 그가 군복무 중으로 순직할 당시 그의 형은 미국 MIT대학에 유학 중이었다.

35년 전, 그의 형이 내 꿈에 나타나 그의 죽음을 암시했었다. 그를 찾아간 내게 대답 대신 노란 국화 송이를 내밀었다. 아무 말 없이. 그것이 죽음을 의미한다는 것을 한참 후에 깨달았다. 그리고 얼

마 후 또 꿈을 꾸었는데 내가 알바 하는 장소에 그가 찾아와 내 소
식을 묻고 갔다고 했다.

생전 꿈에 나타난 적도 없었는데 당시로선 참 희한하다는 생각이
들었었다. 나중에 생각해 보니 바로 그 시기가 그가 운명을 달리했
던 때였다. 그로부터 몇 년 후엔가 버스를 타고 현충원 앞을 지나는
데 그의 부모님이 현충원 광장을 걸어 나오는 모습을 본 기억이 난
다.

아들 묘소를 찾은 노부부가 황황히 걸어 나오고 있었다. 우연치
고는 참 기막힌 우연이었다. 내 어린 시절 각인되었던 그의 기억이
바로 눈앞에 그의 부모님의 모습을 통해 재현되는 것 같았다. 무슨
드라마의 한 장면처럼 세월을 뛰어넘어 내 눈앞에 생생하게 펼쳐지
고 있었다. 짧은 순간이었지만 만감이 교차했다.

내 어린 시절 내가 가장 힘들고 비참했던 그때 그가 내 앞에 나
타났었다. 만나는 순간 난 직감했다. 평생 잊을 수 없겠구나. 난 그
의 감정을 내 마음속 깊이 숨겨 두었다. 그때부터 말도 안 되는 집
착이 시작되고 있었다. 제대로 된 분별력이나 판단력도 없이 난 그
에 대한 내 감정을 키워갔다.

그는 내 상상력을 통해 늘 나와 함께 연결돼 있었다. 늘 내 소설
속 주인공이 되어 내 이상(理想)처럼 되어버렸다. 그러나 현실은 어
디까지 현실이었다. 눈에 보이지도 않는 그를 향한 생각은 어디까
지나 상상에 머물 뿐 현실은 언제나 참혹하고 위기일발 직전이었다.

그와 함께 소설이라는 열망은 언젠가는 도달해야 할 목표지점이
되어 나를 지켜주었다. 그가 내게 처음이자 마지막으로 권유하고

다짐한 게 소설이었다. 아무도 나를 인정하지 않고 무관심했지만
그는 내게 꿈과 도전이라는 단어를 품게 했다.

너무 괴롭고 슬프면 제정신을 잃고 살아가게 되는 것인가?

난 그를 두고 꾸며댄 환상을 두고 그의 그림자라도 찾는 심정으
로 수없이 여행길에 올랐고 습작에 몰두했다. 그리고 스스로 꾸며
댄 어리석고 무모한 모순 덩어리 감정을 두고 자책에 시달렸다. 등
단 이후에는 그를 내 소설 속으로 끌어들여 한풀이 대상으로 삼았
다.

내 어리석은 무지갯빛 환상을 그를 향해 투사했고 완성했다.

그리움이란 무엇인가?

그건 낭만과 비슷한 감정이라 생각한다. 낭만이 사라진 인생은
너무나 피폐하고 그리움 없는 가슴은 황량하기 그지없다. 나이와
상관없이 그리움을 간직하고 살 수 있다면 얼마나 좋겠는가. 현실
속에서 사라진 그리움을 나는 소설로 대신하며 살아가고 있다.

소설이야 말로 내 영원한 그리움이며 환상이기 때문이다.

노량진 갤러리

노량진에서만 육십 평생을 살았다.

어릴 때부터 시작해서 초 중 고 대학 마치고 이순이 지나도록 노량진을 벗어나 본 적이 없다. 단 한 번, 대학 졸업 후 강원도 산골에서 공무원 생활 2-3년 했던 것을 제외하고는 노량진에 뿌리를 박고 살고 있다. 이곳을 벗어나 다른 곳으로 이사 가는 것은 상상도 하지 못했다.

내가 어릴 때만 해도 노량진역은 기차역이었는데 낡은 기와지붕에 펌프가 있는 아주 낡은 역사(驛舍)였다. 그리고 역사 앞 찻길에는 당시에 운행하던 전차가 있었다. 차도 한복판에 전차가 지나가는데 얼마나 승객이 많은지 미어터질 지경이었다.

전차 운전사가 종을 땡땡하고 치면 그게 출발 신호였다. 해마다 한강에 물난리가 나서 홍역을 치른 적도 여러 번 있었다. 범람한 한강물이 역사는 물론 내가 사는 동네 반은 잠식하고 멀리 흑석동까지 물이 들이닥쳐 수많은 이재민이 발생했었다.

그러더니 어느 날 기차 역사는 전철 역사로 바뀌고 교통수단의 대혁신이 일어나면서 조금이나마 숨통이 트이는 듯했다. 초 중등학교는 동네 인근에서 마치고 고등학교는 한강 다리를 건너 혜화동으로 왕래했다. 처음으로 한강을 건너 번화가로 진출하자 신세계가 펼쳐진 것 같았다.

40여 년 전 혜화동은 지금의 압구정동과 같았다. 정부 요원들이 가장 많이 살고 있었는데 우리 학교와 담장 하나 사이로 내무부장관이 살고 있어 눈길도 주지 말라는 명령이 떨어지곤 했었다. 학교 진입로에 장면 총리 생가가 있었고 주변이 온통 남자 고등학교로 둘러싸여 졸업할 때까지 남자 친구가 없으면 등신이라는 말이 돌 정도였다.

당시는 창경궁에 동물원이 있었는데 창경원과 자매결연을 맺은 우리 학교는 일 년에 두 번씩 풀 뽑기 행사에 동원되어 갔다. 말이 좋아 풀 뽑기 봉사지 동물원 구경하다 나오는 게 다반사였다. 여고 시절은 낭만과 꿈이 있어 행복했다. 비록 없는 집안에 몸은 병고에 치여 제정신을 못 차려도 난 항상 미래에 대한 포부가 있었다.

바로 소설가에 대한 꿈이었다. 현실과 상관없이 꿈을 먹고 사는 인생은 희망이 있다. 현실과 꿈은 정반대처럼 보일 때가 많지만 꿈은 버팀목이 되어 삶을 인도하는 길잡이가 된다. 그 꿈이 지금까지 나의 버팀목이 되고 있다. 노량진은 시간이 갈수록 번화하게 변해 갔다.

전철 역사가 들어서면서 학원가가 우후죽순처럼 늘어가기 시작했다. 처음에는 대입시 학원이 들어서더니 나중에는 취업을 위한 학원들로 넘쳐났다. 공무원 입시와 각종 채용 전문학원과 요리학원 미술학원 등, 입시생들과 취준생들을 위한 원룸과 하숙집 공부방 고시원이 주택가 안 깊숙한 곳까지 차지하기에 이르렀다.

그러더니 역 주변을 중심으로 그 유명하다는 컵밥 거리가 생겨났다. 요즘은 고시원생들을 위한 뷔페집이 성업 중이다.

50년 전, 방직공장과 산꼭대기 달동네 개천이 흐르는 비탈길 위에 세워진 아슬아슬한 루핑을 얹은 판잣집들이 아직도 눈에 선하게 떠오른다. 그 산꼭대기를 넘어가면 한강다리가 보였다. 그 산꼭대기 정상에 올라서면 온 동네가 환히 내려다보이는데 그곳에 내 초등학교 동창 김영미가 살고 있었다.

그곳에서 조금 내려가면 영본초등학교가 있는데 그녀가 거기 1회 졸업생이었다. 그곳에서 눈을 오른쪽으로 돌리면 도도히 흐르는 한강물을 바다처럼 볼 수 있었다. 비탈길을 따라 내려가면 영본 시장이 나왔고 곧바로 흑석동으로 연결되었다.

또 산꼭대기 정상에서 오른쪽 비탈길로 내려가면 상도동으로 통했다. 지금은 상도터널이 뚫렸는데 그 옆 골목으로 빠지면 그 유명하다는 YS 김영삼 대통령 사저가 나온다. 지금은 그 터널 옆에 김영삼 도서관이 우뚝 서 있다. 초등학교 5학년 때 YS가 사는 골목길에 있는 역사 깊고 운치 있는 초등학교로 음악 경시대회 나간 기억이 난다.

나는 청소년 시절을 늘 아슬아슬하게 보냈었다. 중학교 입학하자마자 심각한 무릎 통증이 발생해 운동은커녕 조회 시간에 서 있을 수도 없었다. 병의 원인을 알 수 없어 고통은 두 배가 됐다. 혈액순환이 되지 않아 온몸이 배배 꼬이고 독한 약을 먹는 바람에 위장병이 생겨 밥도 먹기 힘들었다.

성격은 극심히 소심하여 늘 근심 걱정에 싸여 살았다. 게다가 어찌나 산만한지 공부마저 제대로 하지 못했다. 겨우 중간치를 맴도는 성적으로 상급학교는 간신히 진학했고 마음에 꿈꾸던 소원 두 가지를 모두 이룰 수 있었다. 노량진은 세월에 따라 나날이 변천했는데 그 중 하나가 수산시장이 들어선 것이었다. 나는 수산시장이 집에서 걸어서 10분 거리인데도 잘 가지 않았다.

30대 중반에 직장생활을 할 때만 해도 봉천동에는 산꼭대기 달동네가 있었고 그건 노량진도 마찬가지였다. 어느 날인가부터 재개발 바람이 불면서 달동네가 사라지면서 아파트 군락이 들어서기 시작했다. 사연 많고 가난의 한이 서린 달동네가 사라지면서 여기저기서 곡소리가 들려왔다.

제대로 보상받지 못한 이주민과 세입자들이 쏟아내는 울음소리였다. 기차역에서 전철 역사로 변한 노량진 역사는 다시는 기차가 정차하지 않고 지나는 통과역이 되었다. 기차를 타기 위해선 인근에 있는 영등포역이나 용산역으로 가야 했다. 노량진은 예부터 교통은 사통팔달이었다.

일제 강점기부터 인천으로 가는 기차역의 시발점이었고 교통이 발달해 통학이나 출퇴근하기 편했다. 노량진은 일제 강점기 때는 경기도 시흥군이었다가 해방이 되면서 서울로 편입됐는데 내가 중학교 다닐 때만 해도 영등포구였다가 관악구로 다시 동작구로 바뀌었다.

그에 따라 선거구도 여러 번 바뀌었다. 해가 갈수록 자연환경은 나빠졌는데 교통의 발달로 매연과 먼지가 극성을 부린 탓이다. 내가 어릴 때만 해도 동네 아저씨들이 한강에 낚시하러 가곤 했었다. 그러더니 폐수 오염이란 단어가 생겨나면서 한때는 불결의 대명사처럼 취급되던 때도 있었다.

지금 내가 살고 있는 동네도 재개발 바람이 불어 곧 이사 갈 처지에 놓여 있다. 내 초등학교 동창이 살던 장승배기도 재개발되어 대규모 아파트 단지가 들어섰다. 상도동도 상가 빼고는 아파트단지로 변했다.

40년 전에 존재했던 아파트도 새로 건축되어 산뜻한 모습으로 탈바꿈했다. 다만 그 옆에 있던 천주교 성당은 그대로다. 산상 꼭대기마다 걸어다녀야 했던 길목도 마을버스가 지나가고 동네 시장은 거의 다 사라져 대형마트가 주부들의 장보기 장소로 대신하고 있다.

옛 전통시장을 구경하려면 버스나 전철을 타고 먼 거리로 가야 만날 수 있다. 학교도 마찬가지다. 새로 신설된 중 고교가 있는가 하면 신생아의 급격한 감소로 중학교가 남녀공학으로 통폐합된 곳도 많다. 뿐인가. 요즘은 지방에 있는 사립대학은 신입생을 구하지 못해 폐교될 위기에 있는 곳도 많다고 한다.

내가 고등학교 3학년일 때 담임선생님으로부터 자주 듣던 말이 있었다.

대학은 인생의 전부다. 입시에 목숨 걸어라.

이제 세상이 바뀌어 그 말의 의미조차 달리 해석된다. 대학 시절 자주 가던 무교동은 교통 요지로 변했고 명동이나 종로 거리도 코로나로 인해 상가가 줄 폐업된 곳이 대부분이다. 젊은이의 명소로 통하던 종로 거리가 지금은 홍대 앞과 강남역으로 옮겨졌고 문화는 천태만상으로 바뀌어 이해 불가할 정도다.

세상은 아날로그에서 디지털 컴퓨터 세대로 바뀌었고 인공지능

AI라는 신종 모드가 생겨나 취업은 더욱 어려운 시대가 되었다. 교통의 발달로 마음만 먹으면 섬을 제외한 전국 어느 지역도 하루면 갈 수 있다. 관광 열풍으로 여행은 필수가 되었고 사고체계마저 바뀌어 희생이란 단어는 구시대의 유물처럼 되어 버렸다.

다자녀가 축복이던 시대에서 둘만 낳아 잘 기르자던 구호가 한 자녀로 바뀌더니 지금은 비혼 무자녀가 대세처럼 여겨지는 세상이다.

자동 컴퓨터 방식에서 인공지능으로 변하면서 살기는 점점 어려워지는 것 같다. 편리함을 넘어서 옛 추억을 살리는 복고풍이 그리움으로 다가오는 시대다. 의학의 발달로 백세 시대가 되어 노후대책이 가장 시급한 과제가 되었다. 난 평생 이사한 기억이 딱 두 번이다. 그것도 노량진 구내에서만이다.

아파트에 살아 본 기억도 없고 일반주택에만 살았는데 은근히 걱정이 된다. 관성이 어떻게 변할지 걱정이다. 그런데 얼마 전, 살던 동네가 재개발 지구로 선정되어 이사 갈 날짜가 정해졌다. 생각할수록 멘붕이 올 지경이다. 남들은 문화와 언어도 다른 외국에서도 잘 살아가는데 그동안 너무 안주(安住)에 길들여져 있었나 보다.

고향을 떠나지 못하고 지키는 사람들의 심정도 조금은 알 것 같다. 새 아파트가 완공되어 입주하기까지 4년이 걸린다고 한다.

하지만 환경이 바뀌면 적응력도 생기고 마음도 단단해지리라 기대해 본다.

상도동에서

작년 8월에 육십 평생 살던 노량진을 떠나 상도동으로 이사했다. 살던 동네가 재개발되어 순차적으로 이사 행렬에 오른 것이다. 내가 살던 동네는 노량진역에서 떨어진 장승배기 쪽에 가까웠다. 그곳에서 두 정거장 떨어진 상도동은 도보로 20분, 차를 타면 3분쯤 걸리는 거리다. 비교적 가까운 곳임에도 난 심각한 후유증을 앓았다.

주거지를 옮긴다는 건 보통 일이 아니다. 멀리도 아닌 2킬로도 안 되는 거리로 가는 데도 스트레스와 걱정이 이만 저만이 아니었다. 새로 이사 온 동네는 버스정류장과 전철역이 가까워 교통은 편리했다. 전철 역 부근에 생활용품점 다이소가 있고 야채가게도 바로 옆에 있어 시장 보기도 편했다.

또 주변에 김영삼 도서관이 있어 이용하기도 편리했다. 김영삼 도서관은 일반 시립도서관과 이용 방법이 달랐다. 열람실이 따로 있는 게 아니고 카페테리아식으로 좌석에 앉아 책을 읽거나 노트북으로 문서작성 하기가 편하도록 설치돼 있었다.

시립 도서관은 회원카드로 출입이 가능한데 비해 김영삼 도서관은 책을 대출 받을 때만 회원카드가 필요했다. 그러니까 아무 제약 없이 자유롭게 출입이 가능했다. 일반 시립 도서관은 보통 3-4층

내외인데 김영삼 도서관은 지하 6층에다 지상 7층까지 층마다 특색
이 있어 이용이 편리했다.

김영삼 전 대통령에 대한 영상이나 홍보물도 자주 눈에 띄었다.
주로 대통령 재직 시절과 민주화 운동에 관한 기사와 영상물이었다.
도서관 의자에 앉아 창밖을 내다보면 감개무량이다. 상도터널 주변
으로 온 동네가 한눈에 들어온다.

도로를 달리는 차량과 주변에 형성된 상가와 아파트가 조목조목
시야에 잡힌다. 보이는 건물마다 병원 아니면 약국 상가다. 50년도
훨씬 넘게 운영되어 온 이화약국과 한의원이 새롭게 단장된 모습으
로 눈에 들어온다.

그 옆으로 비탈길이 형성돼 있는데 왼쪽 골목으로 들어가면 김영
삼 대통령 사저가 나온다. 직접 가보지는 못했다. 입구에 있는 강남
초등학교에 음악경시 대회에 나간 기억이 난다. 초등학교 5학년 때
였는데 악보를 보고 즉시로 노래를 부르는 것이었다.

선생님은 우리가 잘 따라 부르지 못하자 얼굴이 빨갛게 변했다.
당황한 빛이 역력했다. 역사가 깊은 그 초등학교는 내가 다니던 학
교보다 시설이 훨씬 좋았던 것 같다. 이화약국 옆 비탈길을 올라가
면 곧바로 중앙대학교가 나온다. 나의 둘째 남동생 모교이다.

가파른 비탈길 정상에서 다시 내리막길이 시작된다. 왼쪽으로 작
은 동산이 있는데 그곳으로 전직 대통령이 조깅을 다녔다고 한다.
경호원들과 함께 다녔는데 어느 날 민원이 들어왔다고 한다.

경호원과 조깅을 다니는데 위화감도 들고 시민의 입장에서 불편
하다고. 다음날부터 당장 조깅은 취소됐다. 다시는 동네에서 전직

대통령이 조깅하는 모습은 볼 수 없었다고 한다. 상도동에서 산등성이 넘어가면 나타나는 흑석동은 번화가다. 종합대학교가 있고 대학병원이 맞붙어 있다.

국내 굴지의 재벌그룹이 대학을 인수하고 나서 많은 변화가 있었다고 한다. 이익을 창출하는 기업체라 병원 건물도 웅장하게 지었고 캠퍼스도 일대 혁신 바람이 불었다. 옛날에는 대학 정문이 궁궐 모양이었는데 지금은 공원처럼 변해 버렸다.

내가 대학 다닐 당시만 해도 학생들은 꼭 학교 배지를 달았었다. 지금은 서울대학생들도 배지를 달지 않는다. 그리고 대학을 출입할 때는 수위가 꼭 점검했고 도서관도 학생증을 보여야 출입이 가능했는데 지금은 전자 출입증으로 하고 있다.

지금 웬만한 대학은 사이버 대학이 신설돼 건물이 늘어났다. 그리고 어느 대학을 가도 정문 자체가 없고 일반인도 통행이 가능하도록 공원화되어 있다. 연세대나 고려대 이대도 마찬가지다. 세월 따라 엄청난 변화 바람이 분 것이다. 대학 전공도 마찬가지다.

내가 공부할 당시에는 주로 문과 이공계 예체능대 식으로 나뉬었는데 지금은 신설된 학과가 너무 많다. 아니 예전에 존재했던 학과는 새로운 명칭으로 바뀌거나 아예 사라진 게 더 많다. 예를 들면 철학과나 고고학과 물리학과 농과대학 등은 없는 대학이 훨씬 많다.

취업난이 가중되면서 취업 위주로 학과목이 바뀐 것이다. 또 전공이 세분화 되면서 학제도 바뀌었다. 약학대학과 한의과대학은 6년제로 바뀌고 이과 계열은 더 세분화되었다.

음대나 미대 무용과 등은 더 입시 경쟁이 치열해졌다. 나의 전공인 식품영양학만 보더라도 예전에는 면허증 하나로 다 통했는데 지금은 병원 영양사는 대학원을 졸업해야 하고 2년마다 자격증을 갱신해야 한다. 또 학교 영양사는 교육학을 전공해야 하고 분야별로 더 추가된 것이 있다.

그러니까 예전에 취득한 자격증으로 취업할 곳이 많이 사라진 셈이다. 반면 의과대학은 우후죽순으로 늘어나 한해에 배출되는 의사 숫자가 5,000명이 넘는다고 한다. 실제로 거리에 나가 보면 보이는 건물마다 병원 아니면 치과가 많다.

컴퓨터 인터넷 인공지능의 발달로 명칭도 희한한 학과가 많이 생겼다. 사고방식도 바뀌어 이제는 희생정신을 강조하면 사이코 취급을 받을 정도다. 모든 게 능력 위주로 약육강식은 어느 때보다 치열해진 느낌이다. 반면 친절 도는 좋아졌다. 예전에 행해졌던 공직의 비리나 불친절은 많이 사라졌다.

직접 대면하지 않고 인터넷으로 하거나 직접 대면해 문의해도 친절하게 대응해 준다. 각종 복지혜택도 늘어났고 일당 등 보수도 높아졌다.

흑석동에는 전통시장이 있다. 코로나의 영향에도 이용객이 전혀 줄지 않아 항상 사람들이 붐빈다. 가격도 저렴해 나도 자주 이용한다. 시장 골목을 나오면 곧바로 한강이 보인다. 찻길만 건너면 출렁이는 검은 강물을 볼 수 있다. 폐수가 연상되어 기분은 좋지 않다.

상도동은 전직 대통령이 살던 곳으로 유명세를 탔었다. 국회의원도 상도동계 동교동계 식으로 지명으로 지칭했었다. 민주화의 두 주역이 역사의 뒤안길로 사라지고 젊은 세대들은 의미도 잘 알지 못할 것이다. 내 세대가 전쟁 세대를 이해 못하는 것처럼 그들도 마찬가지일 것이다.

상도동은 이미 오래 전에 재개발이 끝나 단독 주택은 거의 없다. 도서관 건너편에 낡고 오래된 주택이 있는데 왜 그곳만 개발이 안 됐는지 알 수가 없다. 내 여고 동창이 살던 동네도 대규모 아파트 단지가 들어섰고 우리 집 뒤편으로 올라가면 고층 아파트가 산을 둘러 병풍처럼 늘어서 있다.

우리 집 근처는 거의 빌라촌이다. 집에서 나와 조금만 걸으면 숭실대가 나오고 거기서 고개 하나 넘으면 봉천동이 나타난다. 내가 다닌 중학교가 있는 곳이다. 지금은 남녀공학으로 바뀌었다. 다른 건 다 바뀌었는데 차도는 그대로다. 지명도 관악구는 봉천동 신림동 딱 둘이었는데 지금은 새로운 명칭으로 바뀌었다.

예전부터 다니던 길이라 그런지 새로운 감흥은 없다. 습관처럼 오가던 길이라 그런 것 같다. 그래도 이사 오기 전에 살던 동네가 불편하긴 했지만 여전히 그립고 되돌아가고 싶은 마음이다. 이왕 상도동으로 이사 왔으니 이곳을 중심으로 한 소설도 써서 완성하리라 다짐해 본다.

창문 밖에 길고양이 사료를 놓아두었더니 매일 길냥이들이 와서 먹고 간다. 이 동네는 캣맘들이 안 보여 섭섭하고 불안하다. 전에 살던 동네는 캣맘 캣대디들도 많아서 흐뭇했었는데, 전에는 잘 몰랐었는데 이웃집 빌라 뒤편으로 꽃나무들이 봄 향기를 날리고 있다.

마당에 깔린 자갈도 보이고 봄 향기가 창문을 열면 살며시 스며들어온다.

창문 밖 길고양이

우리가 사는 집은 2층 빌라인데 실제로는 3층 높이다.

1층을 주차장으로 쓰기 때문에 그만큼 높아진 것이다. 주변에 단독주택은 거의 없고 빌라촌으로 다닥다닥 연결돼 있어 옆 빌라와는 통행이 불가하다. 그러니까 옆 빌라에 가려면 밖으로 나와서 멀리 돌아가거나 해야 한다.

각 빌라 창문은 방범용으로 쇠창살 같은 것이 설치돼 있는데 어른 주먹 하나 통과할만한 사이로 되어 있다. 이곳으로 고양이가 드나들기도 한다. 또 창밖으로 커다란 선반 같은 것이 연결돼 있는데 창살 밖으로 고양이 사료를 놓아두면 길냥이가 와서 먹고 가곤 한다.

전에 살던 동네에는 길고양이가 많았는데 지금 사는 동네에는 길냥이가 보이지 않아 이상하다 생각했다. 그런데 우리 집 노란둥이 냥이가 창밖으로 나다니면서 길냥이들이 보이기 시작했다. 노랑이 삼색이 갈색 길냥이가 우리 집 창가에 어른거리는 것이다.

배가 고파 그런가 싶어 창살 밖으로 사료를 놓아두었더니 어느 사이엔가 나타나 먹고 간다. 나중에는 사료 위에 참치 사료를 듬뿍 올려 주었더니 참치만 먹고 사라진다. 처음에는 노랑이만 왔었는데 어떻게 알았는지 삼색이 갈색 냥이도 와서 먹고 가곤 한다.

　창밖에서 부스럭거리는 소리가 나면 길냥이가 와서 사료 먹고 있다는 증거다. 그리고 이때쯤이면 우리 집 노란둥이가 창가 쪽으로 시선을 집중하며 바짝 긴장한다. 쫓아내고 싶어서 텃세를 부리고 싶어서 안달하는 것이다. 처음에는 길냥이가 사료를 먹다가 인기척을 느끼면 재빨리 도망치곤 했는데 나와 자주 눈이 마주치고 나서는 도망도 안 가고 빤히 쳐다보곤 한다.

　어떨 땐 사료를 다 먹고 나서도 가지 않고 계속 창밖에서 나를 쳐다보고 있다. 마치 나 좀 들어가서 살게 해 주면 안 되겠냐고 사정하는 듯하다. 비가 오는 날이나 날씨가 안 좋을 때는 길냥이가 오지 않는다. 다른 캣맘에게 사료를 얻어먹는 건지 알 수는 없다.

　배가 고플 때면 나타나는데 3마리 모두 슈퍼 고양이라 엄청 많이 먹는다. 덕분에 나는 사료를 주문할 때 비용이 점점 늘어간다. 캔사료를 주다 보니 마른 사료는 잘 안 먹으려 들어 또 주문할 수밖에 없다. 우리 노란둥이는 츄르 맛을 보고 난 후부터 마른 사료 캔사료는 아예 쳐다보지도 않는다. 간식으로 먹던 츄르를 아예 주식으로 먹으려 한다.

　츄르는 일제로 수입품이다. 따라서 값도 비싸다. 밥값은 1도 못하는 고양이가 온 집안에 털을 휘날리고 다니면서 온갖 호강을 다 누리고 산다. 딱 2번 바퀴 벌레를 잡은 것 말고는 밥값을 한 적이 전혀 없다. 고양이 주제에 제 편할 도리는 기가 막히게 잘 찾는다.

　주인이 놀자고 자꾸 귀찮게 하니까 장롱 위로 올라가 터를 잡았다. 침대를 놓아두었더니 그곳에서 하루 종일 잠을 자다 아쉬우면 내려와 양양댄다. 배가 고프니 사료를 달라는 뜻이다. 츄르를 맛있

게 먹고는 도로 올라가 잠을 잔다. 잠에서 깨어나 심심하면 후다닥
하고 거실을 뛰어다니며 논다.

탁자 밑에 앉아서 잠을 자기도 하고 창밖으로 탈출해 놀기도 한
다. 이미 중성화 수술을 한 터라 남친 고양이를 만날 일도 없는데
곧잘 탈출한다. 겁이 많아 멀리 못 가고 담벼락 사이를 오가며 놀다
가 금세 들어온다. 그 모양을 보고서 길냥이들이 나타난 게 아닌가
싶다.

노란둥이는 얼굴이 예뻐서 보는 사람마다 귀엽다고 칭찬한다. 이
사 올 때 도망 다녀서 데리고 오지 못해 한동안 길냥이로 살았다.
먼저 살던 동네 집 근처에서 놀다가 내 목소리가 들리면 온 동네가
떠나가라 야옹! 소리를 지르며 나타난다.

캔사료랑 듬뿍 주고 돌아서면 가지 말라고 또 온 동네가 떠나가
라 운다. 포획해서 데리고 가려고 하면 얼마나 재빠르게 도망치는
지 몇 번이나 실패했다. 그러다 어느 날 낮에 작심을 하고 데리러
갔다.

케이지를 한쪽 구석에 숨겨두고 사료를 주었더니 배가 고팠는지
허겁지겁 먹는다. 그 틈을 타서 얼른 잡아서 케이지 안에 밀어 넣었
다. 캬옥대고 발악을 하고 난리가 났다. 전에 케이지에 넣어서 동물
병원 간 적도 있었는데 어떤 위험신호를 감지했던 걸까.

몸부림을 하고 계속 양양댄다. 동네 언덕길을 올라가는데 동네
캣맘을 만났다. 50대 중반으로 보이는 캣맘은 전부터 나를 알고 있
었다고 했다. 내가 길냥이 먹이주는 걸 눈여겨보았다고 한다. 캣맘
은 케이지 안에 있는 노란둥이를 보더니 어쩐 일이냐고 물었다.

이사 가는 날, 못 데리고 가서 그동안 길냥이로 살았는데, 오늘 드디어 포획해서 데리고 가는 거라고 하니까 걱정스런 표정으로 말했다. 노란둥이처럼 외출냥 길냥이들은 살던 지역을 옮기면 강한 스트레스를 받아서 힘들다고 했다. 동네 길냥이들한테 잡히면 물려 죽을지도 모른다고 한다.

그렇다고 이곳에 남겨두면 철거 들어갈 때 건물더미에 깔려 죽지 않을까 걱정돼서 할 수 없이 데리고 가는 거라고 하니까 고개를 끄덕거린다. 그 사이 노란둥이는 또 발악을 하고 난리가 났다. 그러자 캣맘이 케이지 문을 열고서 만지려고 했다.

"어머! 나비야, 너 정말 예쁘게 생겼구나."

내가 얼른 제지를 했다.

"문 열면 애 도망쳐요."

캣맘은 케이지 안의 노란둥이에게 말했다.

"아가야, 너가 여기에 계속 있으면 철거할 때 건물더미에 깔려 죽을지도 몰라, 그러면 엄마 마음이 얼마나 아프겠니? 그래서 데려가는 거니까 너무 걱정 안 해도 돼, 알았지? 엄마 따라가서 거기서도 잘 먹고 잘 지내 귀여운 것, 그런데 너 정말 예쁘게 생겼구나. 어쩌면 이렇게 잘 생겼을까?"

그러자 희한하게도 노란둥이가 울음을 멈추고 조용해졌다. 캣맘과 나는 동네 길냥이들을 두고서 한참 걱정을 했다. 자기도 며칠 안에 이사를 가는데 저 많은 길냥이들 때문에 걱정이 이만 저만이 아니라고 했다. 길냥이들은 한 지역에 터잡고 사는 동물이라 거주지를 옮기면 큰 스트레스를 받는다고 한다.

길냥이들은 못 보던 길냥이가 나타나면 떼로 달려들어 공격해 위험에 빠뜨리기도 하는데 그렇게 희생당한 길냥이들도 있다고 한다. 재개발 지역에 살던 길냥이들이 못 떠나는 이유도 한 지역에 사는 특성 때문이다. 어쨌든 노란둥이는 이사에 성공했는데 문제는 이후에 있었다.

전혀 다른 곳에 오자 노란둥이는 발버둥을 치며 당황했다. 그러더니 기어코 창밖으로 탈출하고 말았다. 저녁때 퇴근해 돌아오니 노란둥이가 안 보였다. 창밖에 대고 '냐옹아! 노란둥이야, 어디 있니? 빨리 들어와라.' 소리 질렀더니 큰소리로 냐옹! 하고 창밖에 모습을 드러냈다.

"그래, 어서 들어와 여기가 니 집이야."

그러나 노란둥이는 창밖에서 안타깝게 울기만할 뿐 선뜻 들어오려 하지 않았다. 때는 8월 말 늦더위가 기승을 부릴 때였다. 한밤중 창문을 열어 놓고서 불을 끈 채 자리에 누웠다. 그랬더니 노란둥이가 살짝쿵 발자국 내딛는 소리가 들렸다. 방안으로 점프해 들어온 것이다.

모른 척 계속 누워 있었더니 나한테 다가와 얼굴에 대고 냄새를 맡더니 부비부비를 한참을 하더니 사료를 먹기 시작했다. 다음날 아침 일어났더니 노란둥이가 사라지고 없었다. 또다시 탈출한 것이다. 동네 언덕길 높은 곳에 올라가 노란둥이야! 불렀더니 냐옹! 대답은 하면서도 나타나질 않는다.

집 근처 안 보이는 은신처에 숨어 있는 게 분명했다. 밤중에 창문을 열고 불렀더니 또다시 나타났다. 이번에도 들어오지는 않고 계속 양양대기만 한다. 이웃 빌라에 사는 여자가 창문을 열더니 시끄럽다고 항의를 했다.

"고양이 좀 조용히 시키세요, 시끄러워 스트레스 받아요."

"우리 냥이가 오늘 이사 와서 적응이 안 돼서 그러는 거예요. 곧 조용해질 거예요."

그날 밤도 노란둥이는 점프해 들어와 내 자리 옆에 누웠다가 사료를 먹고는 사라졌다. 다음날은 내가 퇴근해 돌아오는데 빌라 끝자리 담장 위에서 양양대고 난리가 났다. 멀리서 내가 오길 기다리고 있다가 발견하고는 아는 체를 한 것이다. 얼마나 영리한 야옹이인가.

친한 소설가 애묘인(愛猫人) 선배님께 카톡을 보냈더니 답이 왔다.

"어머나! 노란둥이는 천재냥이군요."

선배 소설가는 고양이를 6마리나 키우는 애묘인이다. 얼마나 인정이 많은지 내가 고양이가 걱정돼서 카톡을 보낼 때마다 꼭 조언을 해주시는 고양이 전문가이시다. 노란둥이는 이후 잘 적응해 온갖 호강을 누리며 살고 있다. 전에 키우던 고양이가 총 6마리였는데 어미 고양이 빼고는 모두 스스로 길냥이가 되어 나가버렸다.

꽃 미묘 어미 냐옹이도 포획해 데리고 왔는데 창밖으로 탈출해 영영 돌아오지 않았다. 매일 같이 온 동네를 다니며 불렀지만 끝내 돌아오지 않았다. 7개월도 넘은 지금도 나는 일부러 캐리어를 끌고 다니며 어미 고양이를 찾는다. 전에도 캐리어 소리가 나면 나타나곤 했었다.

새끼를 20마리도 넘게 낳아 중성화 수술까지 시켰는데 6마리만 살아남았다.

 토끼같이 예쁘게 생겨서 보는 사람마다 토끼로 착각할 정도다. 영리하고 새끼도 잘 돌보는 천재 고양이였는데 이사 와서는 적응이 안 되는지 나가버렸다. 얼마나 애통한지 매일 여기저기 애묘인들에게 카톡을 보내 하소연했다. 우리 미묘를 어디 가서 찾느냐고 애통해 죽을 지경이라고.

 워낙 예쁘고 영리한 고양이니까 어디선가 잘살고 있겠지 생각하다가도 가슴이 저려온다. 케이지에 넣어서 데려올 때도 얌전히 있었던 미묘(美猫)다. 6마리 고양이 중에서 내가 제일 예뻐했는데 안타까워 눈물이 난다. 노란둥이는 지금도 내 곁을 지나다니며 양양댄다.

 갈수록 어미 고양이를 닮아 영리하고 미모가 뿜뿜이다. 동네 야채 가게에 가면 하얀색 강아지가 보인다. 얼마 전 예쁘게 털을 깎아 더 귀엽고 사랑스럽게 변했다. 주인에게 사랑받는 것은 물론이고 손님들 행인들에게까지 사랑을 받는다. 강아지는 꼭 옷을 입고 있는데 잠시만 안 보여도 사람들이 찾는다

 사람들이 사랑해 주니까 더 애교를 부린다. 반려동물 천만 명 시대라고 한다. 사람에게 느끼지 못하는 애정을 동물로 대체시키려는 건지는 잘 모르겠다. 길냥이를 학대해 죽이는 잔인한 파렴치한도 있지만 동물 사랑을 외치는 선인들도 많다.

 대통령 당선인은 강아지와 고양이를 7마리나 키운다고 한다. 여당 대통령 후보였던 모후부도 유튜브에서 고양이하고 박치기하는 모습을 보였다. 그 역시 동물 사랑을 나타내며 애묘인을 자처하고

있다.

사람도 먹기 살기 힘든 세상에 동물 사랑이 웬 말이냐고 할지도 모르겠다. 그러나 생명체는 사람이든 동물이든 모두 중요하다. 생명체를 소중히 여기는 마음은 악을 미워한다. 악을 미워하는 마음으로 선과 의를 사랑하는 마음이 되었으면 좋겠다고 생각해 본다.

이기적인 동물 사랑이 아닌 끝까지 책임지고 돌보는 사랑으로 발전해 나갔으면 좋겠다. 지난 정권에서 가장 잘한 게 있다면 동물복지법강화다. 역대 정권에서 하지 않은 동물복지법을 통과시켜 길냥이들도 보호받게 되었다.

대통령에 취임하자마자 TV에 출연해 길냥이들과 함께 살아가는 법을 모색해 보자고 눈물 글썽이며 말한 기억이 난다. 사상이야 어떻든 간에 동물 사랑이 점점 퍼져 나간다면 강력범죄도 줄지 않을까 기대해 본다.

통계에 의하면 살인 강력 범죄자들의 시초가 동물살해에 있었다고 한다. 동물을 잔인하게 죽이고 나니 사람 죽이는 건 문제도 아니었다고 한다. 동물사랑실천협회에서는 매분기마다 국회의원들을 찾아가 반려동물을 키우는가에 묻고 동물복지법강화를 위해 애쓴다고 한다.

너무나 감사한 일이다. 아름다운 결실들과 함께 산에 사는 야생동물은 물론 길냥이들 보호책도 많이 쏟아져 나오길 기대한다. 서초구청 앞은 고양이 천국이라고 한다. 고양이를 좋아한 전 구청장이 구청 앞에 길냥이 급식소를 만들어 마음껏 뛰어놀게 하면서 행인들에게 즐거움을 주었다고 한다.

　또 중성화 수술도 시키고 겨울집도 만들어 주었다. 사람도 동물도 함께 살만한 세상이 점점 다가오는 것만 같다. 날씨가 따듯해지니 노란둥이가 또다시 탈출을 시도하고 있다. 방금 전 창밖으로 나갔는데 불러도 들어오지 않는다.

나는 아날로그가 좋다

20년 전만 해도 아날로그와 디지털 문화라는 단어가 유행했었다. 아날로그와 디지털의 차이는 한마디로 속도의 차이다. 아날로그는 수동식이거나 반자동식인데 비해 디지털은 컴퓨터 자동화 즉 전자문화를 뜻한다. 이것은 어디까지나 전문가의 의견이 아닌 나만의 표현이다.

젊은 날을 아날로그 문화 속에 살아서 그런지 난 아직도 컴퓨터 기계 문명에 익숙하지 못할 때가 더 많다. 남들이 다하는 페이스북도 가입만 해놓고 실제로 활동한 적은 없다. 원래 기계치에다 적응력이 부족한 탓인 것 같다. 의식 또한 다르지 않다.

나의 사고(思考)는 구태(舊態)를 벗어나지 못하고 있는데 아무래도 나이 영향이 크다. 나는 7080세대로 중 고교에 다닐 때만 해도 취업할 때 주산과 부기가 필수였다. 그 급수에 따라 취업이 결정됐기 때문이다. 나보다 5살 어린 남동생이 고등학교 졸업하고 취업할 당시만 해도 그랬다.

거리에 나서면 주산학원과 부기학원이 즐비했었다. 나는 숫자 계산에는 원래 젬병이었다. 지금도 산수 계산을 못해 핸드폰을 꺼내야 할 정도다. 그런데 직장의 업무 치고 숫자와 무관한 것이 어디 있겠는가. 취업을 앞두고 걱정이 이만 저만이 아니었다.

대학 졸업 후 직장생활을 하는데 하루 종일 숫자 계산이었다. 그런데 80년대 초반만 해도 주산이 사라지고 계산기 시대였다. 그러니까 소규모의 점포 이외에는 주산이 사라지고 계산기가 대신 그 자리를 차지한 것이다. 처음에는 서툴렀던 숫자 계산도 계산기로 하다 보니 나중에는 요령이 붙었다.

숫자를 누르는 손가락이 날아다니듯 빨라진 것이다. 또 숫자에 대한 계산능력이 자동적으로 늘어나 자신감이 생겼다. 검토하고 확인하고 또 확인해서 완벽하게 서류를 꾸며 놓는 것이다. 당시만 해도 군사정권 시절이라 공무원 계통은 위계질서가 엄격했다.

특히 돈 문제에 관해서는 관용이 없었다. 회계감사에 걸리면 줄초상이 났고 퇴직할 경우에는 퇴직금은 물론 그 어떤 혜택도 불가했다. 급여는 최하 수준으로 주면서 업무는 일반회사보다 훨씬 많았다. 요즘이야 공무원을 철밥통이라 해서 정년이 보장된 안정된 직장으로 꼽지만 당시만 해도 최하위 무능력의 직종처럼 보였었다.

학교 관사는 낡아 빠진 기와집에다 쥐가 출몰해 기절할 지경이었고 화장실도 푸세식으로 냄새가 지독했다. 교직원들은 나보다 20년 이상 연상으로 사고방식 자체가 달라 전혀 소통이 안 됐다. 업무는 그럭저럭 한다지만 시골벽촌 생활은 도저히 견딜 수가 없어 2,3년 만에 그만 두고 말았다.

세상은 갈수록 급변해 수작업으로 하던 업무가 컴퓨터로 바뀌기 시작했다. 처음에는 도스가 등장하더니 점차 윈도우로 바뀌면서 발전에 발전을 거듭했다. 컴퓨터도 초기에는 IBM과 애플 두 가지였다. 애플은 주로 디자인 계통 업무로 사용했는데 나중에는 IBM 컴퓨터가 용량이 커지면서 그래픽 디자인도 수용하게 되었다.

그래픽 디자인도 일러스트 인디자인 포토샵이 발전하면서 영상문
화에 획기적인 발전을 이루었다. 지금은 컴퓨터가 아니면 거의 모
든 분야에서 작업이 불가능할 정도다. 30년 전만 해도 컴퓨터 제작
사들이 많아 무료 강습하는 곳이 많았었다. 컴퓨터 판매를 위한 무
료강의인 셈이었다.

무료 강습이라 열심히 찾아다니며 배웠는데 실제로 사용을 안 하
니 잊어 버렸다. 컴퓨터가 너무 고가라 구입하는데 시간이 오래 걸
렸다. 한번은 학원에 등록해 워드 프로세스를 배우는데 학원생들이
얼마나 타이프를 빠르게 치는지 도저히 따라갈 수가 없어 포기했다.

나중에는 그래픽 디자인 쪽에도 도전했는데 이마저 포기하고 말
았다. 아줌마 따위에게 일일이 가르쳐 가며 수업을 진행하기엔 너
무 시간이 아깝다는 식이었다. 세상이 디지털 시대로 바뀌면서 컴
퓨터는 필수품이 되었는데 원고 작성에 있어서도 마찬가지였다. 원
고지에다 글을 쓰는 시대는 역사 속으로 사라지고 컴퓨터에 앉아서
직접 입력하는 시대가 된 것이다.

이것을 나는 등단하고 나서 뒤늦게 깨달았다.

처음에는 컴퓨터 앞에 앉는 것조차 싫었다. 그런데 교회에서 컴
퓨터를 잘하는 자매가 대신 타이핑해 주겠다고 해서 너무나 감사했
다. 대학 친구도 한동안 타이핑을 대신 해주었는데 나중에는 내가
직접 타이핑했다. 습관이 되다 보니 타이핑 속도도 빨라졌다.

인터넷이 대세로 자리매김 하는 시대이다. 한동안 유튜브가 유행
이더니 이제는 스마트폰 시대가 되었다. 나는 항상 뒷걸음으로 겨

우 따라 붙었다. 전자문화만 변한 게 아니었다. 주택도 변하긴 마찬
가지였다. 내가 어릴 때는 단연코 단독주택이 많았다.

아파트는 압구정동 같은 강남에만 있는 줄 알았다. 그런데 아파
트 투기 바람이 불면서 아파트의 평수에 따라 부의 척도처럼 되어
버렸다. 그로부터 수십 년이 지난 지금은 시골 벽촌에까지 고층 아
파트가 들어서 참으로 격세지감이 든다.

서울에서 달동네가 사라진 건 30년 안팎이다. 먼저 봉천동 달동
네가 사라지고 삼양동 상계동 등이 따르더니 거대한 아파트 단지가
들어섰다. 달동네뿐만이 아니다. 지은 지 30년쯤 된 가옥들이 있는
동네도 철거 대상이 되었다. 내가 사는 동작구만 해도 재개발 지역
으로 선정되는 곳이 많아지면서 아파트가 들어서기 시작했다.

초등학교 동창이 살던 장승배기도 오래된 가옥들이 철거되면서
산뜻한 아파트 단지가 들어섰다. 내가 살던 동네도 예외가 아니었
다. 지난 8월에 이사를 마쳤는데 아직도 철거 소식이 없다. 언제 시
공 공사를 하는지 감감 무소식이다.

내가 살던 동네는 물론이고 버스 정류장 근처도 재개발이 결정되
어 빈집들이 늘어간다. 상가들은 대부분 근처로 이사했다. 우리 집
은 먼저 살던 동네에서 두세 정거장 떨어진 상도동으로 이사했다. 걸
으면 15분 정도 걸린다. 그 정도 거리면 지척이나 마찬가지인데도
난 이사 문제로 멘붕 직전까지 갔었다.

평생 살던 노량진을 떠난다는 한 가지 사실만으로 정신이 너무
혼란스러웠다. 주거지를 옮긴다는 건 보통 일이 아니었다. 나는 지
금도 이사를 자주 다니면서 빠르게 적응하는 사람들을 보면 대단하

다는 생각이 든다. 먼저 살던 동네는 개인 주택이 대부분이라 층간 소음 문제는 없었다.

그런데 이번에 이사 온 집은 빌라인데 윗집에서 쿵쿵거리는 소리가 자주 들린다. 사방을 둘러봐도 나무 한 그루 없고 보이는 곳곳이 빌라촌이다. 버스 정류장과 전철역이 가까워서 교통은 그나마 편리한 편이다. 아파트가 완공되어 들어갈 생각을 하면 아득하다.

나는 아파트에 살아 본 경험이 전무하다. 그래서 무조건 단독주택이 좋다. 평생 살아왔기 때문이다. 지금 사는 빌라도 아파트와 거의 진배없다. 이웃과의 소통이 없기는 전에 살던 곳과 마찬가지이지만 정서적으로는 더 피폐한 것 같다. 나는 편리함보다는 익숙한 게 더 좋고 고급스럽고 화려한 것보다는 마구 사용해도 괜찮은 저렴한 것이 더 좋다.

여행도 남들처럼 패키지로 가는 것은 단연코 사절이다. 그냥 예정없이 무작정 떠났다가 발길 닿는 대로 돌아다니다 오는 것을 더 즐긴다. 고속버스보다는 열차여행을 더 좋아하는데 옛 감정이 살아나면서 글감이 잘 떠오르기 때문이다. 또 백화점은 어쩐지 주눅 들어 부담스럽고 전통시장이 활력차서 마음 편하다.

육류는 전혀 안 먹고 채식만 먹으니 식당을 가도 가격 걱정은 안 한다. 기껏 먹어 봐야 칼국수나 보리밥이나 청국장 등이니까. 남들처럼 고가 의류를 입지 않으니 돈 쓸 걱정도 많지 않다. 소박한 것을 좋아하는 것은 어린 시절 겪은 가난 때문이다. 가난이 몸에 배었다기보다 마음이 이에 먼저 순응하는 것이다.

그럼에도 별반 슬픔은 없다. 워낙 사치와는 거리가 머니까. 나는 아직도 생각이 보수적이고 생활습관도 옛 모습을 벗어나지 못한 면이 많지만 마음은 풍요롭다. 시간과 돈에 비교적 자유롭기 때문이다. 돈은 있으면 있는 대로 쓰고 없을 때는 안 쓰면 그만이다.

무슨 팔자 좋은 소리냐고 할 테지만 마음의 여유를 가지고 사는 것이 좋지 않겠는가. 나는 여행을 가도 꼭 시골 읍내 같은 곳을 좋아한다. 그런데 요즘은 웬만한 면 단위 시골만 가도 많이 현대화 되어 도시와 별반 다를 게 없다. 하지만 옛 풍토는 조금 남아 있어 마음이 한갓지다.

유튜브를 시청하다 보면 옛 모습을 방송하는 프로들이 많이 있다. 산간벽지 오지나 모두 떠나고 남은 텅빈 마을에서 살아가는 사람들 이야기다. 전자문명 시대에 아직도 군불을 때서 밥을 해먹고 물을 길어다 먹는다. 밭에서 갓 뽑아온 야채로 반찬을 만들고 행복한 미소를 짓는다.

아! 부럽다.

내가 생각하는 것보다 더 아날로그적이다. 자연 친화적인 것이 몸 건강 정신 건강에 얼마나 좋겠는가. 다만 치안 문제와 의료 혜택이 못 미쳐 실행을 못할 뿐이다. 사람들은 나의 아날로그적인 생각을 이해 못하고 비정상적인 것으로 취급할 때가 많다.

그럴지라도 나는 옛 방식인 아날로그의 순수함과 옛 정취가 좋다. 맑은 공기 마시면서 잠시나마 마음의 안락을 누리고 싶어서다. 언젠가 그런 곳에서 진정한 휴식을 경험해 보고 싶다.

당근 마켓

당근 마켓을 통해 노트북을 구매했다.

HP 넷북이다. 셀루리안 블루 계통의 외양이 세련되고 산뜻해 보여 마음에 들었다. 처음 하는 거래라 의심과 불신이 컸지만 여러 안전장치를 생각하며 거래를 시도했다. 보이스 피싱 등 속임수가 빈번한 세상이다 보니 솔직히 겁부터 났다.

10년 전에 구입한 데스크탑 컴퓨터는 스피커가 고장이 나서 먹통이 되었다. AS를 부를까 하다가 코로나 때문에 염려가 되기도 하고 이전에 부팅이 되지 않아 AS를 불렀다가 크게 바가지를 쓴 기억이 나서 차일피일 미루고 있었다.

그때 서비스 맨이 램(Ram)이 나갔다 하여 교체했는데 시중가보다 몇 배나 되는 폭리를 취해 엄청나게 손해를 본 일이 있었다.

내가 나이가 많아 보이니까 시세를 모를 거라 생각해 일부러 폭리를 취한 것이다. 예전부터 노트북 갖기를 소원했던 터라 가끔씩 전자매장을 방문해 제품을 보았는데 가격대가 너무 높아 엄두가 나지 않았다. 일반 데스크탑보다 훨씬 비쌌다.

당근 마켓에서 노트북을 검색하니 각종 노트북 사진과 가격대가 보였다. 처음엔 구입한 지 2년쯤 됐다는 20만 원짜리 노트북을 노크했다. 아래 한글이 깔려 있느냐고 했더니 구매자가 직접 해야 한다고 했다. 집에 와서 데스크 탑에 저장된 한글 파일을 USB로 옮기려 했는데 실패했다.

거래를 취소한다고 채팅방에 알린 뒤 또다시 검색해 보니 블루 계통의 95,000원짜리가 눈에 들어왔다. xp로 인강용이나 문서작성용으로 좋다는 설명이 보였다. 채팅방을 열어 아래 한글이 깔려 있냐고 물었다. 문서작성용이라니 틀림없이 있을 거라 생각했다.

"따로 파일을 구입해서 깔아야 합니다."

망설이는 사이 "아래 한글 복사본이 있는데 깔아 드릴까요?"

좋다고 했더니 잠시 기다리라고 답장이 왔다.

"다 완성했어요."

"내가 노트북 사용법을 모르는데 만나서 설명해 줄 수 있나요?"

"네."

"혹시 남자분인가요?"

"아뇨."

일단 안심이 됐다. 약속 장소는 판매자 집에서 가까운 전철 역사 안으로 정했다. 집에서 나가 마을버스를 타니 채 5분도 안 되는 거리였다. 계속 채팅방을 열어 연락을 시도한 끝에 만남이 이루어졌다. 예상과 달리 앳된 여학생이 노트북을 들고 나타났다.

첫눈에 신뢰가 갔다. 사용법을 설명하는데 똑똑하고 당차 보였다. 노트북은 외양부터가 색상이 산뜻하고 두께도 얇고 가벼워 마음에 쏙 들었다. 지인의 조언대로 대금은 인근에 있는 은행 ATM 기로 하기로 했다. 역(驛)에서 기기(器機)가 있는 곳으로 가는 동안 여학생이 여기까지 오셨으니 마우스는 제가 사드릴게요 해서 인근에 있는 다이소로 들어갔다.

"노트북이 색상도 좋고 깨끗해서 마음에 드네요. 마우스 비용은 대금에 포함해 드릴게요."

"아니에요, 괜찮아요."

지하에 있는 은행 ATM 기기에서 송금한 뒤 그 자리에서 확인했다. 밖으로 나와 감사의 뜻으로 자몽차 한잔을 선물했다. 다시 마을 버스를 타고 도서관으로 와서 부팅을 했다.

그런데 인터넷은 되는데 유튜브는 계속 오류가 발생했다. 도서관 직원에게 물어보니 구글에 가입해서 로그인을 해야 한다고 해서 스마트폰으로 인증번호를 받아 시도하는데도 여전히 오류가 났다. 다음날 저녁 판매자에게 카톡을 보내 유튜브가 계속 응답 없음으로 뜬다고 하자 사진을 찍어 보내라고 했다.

곧장 답장이 왔다.

"인터넷을 업데이트 하면 될 것 같습니다."

"어떻게 하는 거죠?"

"인터넷 익스플로러 검색한 후 하시면 됩니다."

"다운로드 페이지에 들어갔는데 스크롤 해서 원하는 언어를 찾으라고 하는데 어떤 걸 찾나요? 운영체제는 어떤 걸 선택하죠?"

"사진 찍어 보내 주세요."

곧바로 응답이 왔다.

"더 쉬운 방법을 찾았어요. 여기로 들어가 보세요."

"네 찾았어요."

"여기서 파란색 버튼을 누르고 또 다음을 누르세요."

"마이크로 엣지 왼쪽 눌렀는데 다른 화면이 뜨네요."

"사진 찍어 보내 주세요."

"계속 다음 클릭한 뒤 다운로드 하시면 됩니다."

"다운로드 했어요. 감사합니다. 곧 시작합니다 글씨가 뜨네요."

"이제 저장만 누르시면 됩니다. 시간이 좀 걸릴 거예요. 데이터 시작 없이 허용만 누르면 됩니다."

"확인 및 검색 시작 누를까요?"

"네."

"마침이란 글자가 뜨네요."

"네, 새로운 화면 보이시죠? 유튜브 되나 검색해 보세요."

드디어 성공했다. 작은 감동이 가슴 속에 몰려왔다. 중간에 계속 오류가 발생하다 보니 포기하고 차라리 만나서 해달라고 할까 하다가 이왕 시작한 거 끝까지 해보자 시도한 끝에 성공한 것이다.

남들은 그까짓 거 가지고 성공이랄 것까지 할 게 뭐 있느냐 할지 모르지만 워낙 끈기가 부족한 나로선 대단한(?) 것이었다. 새로운 화면을 보니 이전과 달리 업그레이드 된 것이 보였다.

난 원래부터 태생이 끈기가 없고 의지가 나약했다. 뭔가 일을 시작하면 끝을 봐야 하는데 매번 용두사미로 끝났다. 집중하기는 하늘에 별 따기만큼 어려웠고 중도에 포기를 밥먹듯 했다. 어떨 땐 시작도 하기 전에 자포자기하고 나자빠지기 일쑤였다.

스스로 돌아보아도 내 꼴이 우스웠다.

내가 보아도 잘하는 게 하나도 없어 보였다. 머리가 좋지 않으면 노력하려는 끈기라도 있든가. 그렇지 않으면 남들과 다른 재주라도 있든가. 청소년 시절 나는 수없이 고민에 빠졌다.

그러다 어느 날 발견했다. 몸이 아파 누워 있으면서도 열심히 책을 읽고 있는 나 자신을. 학교에서 돌아오면 도서관으로 달려가 열심히 동화책을 읽던 어린 시절도 생각났다. 집중력이 약하고 끈기가 부족해도 나는 열심히 책을 읽었고 상상의 날개를 타고 다녔다.

어린 초등학교 시절에는 동화를 썼고 청소년 시절에는 드라마와 소설에 빠져 들었다. 학교 기록부란에 장래 희망은 언제나 극작가 아니면 소설가였다. 난 무한정 꿈에 집착했고 부족하나마 습작에 몰두했다. 다른 건 다 부정적인데도 꿈에 관한 한 항상 긍정적이었다.

꿈은 의지와 직결돼 끈기와 인내심을 키웠다. 한번 시작한 글은 어떤 일이 있어도 끝까지 완성했다. 한편 한편 완성할 때마다 희열이 느껴졌다. 그리고 할 수 있다는 희망과 의지가 생겼다. 자포자기의 그물에서 벗어나는 것은 무엇보다 중요하다.

이것은 아무도 가르쳐 주지 않는다. 옆에서 아무리 일러 주어도 엄두도 못내고 포기하고 만다. 그때 내 마음속에 들려온 말씀이 있었다. 긍정적 사고와 꿈에 대한 설교였다. 또 자신감이 부족한 사람에게 들려주는 귀한 조언이었다. 자신감이 없는 사람은 처음부터 거창한 계획을 세우지 말고 작은 것부터 실천하라.

아주 작은 목표를 세우고 완성하라. 그리고 나서 또다시 목표를 세울 때는 이전 것보다 조금 크게 하라. 또다시 완성하고 나서 차츰 차츰 목표치를 넓혀가라. 그리고 나면 나중에는 자신감이 생겨서 큰 목표도 이룰 수 있다. 그 말씀을 듣는데 꼭 나를 두고 하는 것 같았다.

진즉 들었더라면 좀더 빨리 자포자기에서 벗어날 수 있었을 것을. 이전에는 일이 힘들거나 복잡할 것 같으면 미리 포기하거나 쉽게 다른 사람에게 도움을 청했다. 능력 밖이라며 자신감을 버렸다. 하지만 하나하나 해결하다 보니 이제는 어느 정도 자신감이 생겨 스스로 대견할 정도다.

언젠가 설문조사를 했는데 성취율 99%라는 결과가 나왔다. 내가 하고 싶은 건 반드시 한다. 그런데 그 성취율이 99%라니 너무 뜻밖의 결과라 믿기지 않을 정도였다. 또다시 설교 말씀이 생각난다.

"포기는 배추 셀 때만 하는 것입니다. 어려움이 닥치면 포기하지 말고 끝까지 도전해서 승리하세요. 기도하고 구하면 하나님은 반드시 도와 주십니다."

나는 평소에도 유튜브를 통해 설교 동영상을 많이 접하는 편이다. 영적으로 유익하고 정신 건강에도 좋은 말씀이 많이 유포돼 있다.

간증 이야기도 많이 듣는다. 역경을 극복하고 승리한 영적 드라마는 믿음에 용기를 준다. 비록 처지와 환경이 다르더라도 공감대가 형성되면서 마음의 폭이 넓어지는 걸 경험한다. 노트북으로 워드 작성을 하다 보니 이젠 데스크탑에 앉을 일도 별로 없다.

오래 품었던 소원이라도 실천하기란 쉽지 않다. 그러나 이 또한 이루고 났을 때의 기쁨은 상상 외로 오래 간다. 세상은 갈수록 점점 편리해지는 것 같다.

우울증

16년 전, 내가 속한 교회 공동체에서 가슴 아픈 소식이 들려왔다. 평소 심각한 우울증을 앓던 모 자매가 한강에 투신자살했다는 소식이었다. 그 자매를 마지막으로 본 건 추운 겨울날이었다. 빨강 파커를 입고 있었는데 평소와 다르게 살이 많이 찐 모습이었다. 그런데 그 뒷모습에서 자꾸만 불길한 느낌이 드는 것이었다.

그 일이 있기 몇 달 전인가 우리는 교보문고 근처에서 만나 이야기를 나누었다. 그녀는 자신의 정신 상태에 대해 비교적 솔직하게 말하며 어떤 동조를 구했다. 팔목을 보여주며 "제가 이런 짓도 해요." 말하는데 시커먼 줄이 선명하게 나 있었다. 손목을 그어 자해를 한 것이다.

"나도 우울증으로 한동안 고생한 적 있어요, 지금은 많이 좋아졌는데 우리 신앙으로 기도로 이겨 봅시다."

"고마워요, 언니."

그녀는 외국에 유학까지 다녀온 유학파였다. 지적 수준이 매우 높아 어떤 말을 해도 설득이 되지 않았다. 사고방식이 부정적이었고 영적 경계선이 애매모호 했다. 유명한 신앙서적도 많이 읽다 보니 말솜씨도 좋고 영적 지식도 있어 보였다. 내 책을 읽어 보았느냐고 하니까 그렇다고 한 것 같다. (오래 돼서 잘 기억이 안 남)

그때 솔직히 실망스러웠다. 다른 사람들은 읽고 공감을 표시했는데 그녀는 별 반응이 없었다. 그녀는 지금 모 목사님과 상담 중이라고 하면서 태연스럽게 말했다.

"전 악마가 들린 건 아니래요."

"당연히 그래야죠. 서로 기도하며 노력하다 보면 좋은 결과가 있을 거예요."

위로라고 한 말 치고 너무나 속이 답답했다. 그런데 그녀가 뜬금없이 유학 시절 이야기를 하면서 꼭 소설로 써 달라고 부탁하는 것이었다.

"제가 유학할 때였어요, 같이 공부하다 만난 사람이 있었어요, 그 사람이 저한테 그러는 거예요. 피임을 하느냐고."

가슴이 덜컥 내려앉으며 탄식이 나왔다. 결국 그거였구나. 그 다음 이야기는 저절로 스토리가 그려졌다. 그녀는 분명 관계를 맺었을 것이고 상처로 인해 우울증이 심화된 것일 거다. 속으로 분노가 치미는데 그녀는 행복한 표정으로 말했다.

"제가 어딜 가든지 그 사람이 보였어요. 이상하다고 생각하지 않으세요?"

눈치를 보아하니 무척이나 사랑한 것 같았다. 그녀는 내게 소설로 꼭 써달라고 다시 한 번 부탁했다.

"알겠어요, 기도 열심히 하고 좋은 생각만 하세요, 나도 자매 위해 기도할게요."

"고마워요, 언니."

그녀가 계속 안 보이자 슬슬 불안해지기 시작했다. 그녀의 뒷모습에서 보았던 불길한 느낌이 계속 마음속에서 떠올랐다. 평소 그녀와 절친한 자매에게 아무래도 느낌이 불안하니까 전화해 보라고 했더니 안 받는다고 했다. 그리고 한 달쯤 지난 뒤 안타까운 소식이 들려왔다. 갑자기 그녀가 한 말이 생각났다.

"우리 엄마는 사랑도 많고 너무나 좋아요, 제가 아무리 힘든 이야기를 해도 잘 들어주고 항상 저에게 잘 대해 주세요."

그렇다면 원인은 딱 한 가지 유학 중에 만난 그 남자일 것이다. 그녀의 소식은 한때 공동체를 멘붕에 빠뜨릴 정도로 충격적이었다. 그때 우리가 좀 더 신경 쓰고 관심을 가져 주었더라면, 자주 전화하고 더 합심으로 기도했더라면 그 같은 불상사는 생기지 않았을지도 모른다.

자꾸만 자책이 되었다. 혹시 그녀가 천국이 아닌 다른 데로 갔으면 어떡하나 나는 그게 더 괴로웠다. 그녀랑 같이 지냈던 기억들이 떠올라 힘들었다. 언젠가 양주군에 있는 곳에서 모임이 있었는데 차갑게 식은 치킨을 그냥 막 뜯어 먹더란다. 덥혀 준다고 해도 그냥 마구 먹는데 곁에서 보는 자매가 느낌이 이상했다고 한다.

모두들 얼마나 충격이 컸던지 멘붕 직전이었다. 난 그녀가 심각한 우울증에 시달린 이유를 유학생 남자 탓으로 돌리고 생면부지인 그를 향해 엄청난 악담을 퍼부었다. 그 일이 있고 나서 몇 년 후 이번에는 인척 가운데서 그런 일이 발생했다. 우리 가족과 절친했기에 충격 또한 엄청났다.

아침에 산에 간다고 나갔는데 돌아오지 않았다고 한다. 알고 보니 높은 산에서 스스로 투신한 것이다. 그 소식을 들었을 때 곧바로 멘붕이 왔다. 아들딸은 얼마나 충격이 컸을지 가슴이 저리도록 아팠다. 그리고 전후 사정을 듣고 났을 때 더 분노가 치밀었다.

남편과 이혼할 때 모든 빚을 떠안은 후 파산신청을 했다고 한다. 결혼 전에도 직장생활을 하지 않았던 터라 달리 돈 벌 방법이 없었다. 아이들은 초 중학교에 다니고 있었다. 날마다 우울증에 시달리다 스스로 생을 마감한 것이다. 나는 뒤늦게 후회했다.

내가 진즉 발 벗고 나서 도와줄 걸. 어찌하든지 살 방법을 도모해서 살아갈 용기를 주었더라면. 아이들을 생각해서라도 극단적인 선택을 하지 말라고 미리 조언할 것을. 끝없는 후회와 자책이 몰려왔다.

자살은 가족들에 대한 가혹행위와 같다. 본인은 힘들어 스스로 생을 마감했다고 하지만 나머지 가족들은 일평생 마음에 감옥살이를 한다. 형벌도 그런 형벌이 없다. 자살을 하는 첫 번째 이유는 우울증이다. 또 한 예로는 현실도피다. 사업이 부도나서 이별이나 이혼 질병의 고통 등.

그러나 가장 큰 이유는 우울증이다. 예전에 먹고살기 힘든 시절에는 자살하는 경우가 흔치 않았다고 한다. 북한처럼 식량 부족에 시달리는 극한 상황에도 자살하는 경우는 많지 않다고 한다. 오죽하면 북한 기자가 남한은 그렇게 풍요로운데 왜 자살 인구가 늘어나느냐고 반문했다고 한다. 아무리 생각해도 이상한 일이 아닐 수 없다.

옛날에 비하면 훨씬 살기가 편해졌는데 우울증의 추세는 걷잡을 수없이 늘어나고 있다. 통계에 의하면 4분에 1명씩 자살한다고 한다. 자살 인구가 너무 늘어나니까 국가적인 시책을 세우고 있다. 한 번은 전철 역사에 들어섰는데 구청에서 자살 방지를 위한 상담소를 개설했으니 이용하라는 안내문이 보였다.

예전에 부유층에 있는 여자들이 우울증을 앓는 경우를 보면 이해가 가지 않았었다. 우울증에도 어떤 공식이 있어 거기에 해당되는 사람들만 걸리는 줄 알았다. 내가 평소에 느끼는 좌절감 부정적인 감정이나 비관적인 삶의 태도, 분노 절망감 등은 우울증과 하등 관계없는 줄 알았다.

그런데 생각해 보니 나도 청소년 시절 늘 죽음을 입에 달고 살았던 적이 있었다. 그래서 친구에게 위로 받기를 원했고 긍정적인 답변을 듣기 위해 역질문을 하기도 했다. 그런 와중에도 내 마음속에는 소설에 대한 열망이 항상 있었다. 남이 비웃든 말든 난 소설작가가 될 거라고 말했다.

그 소망이 나를 죽지 않고 견디게 하는 힘이 되었다. 언젠가는, 언젠가는 반드시 작가가 되어 내 꿈을 원없이 펼치리라. 극한 우울감과 절망감 속에서도 난 이 끈을 놓지 않았다. 환경이 아무리 지옥 같아도 부정적이고 험한 악담과 불평불만이 넘쳐나도 나는 내 꿈을 붙잡았다.

한 번도 그 끈을 놓아본 적이 없었다. 소망은 미래를 향한 집념이자 원동력이었다. 우울증이 심화될 때면 자살충동도 어김없이 다가왔지만 시도하기엔 용기보다 두려움이 더 컸다.

20여 년 전 내가 속한 교회 공동체(새문안교회 청년3부 담당 이청근 목사님)에서 있었던 일이다. 병원에서 장기능 검사를 앞두고 집회에 참석했는데 배가 너무 아팠다. 옆에 있는 회원에게 내일 검사 받아야 하는데 배가 아프다고 하자 목사님께서 갑자기 자리에 앉으라고 하시며 안수기도를 해주셨다.

청년3부 회원들에게도 모두 손을 내밀어 함께 기도하자고 하셨다. 얼떨결에 기도 받는데 천장에 있는 불빛이 마음속에 비치면서 순간 땅바닥까지 가라앉았던 자존감이 회복되면서 몸이 공중에 붕 뜨는 것 같았다. 생전 처음 경험하는 현상이었다. 목사님께서 방언으로 기도하신 후 말씀하셨다.

"우울증이 있네요."

우울증이라니, 난 그때까지 우울증에 대해서도 잘 몰랐고 더구나 나한테 우울증이 있다는 사실조차 인지하지 못하고 살았었다. 다음 순간 아! 내가 그동안 겪은 것들이 우울증세였구나 싶으면서 자각 증상이 생겼다. 그만큼 우울증은 내 마음속 깊이 뿌리박혀 삶을 조종하고 있었다.

우울증뿐만이 아니었다. 강박증 피해의식에 불안장애까지 있었다. 더구나 소심하고 의지가 약해 조그만 큰일이 닥쳐도 죽음을 예상하고 뒤로 나자빠지기 일쑤였다. 자존감은 땅바닥으로 추락해 비굴하기가 짝이 없었다. 거절감에 대한 상처는 어찌나 큰지 누구에게도 작은 부탁 한번 할 줄 몰랐다.

부정적인 사고에다 열등감 때문에 오해가 발생했고 변별력이 떨어져 실수가 잇따랐다. 대인기피증도 심해 아예 인간관계를 거부하고 혼자 칩거하기에 바빴다. 아무도 내게 관심 가져 주지 않는다는 생각에 함부로 말하고 행동했다. 예의나 매너보다 내 감정이 중요했고 또다시 상처받지 않을까 전전긍긍했다.

이상한 건 우울증이 증가하면 분노와 피해의식도 함께 증가했다. 아무도 내게 관심 가져 주지 않으니 나도 타인에게 무관심했고 오직 내 만족감만 위해 살았다. 이런 내게 소설 창작은 유일한 피난처요 안식처인 셈이었다.

어느 날 소설가라는 타이틀을 안게 되었을 때 난 열등감이 다 사라진 줄 알았다. 그러나 그건 완전 착각이었다. 한번 뿌리내린 열등감은 여러 형태로 나타나 나를 긴장시켰고 걸림돌 역할을 했다. 그 후 얼마 안 되어 자주 가던 치과에 갔는데 구강암이 의심되니 검사를 받아보라고 했다.

소식을 들은 같은 공동체 회원이 목사님께 연락해 만남이 이루어졌다. 당시 나는 핸드폰이 없었고 있었다 해도 거절감에 대한 상처 때문에 전화하는 것조차 망설여 할 수 없었다. 다음날, 친한 회원들과 함께 목사님 교역자 실에 갔는데 갑자기 마음속에서 '아! 기쁘다 반갑다' 하는 소리가 들렸다. 그리고 마음이 너무나 편안하고 기분이 좋았다.

여러 대화가 오가는데 내가 너무 씩씩하게(?) 말하니까 목사님께서 암이 아닌 오진일 거라고 말씀하셨다. 그러면서 의사 소견서를 대학병원에 갖다 주고서 정밀검사를 받아보라고 하셨다. 그런데 그 말씀이 꼭 소설에 나오는 한 대목처럼 여겨지는 것이었다.

회원들과 함께 목사님께서 신유기도 하실 때였다. 마음속에 큰 평안과 기쁨이 임하면서 허리 부근에서부터 열기가 느껴지기 시작했다. 열기는 차츰차츰 물결무늬처럼 위로 퍼지더니 기도를 마치고 아멘! 하는 순간 정확하게 멈추었다. 교역자실을 나와 교회 마당을 걷는데 내 양 겨드랑이에서 날개가 솟아 하늘을 훨훨 날아가는 것 같았다.

온 세상이 내 것만 같았다. 그리고 다음날부터 전에 없던 현상이 나타났다. 우울증으로 침울했던 기조가 차츰차츰 사라지는 기분이 들었다.

'암 검진 결과는 클레어였다'

그런데 얼마 안 가 또다시 우울증이 찾아왔다. 이번에는 내가 직접 전화를 해서 말씀드렸다.

"목사님께서 기도해 주시면 우울증이 나갔다가 때가 되면 도로 들어와요."

목사님께서는 바쁘신 가운데서도 항상 나를 위해 중보기도를 해 주셨다. 이후로도 우울증은 수시로 찾아왔다. 그런데 이상한 건 그때마다 이길 수 있는 힘이 생긴 것이다. 전에는 한번 우울증이 발동하면 끝없이 침잠하고 자살충동마저 일었는데 이후로는 넉넉히 이길 수 있었다.

2004년도였다. 장편소설 '징후'가 출간된 날이었다. 목사님께 기도 받기 위해 교역자실로 갔다. 마침 여러 부목사님들도 함께 계셨는데 내 책에 관심을 가져주셨다. 그때 이청근 목사님께서 기도하시는데 부목사님들도 동참해 주셨다. 기도 내용이 마음에 닿을 때마다 엄청난 평강과 기쁨이. 그리고 밑바닥까지 내려갔던 자존감이 회복되는 느낌이 들었다.

아! 나는 하나님께 사랑받는 자녀이구나.

기도 받고 나오는데 얼마나 감사하고 행복한지 무릎 아픈 것도 잊은 채 계단을 마구 뛰어서 내려왔다. (그 당시 나는 퇴행성 관절염을 앓고 있어 계단이나 비탈길을 내려갈 때는 한걸음 떼어놓기도 힘들 정도로 통증이 심했다)

그후 그리고 자살충동은 완전히 사라지고 나의 삶을 사랑하며 살아야겠다는 긍정적인 소망이 생겼다. 그리고 내 주변에도 많은 중보 기도자 생겼다. 상담해 주는 자매와 교제하면서 믿음이 자라면서 성도 간의 사랑도 경험하는 일이 많이 생겼다. 나도 매일 1시간 30분 이상 기도하면서 중보기도에 힘썼다.

하나님의 도우심과 사랑으로 나의 작가 인생에 대한 형통한 축복도 이루어졌다. 그리고 몇 년 동안 진행되었던 퇴행성관절염도 깨끗이 나았다. 퇴행성관절염은 불치병이다. 정형외과와 한의원에 갔을 때 의사가 한 말이다. 물렁뼈가 닳아 없어지는 노화병으로 인공관절 외에는 방법이 없다고 했다.

뼈가 부서지는 것 같은 통증으로 계단이나 비탈길을 내려갈 때는 온몸을 구부려야 할 만큼 힘든 병이다.

슬관절염으로 시작한 통증은 고관절 턱관절로 이어졌고 나중에는 손목까지 번져 워드 타이핑하기도 힘들었다. 청소나 설거지 하는데도 막대한 지장이 생겼다. 목사님께서 퇴행성 관절염 신유기도를 하시는데 "이 병은 하나님의 때에 반드시 고치신다."고 말씀하셨다.

그런데 통증이 너무 심하니까 그 말씀이 전혀 믿어지지 않았다.

"병원에서 그러는데 이 병은 안 낫는 거래요, 뼈가 부서지는 것처럼 아파요."

목사님께서는 또 말씀하셨다.

"하나님의 때에 반드시 고치신다."

한번 신유(神癒)를 경험했다고 해서 또다시 신유에 대한 믿음이 생기는 건 아니었다. 또다시 의심이 찾아왔고 통증이 심할 때마다 낙심도 찾아왔다. 어느 날 찬양예배를 드리는데 안에서 세미한 음성이 들렸다.

질병을 무서워 하지 말고 맞서 싸워라.

병을 무서워하지 말라니 도대체 이게 무슨 소리인가. 이렇게 뼈가 부서지는 것처럼 아픈데 병을 무서워하지 말라니? 병과 싸워 이겨라. 또다시 음성이 들려왔다. 나는 극심한 통증에도 환자들을 위한 중보기도를 멈추지 않았다. 심각한 정신병에 시달리는 사람들을 위해서도 강력 중보기도 했다.

그런데 건강검진을 마친 어느 날 병원에서 연락이 왔다. 유방암이 의심되니 대학병원에 가서 조직검사를 받으라는 것이었다. 의사가 엑스레이 사진을 보여 주는데 심각한 것 같았다. 이번에는 진짜 죽는구나. 항암치료고 뭐고 죽을 준비부터 해야겠다. 나는 더 이상 고통 받고 싶지 않으니 죽음만큼은 편하게 맞이하고 싶었다.

조직검사를 앞두고 오산리기도원에 올라갔다. 그때 모두들 열심히 나를 위해 합심기도 하고 있었다. 기도굴에서 찬양하고 기도하는데 열기가 느껴졌다. 특히 무릎이 뜨거워지면서 한결 가벼워진 느낌이 들었다. 다음날 대학병원에 가서 조직검사를 했는데 암일 확률이 5% 미만이라고 했다.

검사 결과 음성으로 나왔고 그리고 얼마 안 가 그토록 괴롭히던 무릎의 통증이 거의 다 사라졌다. 고관절 턱관절 등 뼈의 고통이 깨끗이 사라졌다. 뼈의 통증이 사라진 건 생각할수록 기적이다. 교회에서 만나는 교인마다 무릎 통증을 물었는데 이젠 괜찮다고 하니까 모두 의아해했다.

아니 그건 불치병이라던데 어떻게 나았지? 눈빛으로 말하고 있었다. 다른 부목사님들도 나를 볼 때마다 물었다.

"전에 아프다고 하더니 이제 괜찮아요?"

"네, 이젠 안 아파요."

목사님들 역시 신기하다는 표정을 지으셨다. 그때 내가 속한 공동체에서 내 증세(퇴행성 관절염)에 대해 알고 기도했었는데 그들은 내 신유의 기적에 대해 알고 있는 증인(?)들이다.

그래서 나는 불신자건 신자건 간에 내 병 고침에 대해 자주 간증하고 전도한다. 믿거나 말거나. 몸의 질병보다 더 심각한 건 마음의 병이다. 언제든 재발할 가능성이 많기 때문이다. 우울증이 사라졌다고 다시 찾아오지 말란 법이 없다. 마음속에서 어둠이 빠져나갔다고 해도 다시 들어오지 말란 법도 없다.

재발 방지를 위해 마음관리 영성관리를 잘해야 한다. 사탄은 조그만 틈새만 있으면 들어와 마음을 장악하고 주인노릇 하려 들기 때문이다. 심심하면 생각을 뚫고 피해의식으로 찾아와 괴롭힐 때도 많다. 주변 사람들을 통해서도 상처 주고 약점을 물고 늘어지면서 과거의 상채기에 불을 붙인다.

교만도 마찬가지다. 나는 패망의 선봉인 교만을 물리치기 위해 많이 노력하는 편이다. 그러나 쉽지 않다. 아무리 회개해도 어느새 마음속에 교만이 끼어든다. 그 문제를 두고 고민하고 있는데 마음속에서 음성이 들렸다.

감사해라, 감사하면 마귀 틈 못 탄다.

나는 문제가 생길 때마다 우선 회개 기도부터 한다. 그리고 나서 어려움에 처한 사람들을 두고 열심히 중보기도 한다. 그러다 보면 어느새 문제는 사라지고 없다. 그러면서 환경도 서서히 바뀌는 걸 체험한다.

하나님을 사랑하는 자 곧 그 뜻대로 부르심을 입은 자에게는 모든 것이 합력하여 선을 이루느니라.

유튜브를 시청하다 보면 엄청나게 큰 상처를 극복하고 좋은 귀감이 된 이야기를 접하게 된다. 그들에 비하면 나는 하나님의 은혜로 비교적 평탄한 삶을 살았다는 생각이 든다. 그토록 내가 불평하고 원망했던 인간관계도 다 하나님의 은혜였음을 고백한다.

끔찍했던 가난도 지금은 멀리 비켜간 느낌이 든다. 힘들고 어려웠던 지난날은 견딜 수 있는 저력이 되었고 나이 60을 넘어서고 나자 생각지도 않은 배짱이 생겼다. 지금까지 살아온 것도 주님의 은혜인데 까짓 더 두려울 게 무엇이랴 하며 담대함이 생겼다.

현재 우리나라에서 우울증의 추세는 가파르게 상승하고 있다.

우울증은 각 분야 직종과 상관없이 광범위하게 빠른 추세로 증가하고 있다. 한때는 수재들만 모여 있다는 과학기술원이나 서울대생들까지 이어지더니 판매직이나 소방직 심지어 정치인이나 경찰 연예인들까지 모든 직종을 망라해 발생하고 있다. 우울증의 결말은 자살이라고 할 정도로 그 폐해는 엄청나다.

유명세를 타던 많은 사람들이 자살로 생을 마감하고 그 안에는 전직 대통령도 포함돼 있다. 자살은 주변인들까지 힘들게 하는 악재 중의 악재다. 자살은 계획적이기보다 순간적으로 그러니까 간발의 차이로 발생할 때가 더 많다. 그 순간만 넘기고 나면 소중한 생명을 지킬 수 있다.

또 자살을 계획했을지라도 주변에서 적극적으로 관심을 가지고 도와주는 예방책도 필요하다. 자살은 복병과도 같다. 그 복병을 찾아내서 제거함으로써 소망을 갖게 하는 것이 중요하다. 미래에 대한 소망이 있는 사람은 결코 자살하지 않는다.

또 태어날 당시부터 우울 경향을 띠고 살아가는 사람들도 있다. 애니어그램에서 보았을 때 순수 예술을 하는 사람들이 이에 속한다. 유명한 미술가나 작가가 자살로 생을 마감한 것도 이와 무관하지 않다. 그래서 우울성 기질을 가진 사람은 더 마음관리를 잘해야 한다. 성경에도 나와 있지 않은가. 무릇 지킬만한 것보다 네 마음을 지키라.

하나님의 지혜는 인간의 지혜와 비교할 수 없다. 보혜사 성령님은 우리의 중보자가 되시며 상담자, 치료자가 되신다.

그러나 이 모든 것도 영적인 만남을 통해서 가능하다 믿는다. 혼자서는 결코 이룰 수 없다. 물론 요즘은 유튜브에서 행해지는 신실한 목회자의 강력한 영적 메시지와 신유기도, 축사로도 가능하다고 믿는다.

그러나 지속적인 치유와 재발 방지는 공동체의 사랑과 관심으로 더 가능하다고 믿는다. 이런 간증문을 쓸 수 있도록 은혜 주신 하나님께 감사드린다.

난 현재가 좋다

누군가 말했다.

과거의 삶보다 현재가 낫다면 그는 성공한 인생이다. 과거보다 현재가 중요하고 더더욱 중요한 건 미래다. 그 미래는 현재를 주축으로 선택의 과정으로 그리고 신의 의지로 만들어 가는 것임을 주장해 본다. 왜냐하면 미래는 내가 결정할 사항이 아니기 때문이다.

(인생의 결정판은 타의나 주변 환경에 의해 결정되기도 하지만 많은 부분은 자의의 결정에 의해 결정된다.)

인생의 생사화복은 오로지 전능주의 몫이다. 물론 인과관계의 노력에 대한 결과는 있을 수 있겠으나 죽음만은 공통된 과제이기 때문이다. 나이 60이 넘고 보니 죽음의 문턱은 점점 가까워지는 반면 성과와 책임이라는 단어가 먼저 떠오른다. 난 그동안 내게 주어진 삶을 어떻게 책임감 있게 성과 있는 인생을 살아왔는가?

거기에는 시간과 마음 영성(靈性) 관리에 대한 책임도 포함돼 있다. 관리는 누구에게 미룰 수 없는 핑계치 못할 자신만의 책임 영역이다. 그중에서도 시간에 대한 관리 책임은 오롯이 혼자서 져야 한다. 많은 사람들이 이 시간 관리를 잘못해서 실패와 후회를 하고 있다.

학창 시절 선생님들께서 늘 하시던 말씀이 생각난다.

시간 낭비하지 마라. 한번 지나간 시간은 다시 돌아오지 않는다. 시간은 금보다 귀한 것이다. 모든 건 다 때가 있다. 나중에 후회해 봐야 소용없으니 공부에 매진해 미래를 준비하라.

늘상 듣는 말씀인데도 귀담아 듣지 않았다. 세월이 쏜살같이 흘러간다는 의미도 알지 못했다. 젊었을 때는 왜 그렇게 시간이 더디 흐르는지 지천에 남아도는 게 시간이었다. 그때 좀 더 시간 관리를 잘했더라면 지혜롭게 잘 처신했더라면 늘 아쉬움이 남는다.

힘들게 살다 보니 더 이상 고생 않고 편하게 살겠다는 생각에 사로잡혀 시간을 물처럼 낭비하며 살았던 것 같다. 영화 연극관람 쇼핑 여행 등에 마음과 시간을 거의 다 흘려보냈던 것 같다. 하지만 그것은 나중에 소설 창작에 있어 좋은 자양분이 되기도 했다.

그런데 그보다 잘못한 게 있다면 마음관리와 영성관리다. 마음이 상처와 분노에 찢겨 많은 세월을 좌절과 자포자기 속에 묶여 살았다. 자존감이 낮고 비굴하여 상처에 노출된 적도 많았고 쓸데없는 것에 집착하는 경우도 많았다. 후회가 거듭될수록 미움과 분노로 울화병이 발발하기도 했다.

가장 잘못한 게 있다면 영성관리다. 이것은 너무도 영적으로 무지하기도 했고 신앙심이 낮은 데다 누구 하나 조언해주는 사람이 없어 관리 자체가 불가능했다. 가끔 기도원에 올라가 기도해도 그뿐 영적 의미조차 깨닫지 못했다.

나중에 은혜받고 나서 생각하니 남의 탓으로 돌렸던 많은 사건들이 다 내 탓으로 느껴졌다. 내가 영적으로 미숙하고 부족하다 보니 영적 공격에 무방비로 노출되어 있었던 것이다. 젊은 날 좀 더 열심히 신앙 위주로 살면서 기도와 말씀에 주력했더라면 현재의 내 모습에 많은 변화가 있었으리라 생각해 본다.

뒤늦게 성령 체험하고 기도에 열심을 냈으니 그나마 은혜와 축복이 가능했던 건 아닐까. 많은 오류와 잘못이 있었다 해도 돌이켜 생각해 보니 그 모든 순간순간이 하나님 은혜였다. 내 인생이 왜 그렇게 굽이굽이 고난뿐이냐고 불평했을 때도 은혜가 있었다.

더 험한 길로 갈 수 있었음에도 평지로 인도해 주셨고 악재 속에서도 합력하여 선을 이루는 결과가 있었다. 무능력에 허덕일 때도 살 길을 열어 주셨고 약이 없다는 불치병도 신유를 통해 치유해 주셨다.

영적으로 무지하고 헤맬 때는 인도자를 보내 주셨고 교만에 취해 있을 때는 고난을 통해 겸손을 깨닫게 하셨다. 그 모든 실수와 잘못에도 하나님은 나를 버리지 않으시고 마음에 소원하는 것들을 거의 다 들어 주셨다.

나는 어린 날부터 내 인생을 소설 창작을 위한 무대로 생각하는 경향이 있었다. 내 주변 환경과 내가 만나는 인물들, 주위에서 일어나는 모든 사건 하나하나를 소설로 끌어들여 상상하기에 바빴다. 당연히 현실 감각이 떨어졌고 무시당하는 일들이 발생했다.

영화와 소설을 현실처럼 생각하며 행동하다 망신당하는 일도 있었다. 나는 비천한 내 현실을 부정하고 싶었는지도 모른다. 상상의 세계 속에 나 자신을 밀어 넣으면서 소설가가 된 내 모습을 상상하기에 바빴다. 그때 나는 꿈을 바라보면 거기서 일말의 위로를 느꼈던 것 같다.

　사람들의 비웃음에도 난 반드시 소설가가 될 거라고 믿었다. 어떤 환경 속에서도 내 꿈은 변하지 않고 지켜주었다. 그러나 꿈이 현실화되기에는 나의 현실과 두뇌 수준이 너무 심각했다. 그때 좋은 상담자를 만났고 모든 어려움을 기도로 해결하면서 꿈을 이룰 수 있었다.

　하나님은 세상에 미련한 자를 들어서 지혜로운 자를 부끄럽게 하시는 분이다. 사람들은 나의 어리석음을 비웃고 탓해도, 하나님은 가난한 마음으로 기도하는 나의 기도를 외면 안 하시고 들어주시는 좋으신 하나님이시다. 간절한 마음으로 나의 부족함을 아뢰고 소원을 빌면 반드시 응답해 주신다.

　'너희 중에 누구든지 지혜가 부족한 자가 있느냐, 모든 사람에게 후히 주시고 꾸짖지 아니하시는 하나님께 구하라 그리하면 주시리라.'

　어린 청소년 시절 친구들 중에는 문학소녀가 많았다. 나보다 공부도 훨씬 잘하고 똑똑하고 인기가 좋았다. 그들은 지금 평범한 인생을 살아가는데 내가 작가가 되었다고 하면 의문을 품는 눈치다. 너 같은 게 무슨 문학?

　올해로 나는 등단 25년 차에 접어들었다. 하나님의 기적적인 은총 가운데 많은 작품을 완성했고 저서도 21권이나 상재했다. 예전에는 나를 보는 사람들이 팔자 세다는 식으로 말했는데 지금은 나를 부러워하는 말이다.

　니 팔자가 제일 편하고 좋아 보인다고 말한다. 내 문학인생은 엄청난 축복을 받았음이 틀림없다. 그럼에도 많은 후회가 있는 것은 좀 더 일찍 하나님께 나아갔더라면 좀더 지혜롭게 말하고 행동했더라면 아쉬움이 남는다. 돌이켜 생각해 보면 내가 잘한 건 하나도 생각나지 않고 잘못한 것만 떠오른다.

상처 준 사람들을 향해 쏟았던 비난의 화살이 다시 내게 되돌아온 느낌이다. 상처의 원인을 제공했던 것도 나 자신이었음을 부인할 수 없다. 대부분 하나님의 위로가 아닌 사람의 위로를 기대했기에 발생한 일들이 많았다. 열등감 속에서도 인정받고자 하는 바람으로 화근을 자초한 일도 많았다.

C. S. 루이스가 한 말이 떠오른다.

교만은 인정받고자 하는 마음속에 가장 많이 숨어 있다.

명언이다. 내 주변에는 그런 류의 사람들이 특히 많다. 한번 만났다 하면 자기 자랑을 보통 1시간에서 3시간까지 늘어놓는다. 그러면서 하는 말이 주변 사람들이 다 그렇게 인정한다는 것이다. 자기는 가만히 있는데 사람들이 와서 자기의 장점을 발견해서 칭찬하고 높여준다는 것이다.

너무도 역겹고 뭔가 치밀어 오르는 것만 같은데 같은 말만 계속해서 한다. 자랑하는 대부분의 근거는 본인의 주장인데 정작 자신은 다른 사람 핑계를 댄다. 그들 대부분이 처음에는 천사 행세를 한다. 자기만큼 선하고 의로운 사람은 없다는 투다.

먼저 대접하고 칭찬을 끌어내기 위해 최선을 다한다. 그러다 그게 통하지 않으면 불같이 화를 내고 억지를 부린다. 하다하다 안 되면 끝내 악담을 하고 뒤돌아선다. 자기를 인정하고 높여주지 않았다는 것이다. 그들의 행태를 비판하다 보면 어느새 내 옛 모습을 발견하게 된다.

나도 저런 식으로 하다가 상처를 입었었던 거구나.

저들은 계속 저런 식으로 나가다 나중에 시간 낭비라는 걸 알게 될까?

사람들에게 인정받는 걸 성공으로 알고 계속 성취감을 누리다 보면 나중에 인정 중독증에 걸린다. 자기를 인정해 주지 않는 순간 정신없이 화를 내고 낙담하는 것이다. 그들의 생각은 딱 한가지다. 무조건 자기 한사람만 바라보고 사랑해 달라는 것이다.

어찌 보면 그것이 인간 본질일지도 모른다. 유아적인 생각일지 몰라도 사람들은 다 인정받고 사랑받기 원한다. 평생 그 목적을 향해 달려가는 사람들도 많이 있다. 부딪치고 쓰려져도 포기할 줄 모르고 마냥 달려간다. 그러다 또다시 한계에 부딪치고.

나는 평생을 내 만족감을 위해 살아왔다. 크든 작든 만족감은 약간의 희열을 주었다. 한때는 인정받는 순간도 있었다. 하지만 그때뿐이었다. 그 순간은 결코 오래 가지 않았다. 어느 날인가부터 참된 만족감에 대해 고민하기 시작했다. 퍼도퍼도 목마르지 않는 참된 만족감은 무엇인가? 어느 날, 예배 중에 깨달았다.

그건 바로 영적 진리에 있었다. 세상의 가치관이 아닌 허기진 영혼을 채워주는 유일한 해결책은 영적인 만족감이었다. 세상 부러울 것 없는 진정한 만족감을 위해선 영성관리를 잘해야 한다. 천국백성으로 살아가기 위해 마음관리도 잘해야 한다.

요즘은 인터넷과 유튜브를 통한 정보의 홍수 속에 살고 있다. 간단한 클릭만으로도 수많은 설교 동영상을 접하게 된다. 얼마든지

능력 있는 영적 메시지를 들을 수 있다. 얼마나 편리한 세상인가. 기쁨과 안식을 주는 찬양도 넘쳐난다. 파워풀한 기도 동영상도 많다.

물론 영적 지각으로 판단해서 클릭해야겠지만 그만큼 복음을 접할 기회는 많아진 셈이다. 마음관리를 위한 심리학 강의 동영상도 넘쳐난다. 지식이 넘쳐나다 보니 미리 판단하고 진단하느라 오진하는 경우도 많다고 한다. 코로나가 급증하면서 이에 대한 정보도 유투상에 넘쳐나고 있다.

의학적인 정보망에도 헛점이 발견된다고 한다. 상반된 정보 앞에 어떤 것이 옳은 건지 헷갈릴 때도 많다. 어떨 땐 유튜브가 정보망의 대명사처럼 여겨질 때도 많다. 하지만 인생은 수많은 오류와 실수 속에 정답을 알아간다는 생각을 하게 된다.

그 속에서 겸손을 배우고 이해심이 생길 테니까. 그러나 아무리 관리를 잘한다 해도 주권은 절대자에게 있다. 그 절대자에게 관리를 받는 인생이야말로 행복자라고 생각한다. 나의 노력과 의지에는 한계가 있기 때문이다.

나는 과거보다 현재가 더 좋다. 에벤에젤 되신 하나님께서 여호와 이레 되셔서 또다시 길을 인도해 주실 테니까.

고난이라는 공통분모

유명한 여류 작가의 에세이집을 읽었다.

최고학부를 나오고 미모와 명예 지적 능력을 겸비한 그녀에게도 말할 수 없는 상처와 고난이 있었다. 세 번이나 이혼한 그녀는 사회로부터 엄청난 비난에 직면한 적이 있었는데 그때 그녀가 한 말이 생각난다.

나는 이혼함으로 많은 상처를 입었는데 왜 내 상처가 비난거리가 되어야 하는가? 언젠가 그녀가 쓴 글이 생각난다. 세 번째 이혼을 하고 나고 났을 때 큰딸에게 한 말이다.

"엄마가 자꾸만 이혼을 해서 미안해."

"괜찮아, 엄마는 내 아빠랑 이혼한 거에 대해서만 미안해 하면 돼, 나머지는 엄마의 사생활일 뿐이야."

그녀는 성(姓)이 다른 세 아이를 키우면서 사람들의 비난 섞인 시선을 어떤 식으로 감당했을까. 전후사정도 모르면서 사람들은 비난부터 해대기 일쑤다. 나중에 안 사실이지만 그녀는 이혼할 수밖에 없는 상황이었다. 오죽하면 세 번이나 이혼했겠는가.

그녀의 이혼은 세간에 화제거리가 되기에 충분했다. 그만큼 그녀는 유명 인사였고 관심의 대상이었다. 그렇다고 남의 불행을 두고 악담과 비난을 해대는 것은 무슨 심보일까.

세상은 인터넷과 표현의 자유라는 핑계를 대고 악마의 놀이터가 된 것 같다. 비뚤어진 모난 심정으로 남의 가정사까지 캐내어 비난을 봇물처럼 퍼부어댄다. 인지상정 역지사지란 단어를 그들은 과연 알기나 한 것일까. 사실과 상관없는 추측성 기사는 또 얼마나 횡행하는가.

호기심으로 남의 불행을 비웃고 비난하는 악성 댓글은 악마의 속삭임과 진배없다. 그녀가 당했던 황당했던 일은 이혼 법정에서도 있었다. 그녀를 알아본 직원이 사인을 요청한 것이다. 하도 어이없어 하자 그도 눈치 챘는지,

"제가 지금 기회가 아니면 언제 선생님 사인을 받아 보겠어요?"

했단다. 그녀의 역경 이야기는 참혹하기도 하고 애잔하기도 하다. 이십 년 전인가. 그녀를 소설가 협회 모임에서 본 기억이 난다. 장소는 세종로 한복판이었다. 그때 소설의 거리 행사가 있었는데 시상식도 함께 있었다. 협회 회원 모두 한 말이 '정말 미인이시네요'였다.

초록색 상의와 스커트를 입었는데 얼굴과 몸매가 모델급이었다. 무엇 하나 빠질 것 없이 고루 갖춘 그녀에게 견디기 힘든 고난이 세 번이나 있었다니 얼마나 괴로웠을까. 이미 유명인이 되어 이름 석 자만 대면 다 아는 처지에.

그녀는 20년 전이나 지금이나 글만 써서 먹고사는 몇 안 되는 작가 중의 하나다. 수많은 히트작을 내고 작가로서는 최고의 명예를 얻었다. 그런 그녀에게도 고난은 비켜가지 않았다. 최고학부를 나왔다고 능력이 많다고 외모가 뛰어나도 고난은 예외 없이 찾아온다.

예전에 나는 힘든 일이 생길 때마다 내가 다 부족하고 어리석어서 무능력해서라고 생각했다. 모든 원인을 내게 갖다 붙이다 보니 더 화가 나고 슬펐다. 그런데 세상은 빈부귀천할 것 없이 고난과 역경은 주어지는 것이라는 걸 알았다. 사람들이 내 부족한 면을 보고 상처주고 낙심 줄 때는 내 무능력을 한탄하고 자포자기했었다.

내가 능력 있고 가진 조건이 좋았더라면 저런 소리는 안 들었을 텐데. 그런데 세상은 고난 문제에 있어서만큼은 공평한 거 같다. 뛰어난 능력자라도 대단한 미인일지라도 배경이 너무 좋아도 역경은 비켜 가지 않고 찾아온다. 마치 코로나 역병이 빈부귀천 상관없이 전염시키는 것처럼.

연거푸 베스트셀러를 출간하고 인세로 생활하는 그녀가 음식점을 경영해 볼까 계획한 적도 있다고 고백했을 때 깜짝 놀랐다. 그녀는 비빔국수 등 요리 솜씨에도 일가견이 있었다. 글쓰기에 지칠 때면 좀 더 쉬운 요리를 통해 편하게 살고 싶었다고 한다. 그녀는 사랑하는 자녀들에게 레시피를 공개하며 삶에 대한 조언을 이어가고 있다.

특히 남녀 간의 사랑에 대해 조언할 때는 가슴 뭉클한 전율이 느껴졌다. 남자는 절대 여자에 의해 변하지 않는다. 만일 여자를 만나 그가 변했다면 그건 그 여자를 만나기 전에 이미 변하기로 결심했기 때문이다. 세 번의 이혼에 대한 상처가 절절하게 배어나는 대목이기도 하다.

유튜브를 검색하다 보면 한때 잘 나갔던 유명한 연예인들에 대한 기사를 읽게 된다. 뛰어난 외모로 인기 절정을 누리고 부유한 배우자를 만나 잘 사는가 싶었는데 몇 년 안 가 이혼 소식이 들려온다.

혼인 기간은 대략 5,10년 안팎이다. 이혼 사유는 성격 차이가 대부분이거나 배우자의 사업 실패다.

이혼 후에 또다시 재혼하는 경우가 있는가 하면 연이은 사업실패로 나락으로 떨어져 자살하거나 밑바닥 인생을 살아가는 경우도 있다. 재기(再起) 하는 경우는 별로 많지 않다. 물론 역경을 딛고 새 삶을 살아가는 경우도 있지만 그 과정은 또 얼마나 힘들 것인가.

다행히 여류 작가는 여러 번의 고난에도 굳건하게 삶을 영위함으로 좋은 귀감을 되고 있다. 역경을 딛고 굳건한 삶을 구축했으니 더이상 비방거리나 상처는 생기지 않으리라. 내성과 저력으로 잘 견디고 또 독자들에게도 용기 있는 모습으로 다가올 테니까.

언젠가 보았던 영화 속 대사가 떠오른다. 소설은 원한(怨恨)의 힘으로 써지는 것이라고.

많은 소설가들이 자신의 상처를 소설로 끌어들여 사용한다고 한다. 나 또한 예외가 아니다. 어쨌든 업(業)이 있다는 건 감사할 일이다. 그게 돈이 되든 안 되든 업은 살아갈 명제(命題)가 되기 때문이다. 어려움을 이기고 다시 설 수 있는 최후의 보루가 될 테니까.

TM

전화로 하는 여론조사 업무에는 3종류가 있다.

첫 번째는 무작위로 하는 리서치 여론조사이다. 여기에는 선거 때마다 하는 정치여론 조사와 사회에 이슈로 떠오르는 쟁점을 놓고 하는 여론조사가 있다. 컴퓨터로 전화번호로 합성하거나 안심번호로 하는 여론조사인데 최근 들어 신뢰성이 도마에 오르기도 했다.

선거가 끝날 때마다 신뢰성에 의문을 제기하며 여론조사 무위론이 언론매체에 자주 등장한다. 그럼에도 불구하고 여론조사는 필수불가결(必須不可缺)의 요소이다. 여론조사 이외에는 공정성을 제기할 만한 다른 방법이 딱히 없기 때문이다.

또 웹상에서 직접 하는 이 메일이나 온라인 조사가 있고 통계청에서 각종 기업체를 대상으로 하는 통계조사도 있다. 이에 선정된 기업들은 불평불만이 많을 수밖에 없다. 시간을 내어 응해주다 보면 아무래도 업무에 지장을 초래할 수 있기 때문이다.

소비자를 대상으로 하는 조사와 기업체나 개인을 직접 방문해서 하는 조사도 미리 전화로 연락해서 하기 때문에 이 범주에 속한다. 두 번째는 업체나 백화점 등에서 하는 세일 행사 등을 알리는 CRM이 있다. 가끔씩 고객만족도 조사도 하는데 이는 아주 드문 일이다.

비교적 간단한 조사지만 고객이 정해져 있기 때문에 그만큼 더 세심한 주의를 요한다.

세 번째는 TM 업무다. 전화로 물건을 직접 팔거나 보험 등을 세 일하는 업무를 뜻한다. 영어의 telemarketing의 준말이다.

위의 세 업무 중 가장 소득이 높은 것은 TM이다. 능력껏 수당을 챙기기 때문에 소득이 높은 반면 고난도가 따르기 때문에 그만큼 위험도도 높다. 언변이 뛰어나 상대를 설득하는 힘이 있어야 가능한 업무다. 나는 워낙 말재주가 없고 설득력이 약해 일찌감치 포기하고 여론조사만 참여했다.

나이 오십 넘어 할 수 있는 일이란 게 한정돼 있어 그나마 다행인 셈이었다. 리서치는 불특정 다수를 상대로 각종 여론조사 등을 하게 된다. 랜덤의 형식으로 하기 때문에 보이스 피싱 등으로 의심을 받거나 욕설을 듣는 경우도 가끔 발생한다.

대부분 집 전화나 핸드폰을 걸어서 조사를 하는데 성공하기란 쉽지 않다. 어떨 땐 기업체나 직장 또는 개인 사업장으로 전화를 걸어 조사를 진행할 때도 있다. 대부분 거절당하지만 친절하게 응대해 주는 경우도 있다. 감사가 지나쳐 감격할 정도다.

설문은 짧으면 3분 길 때는 10분 넘게 진행될 때도 많다. 길어지면 중간에 끊기는 사태가 발생한다. 간신히 허락을 받아 진행하다가 중간에 끊기면 여간 낭패가 아니다.

여기에서 조사원의 스킬이 필요하다. 응대자에게 끝까지 답변을 받아낼 수 있도록 읍소는 물론 중간 중간 칭찬과 덕담도 곁들인다. 예를 들면 목소리가 젊어 보인다느니 기억력이 좋은 편이라느니……. 그래서 어떡하든 성공률을 높여야 하는 게 조사원의 임무이다. 그래서 아무리 작은 리서치 회사일지라도 반드시 경력자를 뽑는 것이다. 요즘은 웬만한 조사도 컴퓨터상에서 이루어지는데 이는 보다 정확성을 기하기 위해서다.

OT라고 하는 질문지는 A4 용지로 두 장도 넘는 경우도 있다. 조사내용을 설명한 것인데 그것을 응대자에게 다 말했다간 시작도 하기 전에 끊기기 때문에 조사원이 알아서 축약해야 한다. 단 1-2줄로 요약해 질문을 던지고 빨리 진행해야 한다.

짧게 요약한 내용을 응대자에게 던지고 허락을 얻어낸 다음 설문을 진행하는데 성공률이 높아야 다음 조사에 재투입된다. 성공률이 낮으면 제외된다. 그러나 아무리 베타랑 조사원이라 할지라도 상대가 거절하고 안 해주면 조사는 불가능하다.

어제가 그랬다. 대부분 거절당하다 어쩌다 하나가 걸렸는데 응대자가 조사 내용을 이해하지 못해 조사가 중단되고 말았다.

조사 조건도 까다롭다. 응대자가 조사 내용에 대해 숙지하고 있어야 하고 조사 지역이나 연령별로 쿼터(할당량)가 차지 않아야 조사가 진행된다. 그러니 상대가 설문에 응해준다 해서 무작정 조사가 진행되는 것도 아닌 것이다. 어제는 그 두 가지 경우가 다 해당돼 한 건도 하지 못하고 말았다.

작년에는 총선과 대통령 선거와 맞물려 리서치가 호황이었다. 하지만 신정부 들어 뚜렷한 이슈가 없고 선거철도 아니라 엄청 불황을 탔다. 대선이 끝나고 봄이 한참 지났는데도 연락이 없었다. 거의 두 달 동안 창작에만 힘을 써 단편 5-6편을 완성했다. 인터넷에 들어가 알바 자리를 알아보는데 깜깜했다.

그러다 작년에 몇 번 나가 본 적이 있는 CRM 회사에서 연락이 왔다. 그곳은 대기업의 행사를 알리는 해피콜 회사이다. 세일 행사를 알리는 멘트를 계속 고객들에게 전해 주는 것인데 일은 간단해도 실수하면 클레임이 걸리기 때문에 엄청 주의가 요망된다. 정신 바짝 차리고 똑같은 멘트라도 신중하게 전하고 정확하게 저장해야 한다.

또 계속 말(콜)을 해야 하기 때문에 목이 아프고 헤드셋을 끼고 일을 하니까 가끔 머리도 아프다.

50분 일하고 10분 쉬고 점심시간은 도시락을 싸 가거나 나가서 해결한다. 그래도 잠시 쉬는 시간에도 얼마나 재잘재잘 말을 하는지 모른다. 신기할 정도다. 리서치처럼 대답을 받아내거나 하는 게 아니기 때문에 스트레스는 덜 받는 반면 말을 많이 해야 하고 콜수(통화 수량)을 채워야 하기 때문에 잠시도 틈이 없다. 기계처럼 전화기를 노려보면서 일을 해야 한다.

50대 중년에 그나마 할 일이 있다는 사실이 너무 고마워 기를 쓰고 했더니 목에 이상이 왔다.

이비인후과에 갔더니 인후염이라며 말을 하지 말고 쉬란다. 감기에 걸릴라치면 그나마 일을 할 수가 없다. 한동안 쉬었다 연락이 와서 다시 일을 했다.

일을 하고 나면 한 달 뒤 혹은 한 달 보름 만에 알바비가 입금된다. 많게는 사십만 원 적게는 팔만 원 입금된 적도 있다. 하루 일당이 사만 원이기 때문이다.

전화업무 알바를 하면서 소설감도 여럿 건졌고 사람들과도 소통을 통해 인생사를 체험했다. 또 급한 돈가뭄도 면했고 알바 다니면서 새삼스레 삶의 전의도 되찾았다.

긍정적 사고와 자신감도 얻었다. 감사할 뿐이다.

(2014년)

애증 관계

누군가를 죽도록 미워해 본 적이 있는가?

나는 많다. 그것도 일평생에 걸쳐 수도 없이 많다. 미움은 분노와 함께 상상력과 복수심으로 들끓게 한다. 미움은 상대를 악마화시키고 자신은 피해자로 코스프레 한다. 미움은 독약은 내가 먹고 상대가 죽기를 바라는 것과 마찬가지다.(설교에서 발췌)

상대보다 내가 먼저 상해를 입는다는 뜻이다. 미움의 가장 큰 복수는 용서라는 신앙적 언어도 있다. 그러나 용서야말로 가장 힘든 결정이란 걸 모르는 사람은 없을 것이다. 사람들은 왜 고통스런 기억을 잊지 못하는 걸까? 과거는 돌이킬 수 없고 생각해 봐야 시간 낭비일 뿐이란 걸 잘 알면서도.

과거의 기억은 현재진행형으로 무의식 중에 생각과 행동을 주장할 때가 많다. 미움과 분노는 쌍둥이다. 똑같은 모양으로 항상 붙어서 괴롭힌다. 미움은 당장 버려야 할 쓰레기 같은 감정이다.

예전에 내적치유 강의를 들었을 때 쓰레기 감정이란 단어가 생각난다. 쓰레기가 있는 곳에는 항상 쥐가 들끓는다. 분변이 있는 곳에 똥파리가 모이듯이. 분변을 치우지 않고 똥파리만 쫓아봐야 소용없다는 이야기다. 사람의 감정도 마찬가지다.

마음속에 쓰레기, 상처라는 악감정을 잔뜩 쌓아 놓고 있으면 주변에 악한 인심만 몰려든다는 이야기다. 대부분 상처에 찌들어 있는 사람은 얼굴 인상 자체에 분노가 쌓여 있거나 잔뜩 주눅이 들어 있다. 그중에는 상처를 다른 사람에게 투사하고 괴롭히는 것으로 해소하는 사람이 있다.

피해의식을 다른 사람에게 전가시키는 것이다. 상처를 대물림하거나 계속 확대 재생산하는 경우다. 가장 나쁜 선례는 모든 책임을 상대방에게 돌리며 자신에게는 아무 잘못이 없다고 말한다. 그런 경우 옆에 있는 사람은 속 터져 죽는다.

또 다른 예는 상처에 집착해 자신을 괴롭히다 끝내 우울감에 사로잡히는 경우이다. 상처에 집착하다 보니 대인관계를 거부하고 이기심에 집착한다. 위의 두 경우 모두 좋은 인간관계를 형성할 수 없는 건 자명하다. 마음속에 악감정 부정적인 쓰레기를 몰아내고 정화시켜야 한다.

내면을 밝게 가꾸고 긍정적인 모드로 변환하면 본인도 상대방도 편안해질 수 있다. 그렇게 되기까지 결코 쉽지는 않겠지만 말이다. 어차피 사람들은 자기중심적이라 남을 이해하기보다는 자기 편할 대로 판단해 버린다. 그런데 상처가 많은 사람들일수록 피해의식까지 추가돼 상대의 말이나 행동을 곡해하는 일이 자주 발생한다. 판단 기준이 자기 상처가 되다 보니 아무 때나 오해의 불씨가 되는 것이다.

언젠가 들은 설교 내용이 떠오른다. 인간관계를 잘못하는 사람은 마음 자세가 잘못된 데에 있다. 남에게 원인을 찾을 생각을 하지 말고 자기에게서 찾아라. 자존심 내세우고 소견이 좁아서 화합하지 못하고 자주 충돌한다는 것이었다. 즉 요지는 남을 용납할 줄 모르고 자존심만 내세우느라 인간관계를 그르친다는 것이었다.

그때 속에서 불길 같은 게 솟는 것 같았다. 나 같은 경우를 만났어도 저런 소리를 할까. 나처럼 험악한 인간들만 줄곧 만나보고도 저런 소리가 나올까.

사람들은 가해자를 비난하기에 앞서 먼저 피해자에게 원인과 비난의 화살을 돌린다. 네가 원인 제공을 했으니 그렇지. 인도에서는 여성 성폭행이 가장 빈번하게 일어나는 나라이다.

가해자들은 자신들이 저지른 범죄에 대해 당당하게 말한다. 정숙한 여자들은 밤에 나다니지 않는다. 밤에 다니는 여자들은 성폭행을 당해도 할 말이 없다. 성폭행을 당해도 당연하다는 말투다. 사람들은 또 말한다. 가해자의 행위에 인권과 용서를 외치면서 피해자에게도 똑같이 용서를 외친다.(설교 내용)

용서 없이는 내가 먼저 죽는다는 이야기다. 피해자는 치유와 위로가 급선무인데 원인 탓을 하며 불길에 기름을 끼얹는 것이다. 옛말에 때리는 시어미보다 말리는 시누이가 더 밉다고 했다. 세상에 위로자는 없다. 그렇다고 무조건 용서를 거부하고 미움과 분노를 끓인다고 해서 문제가 해결되는 것도 아니지 않은가. 그것도 현재진행형이 아닌 과거의 상처라면 더더욱 그렇다.

모든 건 생각하기 나름이고 마음먹기 나름이다라는 말이 있다. 맞는 말이다. 생각하기에 따라 원수도 친구도 정해지고 용서와 화합도 가능하다. 용서란 상대 좋으라고 하는 게 아니고 나 편하자고 하는 것이다. 수도 없이 많이 들은 말씀이다. 그 말이 진리처럼 여겨지는 순간이 있었다.

또 한 가지 중요한 것은 마음속에 분노가 쌓이면 기도가 전혀 응답이 안 된다는 사실이다. 마음속에 미움을 잔뜩 쌓아 놓고 기도해 봐야 아무 소용이 없다. 성경에 미움이 있는 사람은 어둠 속을 헤매는 것과 같다고 했다. 미움이 시야를 가려 앞이 안 보인다는 뜻이다.

나중에야 알았다. 그 말뜻. 미움과 분노가 생기는 순간 복수심은 상상력을 타고 마음속을 날아다닌다. 평강은 순식간에 사라지고 온갖 상상 드라마가 마음속에 펼쳐지며 영적 전쟁이 시작된다. 심한 경우 얼굴에 기미가 끼고 화병으로 병원 신세를 지기도 한다. 상대는 아무 죄의식도 못 느낀 채 제 갈 길을 편히 가는데. 만사불통이 이어지면서 분노는 산을 이룬다.

자신도 모르게 악담과 저주의 말이 쏟아진다. 그러나 돌아오는 건 자신을 향한 비난의 말뿐이다. 또다시 분노는 산을 이루고 같은 증상이 반복된다. 강대상에서 들리는 사랑과 용서의 메시지가 도무지 마음에 와 닿지가 않는다. 아니, 오히려 화가 치민다.

마음이 무너져 내리면서 몸도 서서히 신호를 보낸다. 울화병에 우울증 추가 증세까지 나타난다. 제대로 된 인간관계가 될 리가 없다. 사방이 적으로 가득찬 것 같다. 사방 천지가 절벽이요 캄캄한 어둠뿐이다. 미움이 가득하니 길이 안 보인다는 성경 말씀이 꼭 맞다.

그러나 본인은 나쁜 인간들 탓으로 돌려보낸다. 그때 사극 장면이 눈에 들어온다. 장희빈이 인현왕후의 화상에 저주의 화살을 꽂는 장면이다. 오죽하면. 그러다 다시 생각한다. 나는 장희빈이 아니다. 더더구나 악마의 자식은 아니다.

자각증상이 일면서 마음은 더 나락을 헤맨다. 양심이 마음을 찌르는 것이다. 일만 달란트 빚 탕감 받은 자가 한 데나리온 빚진 자를 용서 못한다는 말이 꼭 자신을 두고 하는 말 같다. 그러다 문득 이런 생각이 든다.

이렇게 미워하고 증오하다가 갑자기 예수님 재림하시면 그땐 어쩌지? 그래도 천국 갈 수 있을까. 이렇게 분노에 사로잡혀 살다가 갑자기 죽기라도 하면 천국 가는데 지장 있지 않을까. 그러던 어느 날 설교 내용이 떠오른다. 아무 죄도 없으신 예수님은 로마 병정들에게 침 뱉음과 조롱과 폭행과 온갖 수치를 다 당하셨다.

하나님이신 예수님께서는 당장 그들을 처단할 수도 있었는데 참고 용서하셨다. 십자가에서 당장 내려올 수도 있었는데 죄인들의 조롱을 당하면서도 끝까지 참으셨다. 바로 나 때문에.

그런데 내가 당하지 않을 이유가 무엇인가. 주님도 당하신 모욕과 수치와 조롱 핍박과 배반을 내가 당하지 않을 이유가 무엇인가. 하나님이신 예수님도 당하셨는데. 갑자기 마음이 넓어지는 것 같다. 내 잘못은 숨겨 둔 채 상대방만 난도질한 건 아닐까 숙연해진다.

조금씩 조금씩 회개의 감정이 몰려온다. 그러던 어느 날 기적처럼 사랑이 찾아왔다. 기쁨과 행복의 감정을 싣고서. 그리고 생각지도 않았던 의지도 생겨나기 시작했다. 사랑이 찾아오자 미움과 분노가 눈 녹듯이 사라졌다. 그리고 눈물이 폭포수처럼 흐르며 독소가 빠져나가기 시작했다.

다음은 기도가 회복되면서 길이 보이기 시작했다. 기도 응답이 기적처럼 이루어지면서 은사도 함께 찾아왔다. 미움과 분노를 이기는 힘은 단연코 사랑의 힘이다. 역발상 같지만 그렇다. 미움과 분노는 감옥을 연상케 하지만 사랑은 두려움과 분노를 내쫓는다.

조금씩 조금씩 마음의 여유가 생긴다. 전혀 안 보이던 길이 보이면서 화합할 수 있는 마음의 여유가 조금씩 생겨난다.

내가 존경하는 인물은 입지전적인 인물이다. 흙수저로 아니 무수저로 태어나 불굴의 의지로 성공의 신화를 이룬 사람들이다. 아니 성공을 이루진 못했어도 행복한 가정을 꾸리며 살아가는 사람들이다. 과거의 상처와 상관없이 화합하며 자신의 상처를 통하여 다른 사람들을 돕는 사람들이다.

많은 상처와 아픔을 딛고서 남을 돕는다는 건 결코 쉬운 일이 아니다. 그들은 동병상련의 마음으로 쉽게 공감대를 형성하며 닫힌 마음을 열게 한다. 그리고 사랑의 용기와 용서의 마음을 품게 한다. 그들에게 요구되는 건 무엇보다 겸손의 마음일 것이다.

자신의 상처를 상대에게 빗대어 비교하거나 판단하지 않는 겸손이야말로 상처 치유에는 지름길이 될 것이다. 가족 간의 애증관계에 있어서도 마찬가지다. 사랑과 미움이 공존하는 관계 속에서 상처와 고통은 더 클 것이다. 그러나 십자가 사랑으로 이해의 폭을 좁히며 미움과 분노를 이겨낸다면 얼마든지 가능하리라 믿는다.

그러면서 난 주장하고 싶다.

남의 상처에 대해 함부로 판단하지 마라, 원인 규명을 하려 들지 말라. 상처에 기름을 끼얹을 뿐이다.

동네 포장마차 여자 이야기

옛말에 제 눈이 안경이고 짚신도 제 짝이 있다는 설이 있었다.
모두 연분을 두고 가리키는 말이다. 그러나 요즘 그런 말을 믿는
사람이 몇이나 될까? 오로지 이기심으로만 똘똘 뭉친 요즘 젊은이
들의 결혼관은 사랑 이전에 거래 같다는 느낌을 받을 때가 많다.
다음은 내 단편소설 '안경'에 나오는 부분이다.

미세먼지로 63빌딩이 뿌옇게 공중 부양된 것 같은 겨울날이었다.
황사 마스크를 쓰고 지나는 행인들이 동네 포장마차 앞을 지나다
말고 눈살을 찌푸렸다. 역한 튀김냄새가 코를 찌르며 고함과 함께
욕설이 들렸기 때문이다. 포장마차 앞을 가로막고 있는 봉고차를
향해 삿대질을 하며 욕을 하는 건 작달막한 키에 배는 남산만큼 나
온 포장마차 주인 정씨였다.
그가 계속 항의를 하는데도 봉고차는 전혀 비켜줄 생각을 안 했
다. 왜냐하면 봉고차에서 타올을 내리고 있었는데 그건 바로 앞에
있는 지하 사우나에 배달될 것이기 때문이었다. 그런데도 정씨는
계속 비켜 달라고 요구했다. 보다 못한 그의 아내가 나섰다.
"그만해, 이 등신아. 듣기 싫어 그만하라니까."
정씨는 기가 죽어 한발 뒤로 물러섰다. 그의 아내는 벌겋게 상기

된 표정으로 삿대질까지 하고 있었다. 평생을 시장판에서 장사로 잔뼈가 굵은 그녀는 포장마차로 전업을 한 지 3년 차로 접어들고 있었다. 비록 길거리에서 장사를 할망정 여자는 외모에 엄청 신경 쓰는 눈치다.

늘 짙은 화장에 헤어스타일은 거의 일주일 간격으로 바뀐다. 파 머 머리를 틀어 올리거나 아예 젊은 여자처럼 늘어뜨릴 때도 많다. 온몸을 조이는 듯한 옷차림은 대부분 이삼십 대가 입는 스타일이다. 비좁은 포장마차 안에서도 늘 하이힐을 신는 그녀는 하루 종일 서 서 일하면서도 입가에 웃음이 떠나지 않는다.

피곤이 덕지덕지 내려앉은 얼굴에 천성이 부지런한 탓인지 하루 도 쉬지 않고 일한다. 얼굴에서부터 궁핍을 면치 못하는 정씨는 160센티도 못 미치는 키에 배는 남산만큼 나온 배불뚝이다. 그는 결혼 이후 가정에 한 번도 생활비를 제대로 댄 적이 없었다.

언제나 아내를 앞세워 돈을 벌어오게 했다. 그는 하루의 대부분 을 술추렴으로 보내는데 작년까지만 해도 길가에서 야채상을 했었 다. 그러다 누적되는 적자를 감당치 못해 드디어 백수로 전업을 했 다. 그에게는 아내라는 든든한 백그라운드가 있었다. 남편보다 화 장과 옷차림에 신경 쓰는 그녀는 외모 가꾸는 게 취미였다.

아무리 시장 일이 바빠도 미용실에 가 머리하는 걸 소홀히 한 일 이 없다. 옷도 화려한 색상으로 자주 사 입었다. 술병이 난 남편이 방구들을 지고 누워 있을 때도, 식당에서 중노동을 하면서도 옷은 자주 바꿔 입었다. 짙은 화장에 마치 '날 좀 보소 하는' 상기된 표정 으로 식당 일을 할 때면 그것만큼 꼴불견도 없었다.

무거운 쟁반에 뚝배기를 잔뜩 얹고 배달 나갈 때도 그녀는 힘에 겨워 헉헉대면서도 꼭 하이힐을 신었다. 그 꼴을 하고서 비탈길을 오를 때면 지나가던 사람들이 멈춰 서서 혀를 끌끌 찼다. 차라리 식당 일을 그만 두든가 아님 배달 나갈 때만큼은 슬리퍼를 신든가 할 것이지 저렇게 하이힐을 신고서 보는 사람까지 힘들게 할 게 뭐람.

얼굴에 주름이 자글자글한 남편 정씨는 늘 우거지상이다. 평생을 무능력자로 살아 제대로 된 정장 한번 입어본 적이 없는 그는 아내 덕으로 겨우 입에 풀칠이나 하고 살아가는 주제에 술 마시는 일에는 늘 앞장선다. 못나도 못나도 저렇게 못날까. 저런 우거지상을 한 못난 남자를 그래도 남편이라고 믿고 사는 여자도 있으니 참 희한한 인생도 다 있다.

버스정류장 입구에 대형 마트가 들어서기 이전까지 시장 장사는 그럭저럭 되는 편이었다. 야채 값이 다른 인근시장에 비해 훨씬 비싸도 이용했던 것은 다른 구매처가 없었기 때문이다. 그러던 것이 시장에 불이 나고 나서 한동안 사람들이 이용을 자제했다. 시장이 복구돼 재개될 무렵 대형마트가 들어섰다.

시장 상인들이 돌아가며 반대 시위를 벌였지만 소용없었다. 그렇지 않아도 굴속처럼 어두컴컴한 시장은 금세 폐허처럼 변했다. 이용자가 급속도로 줄었기 때문이다. 상인들은 하나 둘 짐을 싸 떠났고 빈 상가가 늘어났다. 고추 빻는 방앗간과 순댓국집, 그리고 건어물상과 계란 집만 남고 모두 떠났다.

정씨 부부도 떠났다. 그들 부부는 대형마트 건물에서 운영하는 지하 사우나 옆에서 야채상을 하다 어느 날 집어 치웠다. 정씨가 하고한날 동네 남자들과 술추렴을 하면서 매상고가 바닥을 쳤기 때문이다. 온종일 우거지상을 하고 시들어빠진 야채를 파는 정씨를 사람들이 볼 때마다 재수 없다고 했다.

소주병을 산더미처럼 쌓아놓고 정씨는 술병이 나 몇 날 동안 집구석에 처박혀 지냈다. 아내는 뼈빠지게 식당일 하는데 팔자 좋게 낮잠이나 퍼질러 자는 것이다. 생각다 못한 그들 부부는 동네에서 30년도 넘게 포장마차를 해온 김씨 아주머니 바로 옆에서 포장마차를 열었다.

김씨는 남편이 전기 기술자인데 어찌나 게으른지 평생을 집구석에서 놀고먹었다. 몸 움직이는 걸 죽기보다 싫어하는 성격 탓에 아내가 팔을 걷어붙이고 포장마차를 하자 이때다 싶어 방콕(방에 콱 박혀서 지내는 백수) 신세가 된 것이다. 성격 좋은 김씨는 그런 남편을 지극정성으로 섬기며 평생을 기름에 찌든 앞치마를 두르고 튀김을 튀기고 떡볶이를 팔았다.

바로 자기 옆에 정씨 부부가 포장마차를 개설했는데도 짜증 한번 내지 않고 묵묵히 장사만 했다. 사람들이 신경 쓰이지 않느냐고 물으면 '나눠 먹는 거지 뭐'하고 일관했다. 뜨거운 여름날에도 땀을 팥죽같이 흘리며 일하면서도 그녀는 늘 웃는 얼굴로 손님들을 대했다.

어린 아이들에게는 떡볶이 500원 어치도 팔았고 노인들에겐 순대 천원 어치도 팔았다. 남든 안 남든 상관 않고 무조건 팔았다. 아들이 공부 안 하고 속 섞어도 남편이 평생을 백수건달로 놀고먹어도 구정물에 손 담그고 때에 찌든 지폐를 위해 살았다.

천성이 너그럽고 참을성 많은 김씨였다. 남편 잘 만난 팔자 좋은 여자들이 명품 가방 들고 비싼 화장품 쳐 발라가며 살아도 그녀는 불평 한마디 없이 일만 했다. 그런 그녀들을 두고 누가 불공평한 세상이라고 불평하겠는가. 정씨 아내는 딸이 출가해 외손주를 보았는데도 시장 골목 뒤에 있는 허름한 지하 단칸 셋방에서 살았다.

미현은 그들 부부를 볼 때마다 목구멍이 포도청이니 입에 풀칠한다느니 하는 단어가 떠올랐다. 여자 팔자 뒤웅박 팔자라는 옛말도 떠올랐다.

평생을 길거리 장사판으로 떠돌면서 한눈팔지 않고 거의 죽을 지경이 되어도 병원 한번 가지 못하고 산 인생이었다. 그녀들은 장사 걱정에 자식들 학비 걱정에 병원 문 출입조차 자유롭지 못했다. 고작 간다면 치과 정도였다. 주방에서 일하던 모습 그대로 앞치마만 내려놓은 채 부리나케 달려가 간단한 처치만 받은 채 곧바로 달려와야 했던 날들이었다.

어찌 보면 지나치게 인생을 성실하게 산 것도 죄라면 죄였다. 결혼한 그날부터 죽어라 삶과 전투하며 단 하루도 편히 쉬어보지 못한 채 달려온 인생이었다. 호의호식은 고사하고 좋은 구경 한번 못해보고 뙤약볕과 칼바람 맞아가며 버텨온 세월이었다. 그녀들에겐 삶이 장사요 장사가 곧 삶인 셈이었다.

어느 날 동네 골목길을 지나며 미현은 인생이란 단어를 생각했다. 정씨 아내가 튀김 냄새가 역하게 풍기는 포장마차 안에서 꾸벅꾸벅 졸고 있었다. 남편은 어딜 갔는지 보이지 않았다. 십중팔구 술병이 나서 자리보전하고 누워 있을 것이었다. 배는 풍선처럼 부풀어서 얼굴은 우거지상을 해가지고 무능력이란 단어를 꼬리표처럼 달고서.

미현은 그런 정씨가 이상하게 미웠다. 궁기가 흐르는 얼굴은 평생 제 밥벌이도 못할 것 같았다. 평생 시장 바닥에서 술추렴이나 하면서 아내 덕으로 간신히 입에 풀칠이나 하면서 살아가는 인생이 정씨였다. 짙은 화장에 헤어스타일은 수시로 바뀌면서 피곤이 덕지덕지 내려앉은 표정에 하품이나 하는 그의 아내도 꼴불견은 마찬가지였지만.

위 부분은 소설의 형식을 빌렸지만 절반 이상 팩트다. 전에 살던 동네에서 포장마차 하면서 살아가는 여자들의 이야기를 쓴 것이다. 늘 그 앞을 지나면서 언젠가 소설로 써야겠다고 마음먹은 적이 있었다. 그녀들의 나이를 추정하면서 유심히 관찰했는데 스토리가 저절로 그려졌다.

한번은 길을 지나가는데 김씨 아주머니 포장마차 안에서 스마트폰으로 가요를 듣고 있는 여자가 보였다. 우리 동네 토박이인 최씨 아줌마였다. 그녀는 오래 전부터 동네 좁은 가게에서 만두를 쪄서 팔았는데 장사가 시원치 않은지 자주 품목을 바꾸었다.

어떤 땐 아이를 업고 좁은 주방을 오가며 일을 하는데 힘이 억척 장사였다. 언젠가는 아이 둘을 하나는 앞에 안고 하나는 등 뒤에 업고 동네 길을 서성이는데 그렇게 짠할 수가 없었다. 황소 눈알처럼 큰 눈을 껌뻑거리며 순한 건지 멍청한 건지 죽어라 일만 했다.

집안일에 장사에 육아까지 감당하면서 불평 한마디 없었다. 남편은 아내에게 집안 살림과 식당 일을 시키면서 무엇이 좋은지 늘 벙

글거렸다. 어쩌다 부부의 대화를 들은 적이 있었다.

"오늘 하루 일 안 하고 놀았으면 좋겠는데 그게 안 되니까 속으로 쿵더쿵 쿵더쿵 할 거구먼."

남편의 말에 그녀는 순한 목소리로 말했다.

"그런 말 말아요. 나도 이젠 철이 들었답니다."

그들은 만두가게를 그만 두고 바로 옆에다 한식당을 차렸다. 그런데 어느 날인가부터 남편 모습은 안 보이고 최씨 혼자 일을 했다. 벌이가 시원찮은지 남편이 다른 일을 시작한 모양이었다. 동네에는 최씨처럼 혼자 장사하는 여자들이 많았다.

남편은 거의 백수로 놀고먹고 아내가 장사를 하면서 살림을 꾸려가는 것이다. 한번은 그 여자들이 길 모퉁이에서 수다를 떨며 술을 마시는데 최씨도 보였다. 서로 맥주잔을 부딪치며 웃음보가 터지는데 최씨가 포기김치가 든 접시를 들고 나타났다.

접시 위에 가위가 놓인 걸로 보아 김치를 술안주로 할 모양이었다. 여자들은 모여 서로 신세 한탄도 하면서 스트레스를 푸는 것 같았다. 그들 중 몇몇 여자는 동네를 떠나고 김씨와 최씨 정씨 아내만 남았다. 그러다 코로나가 들이닥치면서 최씨는 아예 식당문을 닫아걸었다.

식당 출입구에 '개인적인 사정으로 휴업합니다' 팻말이 걸렸다. 평생토록 해온 식당일을 그만두고 난 그녀는 어떤 심정이었을까. 그녀는 무표정한 얼굴로 특유의 종종 걸음으로 다니는데 코스는 단 한군데였다. 마음씨 좋은 김씨네 포장마차였다. 남편은 아예 동네에서 사라졌는지 보이지 않았다.

최씨는 김씨네 포장마차 구석에 앉아 스마트폰으로 가요를 듣는데 표정이 어두웠다. 장사가 안 된다고 문을 닫아 걸 그녀가 아니었다. 필시 말 못할 사정이 생겼거나 병이 난 게 틀림없었다. 성격 좋은 김씨 아주머니는 최씨에게 자리 한쪽을 내주면서 그녀가 하는 넋두리를 계속 들어주었다.

기름때 묻은 포장마차 안쪽에는 구형 TV가 있었는데 전국 노래자랑 이외에는 틀지 않았다. 딱히 갈 곳 없는 최씨는 주구장창 김씨네 포장마차 안에 살다시피 했다. 자식들은 다 출가를 시켰는지 한번도 동네에 보이지 않았다. 지나가다 그녀들이 하는 말을 언뜻 들은 적이 있다.

"지금까지 살면서 그렇게 마누라 몸 고생시키더니 이젠 마음고생까지 시키려 들어요."

남편 험담을 하면서 한숨을 폭 쉬는 것이었다. 한동안 김씨네 포장마차에 출근하다시피 한 최씨는 어느 날인가부터 보이지 않았다. 그리고 김씨네 포장마차는 가끔 문을 닫는 일이 발생했다. 김씨 안색에 병색이 짙더니 그예 병이 난 모양이었다. 역한 튀김 냄새 맡으며 장사하느라 고개가 일자 목으로 꺾이더니 그대로 굳고 말았다.

병색이 짙은 얼굴로 꾸벅꾸벅 졸다 손님이 오면 화들짝 놀라 일어서는데 떡볶이는 불어터지고 튀김은 기름이 번져 보기에도 역겨웠다. 반면 옆에서 장사하는 정씨 아내는 여전히 외모 가꾸기에 열심이었다. 그녀는 성격 자체가 외모 가꾸는 게 취미인 모양이었다.

여름이면 속살이 훤히 비치는 끈 달이 티셔츠를 입고 허벅지가 드러나는 팬티를 입고 장사했다. 색상도 원색 계통으로 화려한 것만 입었다. 가을이나 겨울에는 허벅지가 꽉 끼는 스키니 종류만 입었다. 예쁜 얼굴은 아니어도 짙은 화장에 옷을 잘 갖추어 입으니 보기에 좋았다.

그러나 세월은 속일 수 없는지 아무리 화장을 덕지덕지 처발라도 주름살이 점점 늘어갔다. 그녀가 운영하는 포장마차 옆에는 간이 탁자와 의자가 놓였는데 술꾼들을 위한 것이었다. 남자들이 그곳에 앉아서 떡볶이와 튀김을 안주로 술추렴을 했다.

그녀는 포장마차 안을 꽃과 장식품으로 꾸며 놓았는데 하루종일 TV를 시청했다. 일 년 열두 달 내내 단 하루도 쉬지 못한 채 떡볶이와 튀김을 팔았다. 추석이나 구정 때도 마찬가지였다. 전날 팔리지 않은 건 다음날 재탕해서 또 팔았다. 이미 상한 음식도 모른 척 끼워 팔았다.

저 여자는 남들 다 가는 여행 한번 못 가고 저렇게 포장마차 안에서 인생 종 치는 거 아닌가. 저러다 병이라도 나면 누가 돌봐줄 것인가.

젊은 시절 공무원 하던 때의 일이다. 상사인 교장 선생님께서 내게 말씀하셨다. 상사가 아닌 인생의 선배로서 하시는 말씀인데 가슴에 와 닿았다.

"신선생, 이다음에 결혼할 때 남자가 맞벌이를 조건으로 내세우면 절대 하지 말아요. 그런 사람과는 안 하는 게 좋아요."

당시만 해도 맞벌이가 흔치 않은 시절이었다. (여교사는 결혼과 동시에 퇴직이 당연지사였다. 공무원만 예외)

옆에서 보는 부부교사만 해도 그랬다. 여교사는 집안일과 직장

일을 병행하며 맹렬하게 살아가는데 남편 교사는 버는 족족 유흥비로 날리거나 길거리에 쏟아 부었다. 길을 지나다 불쌍한 할머니가 장사하고 있으면 몽땅 사들고 온다고 했다. 다방이나 술집에 가서도 혼자 독박을 썼다.

어렸을 때 어른들로부터 들은 말이 있다. 미용실 하는 여자들 남편은 백수거나 놀음에 빠진다는. 우리 동네에 최씨가 하는 음식점 옆에 미용실이 있었다. 미용실 처녀 사장이 결혼식 하는 날이었다. 미용실 여자는 스스로 웨딩드레스를 입고 신부화장을 했다.

새신랑은 미용실 한편에 앉아 있었는데 표독한 표정에 인상이 썩 좋지 않았다. 작달막한 키에 험한 인상에 성질이 못돼 보였다. 무슨 직장엔가 다닌다고 들었는데 아니나 다를까 남자는 결혼과 동시에 직장을 때려치웠다. 그리고 미용실 앞에 문구점을 냈는데 미용실 여자는 결혼과 동시에 두 배나 바빠졌다.

미용실과 문구점 양쪽을 오가며 장사하느라 쉴 새 없이 움직였다. 이런 경우를 나는 친구들을 통해서도 몇 번이나 경험했다.

"인생사 내 맘대로 안 되더라."

누군가 하던 말이 생각난다.

인생이란 게 꼭 심은 대로 거두는 것만은 아닌 것 같다. 인과관계(因果關係)가 꼭 맞아 떨어지는 건 아닌 것처럼. 요즘은 안정된 직장이 없으면 아예 맞선 제의도 안 들어온다고 한다. 예전에는 남자들이 결혼조건으로 여자의 외모를 꼽았다면 지금은 경제적 능력이 우선이라고 한다.

여자들도 능력이 있다면 경제활동이 가능한 세상이니 예전처럼 무작정 참고 살지는 않는다. 곧바로 이혼 카드를 꺼내 든다. 여자들의 경제활동을 위해 어린이집 등 많은 기관들이 생겨났지만 그나마 시세가 꺾인 데는 많은 이유가 있겠지만 비혼률의 증가와 급격한 출산율의 하락이다.

군이 결혼을 함으로써 이중으로 마음 쓰며 살지 않겠다는 이기심 때문이다. 책임감으로부터 벗어나고 편안하게 살겠다는 취지가 강해서다.

'헌신하면 헌신짝 되고 순종적인 여자는 남편으로부터 버림받는다'

어느 목회자가 한 말이다. 희생이 미덕이라고 말하면 정신병자 취급받는 세상이다. 그러나 세상은 공평이라는 기회가 있어 각계각층에는 성공한 여자들이 많이 포진(布陳)해 있다. 법조계 정치판은 물론 경제계에도 성공한 여성 그룹들이 있는 것은 치사할 만한 일이다.

그들 중 많은 여성들은 남편과 자녀가 있다. 성공의 자리에 오르기까지 분명 남편이나 가족들의 도움과 희생이 있었을 것이다. 부러움의 시선을 받으며 성공자의 자리에 우뚝 서기까지 그들의 뛰어난 재량은 귀감이 될 것이다. 그들 중에는 뛰어난 외모까지 갖춘 경우도 있으니 금상첨화인 셈이다.

그런가 하면 일 년 내내 기름때 찌든 앞치마 두르고 시커먼 매연 마셔가며 살아가는 정씨 아내 같은 여자들도 있다. 금수저 흙수저를 따지자는 게 아니다. 어쩔 수 없이 현실에 순응해 살아가는 것처럼 보이지만 그녀들의 희생은 아름다워 보인다.

　가정을 지킨다는 건 무엇보다 중요할 일이다. 세상은 그녀들 같은 회생으로 이루어져 가는 건 아닐까. 하지만 그녀들도 나름의 여유를 가지고 자신을 돌봐가며 살면 좋을 텐데 오지랖 넓은 생각을 해보았다.

　그들이 생각하는 진정한 행복은 무엇일까.

　나는 지금도 그들을 볼 때마다 소설적 상상에 잠긴다.

뇌성마비 장애인 이야기

　전에 살던 동네에 뇌성마비 장애인(신○○)이 있었다.

　나이는 나보다 적은 50대 초반쯤으로 보였고 집안의 외동아들이었다. 집안 사정은 그럭저럭 좋았던 것 같다. 적어도 젊었던 시절만큼은. 그래서 특수학교도 여러 번 다니고 부모의 살뜰한 보살핌 속에 살았다. 한번은 신○○이 길을 잃어버렸는데 온 동네가 난리가 났다.

　부모가 온 동네를 다 뒤지고 수소문해서 겨우 찾았다. 형제도 없고 단 하나뿐인 외아들을 부모는 끔찍하게 위했다. 몸은 불편해도 그는 효자였다. 심장병 증세로 조금만 걸어도 숨이 차 힘들어하는 노모를 위해 무거운 짐은 꼭 제가 들었다.

　길을 가다가도 동네 사람을 만나면 어눌한 말로 꼭 인사를 했다. 특히 어린아이를 좋아했는데 아이를 만지려 들면 아이 엄마는 싫어하는 기색이 역력했다. 한번은 동네 길을 가고 있을 때였다. 과일 노점상을 하는 할아버지 옆에 서 있다가 배달할 일이 생기자 자기가 대신 나선 것이다.

　돈벌이는 못해도 눈치는 밝고 심성이 착했다. 그러던 어느 날인가 아버지가 세상에 뜨고 말았다. 엎친 데 덮친 격으로 노모의 심장병이 날로 위중해졌다. 병세가 날로 커지자 그들을 바라보는 이웃들의 근심도 커졌다. 집에는 결혼 안 한 외삼촌이 함께 살고 있었는데 의지할만한 형편이 못 되었다.

노모는 임종을 앞두고 친정 여동생에게 아들을 맡기는 조건으로 집과 재산을 넘겼다. 장례식을 치르고 나자 이모가 와서 그를 데리고 갔다고 한다. 이모가 조카를 얼마나 잘 돌봐줄지는 의심 반 걱정 반이었다. 이젠 살던 동네도 재개발에 들어가 소식을 알 길은 영영 사라지고 말았다.

많은 장애인들의 부모는 자식 걱정이 보통 사람들보다 몇 배 클 거란 생각이 든다. 장애 딸을 키우는 어떤 엄마는 딸이 초경을 하기 전에 예수님이 재림하셨으면 좋겠다는 말을 해 안타까움을 자아냈다. 또 다른 엄마는 장애 자식보다 하루만 더 살게 해달라는 게 기도 제목이라 했다.

눈물 나는 사연이 아닐 수 없다. 오래 전에 동네 목욕탕에 갔는데 중년 여자가 뇌성마비 장애인 딸을 데리고 와서 때를 밀고 있었다. 20대가 넘어 보이는 딸은 엄마에게 어리광을 부리는데 온몸이 뒤틀려져 보기에 흉했다. 엄마는 딸에게 자신의 등을 밀어달라며 수건을 내밀었다. 딸은 웃으며 엄마의 등을 미는데 힘없이 장난으로 밀었다.

그러면서도 무엇이 그리 즐거운지 자꾸만 웃었다. 모녀는 주로 사람들이 없는 오전 타임을 택해 목욕을 오는데 사람들이 눈치가 보여서 그런 것 같았다. 몸은 불편해도 정신적인 상태는 비교적 온전한 뇌성마비 장애인들도 많다.

20여 년 전 교회 공동체에도 장애인이 있었다. 가족들의 보살핌과 사랑을 받으며 신앙생활을 열심히 하는데 그로 인해 온 가족이 구원 받았다고 한다. 그는 말은 어눌해도 공동체 모임에 꼭 참석해 말씀에 대한 은혜를 나누고 인정받고자 애썼다. 의사소통이 잘 안 될 때면 종이에 글을 써서 소통했다.

소그룹 모임에도 자주 참석했는데 리더격인 형제가 그에 대한 소개를 하는데 대단했다. 장애의 몸으로 정규 학부과정을 마쳤는데 스펙도 쌓았다. 유학을 위해 토플도 최고 수준이었고 만반의 준비를 갖추고 있었다. 기도 제목을 내놓는데 항상 결혼이 1순위였다.

소그룹 모임에서도 자주 자기 의견을 말했는데 주요 요지는 인정받고 싶은 것이었다. 겉으로는 겸손을 나타내고 있었지만 누구보다 인정받고자 하는 욕구가 강했다. 사귀고 있는 자매 이야기도 가끔 했다. 리더는 지혜롭게 위로하고 칭찬하는 말도 잘했다.

정말이지 리더를 맡은 형제는 모범적인 신앙인이었다. 함부로 말하는 내게도 은혜롭게 조언을 잘해 주어서 나도 그의 말에 순응했다. 그런데 어느 날인가부터 모임에 참석하던 미모의 자매가 안 보이기 시작했다. 자매는 키도 크고 능력 있고 외모가 출중했다.

그런데 소그룹에서 함께 성경공부 하던 중 장애인 형제는 그 미모의 자매가 마음에 들었던 모양이다. 누군가 내게 와서 말했다. 장애인 형제가 그 자매에게 이 메일을 보냈단다. 내가 자매를 사랑하니 교제해 보는 게 어떻겠냐고. 다음 모임부터 자매는 나타나지 않았다.

지금이야 장애인 교구가 따로 있어 모임도 갖고 교제를 나누지만 당시는 그렇지 않았다. 판단이야 하기 나름이겠지만 안타까운 일이 아닐 수 없다. 언젠가 모 교회의 영성 프로그램에 참여했을 때 장애인 사역을 하는 여자를 만나 대화한 적이 있었다.

그녀는 장애인 사역에 대한 정규 코스를 밟고 실제 사역 현장에 있었다. 얼마나 봉사정신이 뛰어나기에 그런 사역을 감당할까 존경스러웠다.

그런데 그녀가 내게 뜻밖의 말을 했다.

자신은 장애인 그것도 청소년 사역을 맡고 있는데 장애인은 보통 일반인보다 결혼하고 싶은 욕구가 3배나 강하다고 했다. 실제로 장애인이 쓴 글을 읽은 적이 있는데 자신들은 결혼하는 게 꿈이라고 했다. 나중에야 알았다.

아! 그래서 그 형제가 소그룹 모임 때마다 기도 제목을 결혼이라고 써서 냈구나. 모 교회 금요예배에 가면 뇌성마비 장애인으로 보이는 아들과 함께 예배 드리는 여자가 있다. 60대 중반으로 보이고 아들은 40대가 넘어 보인다. 엄마는 아들을 보살피느라 예배 집중하느라 이중으로 바쁘다.

얼마나 간절하게 방언으로 기도하는지 옆에서 들으면 눈물이 날 정도다. 아들은 예배 드리다가도 가끔 괴성을 지르는데 그때마다 엄마가 입을 틀어막았다. 코로나가 번지자 그들의 모습은 뜸했다. 그러다 정점을 찍고 난 뒤부터 다시 보이기 시작했다.

아들도 마스크를 썼는데 답답한지 자꾸 끌어내리자 옆에서 엄마가 다시 씌워준다. 엄마는 예배에 눈물 흘리며 은혜 받다가 기도할 때면 방언으로 크게 기도한다. 아들을 세심하게 챙기며 부르짖는 기도 제목은 무엇일까? 보는 사람들에게 가슴 찡한 감동을 일으킨다.

　요즘이야 복지 혜택이 늘어나서 수당도 받는다지만 아무래도 정상인들에 비해 모든 면에서 기회가 적은 건 사실이다.

　유튜브를 통해 시각장애인 여자의 인터뷰를 접한 적이 있었다. 그녀는 날 때부터 시각장애인이었는데 모든 것을 귀로 들어서 판단한다고 한다. 그녀는 안마시술사로 살아가는데 그들이 당하는 상처와 고충은 상상 밖이었다. 심지어 봉사자의 도움을 받아 움직일 때도 상처가 발생한다고 했다.

　계단이나 턱이 있는 곳에서는 미리 말을 해주어야 하는데 훈련받은 봉사자임에도 말을 해주지 않아 넘어지고 다치는 일이 발생한다고 했다. 센터에 말을 해서 봉사자가 바뀌어도 시정이 안 된다고 했다. 훈련받은 봉사자가 맞느냐고 하자 그렇다고 했다.

　진정한 봉사자 정신은 무엇일까. 나도 봉사현장에 가보지 않아 모르겠지만 장애인들의 고충은 정말 당해 보지 않으면 모를 거란 생각이 들었다. 가족 중에 장애인이 있다면 또 모를까. 사람들은 그들의 고충과 외로움을 모른다 할지라도 하나님은 누구보다 잘 아시고 이해해 주시리라.

　10여 년 전에 철야 예배 성전에서 기도하고 있을 때 자주 와서 기도하던 시각장애인이 있었다. 지팡이를 집고 나타나 성전 의자에 앉아 기도하는데 얼마나 애끓는 목소리로 하는지 가슴이 아파서 들을 수 없을 정도였다. 기도 내용은 늘 한가지였다.

　"하나님 아버지 도와주시고 또 도와주세요."

　내일 일을 모르는 인생길. 이제는 내 중심적인 사고방식에서 벗

어나 어려운 이웃들에게도 관심과 배려를 하며 살아야겠다고 다짐
해 보지만 쉽지 않다. 구제헌금 보내고 나서 스스로 위로하는 정도
이다. 장애인 사역을 하는 봉사자들에게 감사와 존경의 박수를 보
내고 싶다.

고마운 은인들

은혜는 물에 새기고 원수는 돌에 새긴다는 말이 있다.

조금 다르기는 하지만 내로남불이라는 말도 새로 생겼다. 지난 정권에서 가장 많이 회자되던 말이다. 다음은 내 단편소설 '춘천에서' 나오는 대목이다.

〈대학 졸업하고 처음 갖는 직장이었다. 천둥벌거숭이처럼 철없고 어리석은 게다가 겁이 많고 소심한 나였다. 얼마나 철이 없고 어수룩했는지 부임한 지 일주일도 안 됐는데 교육청에서 교육감님이 학교를 방문해 신신당부하며 말했다.

"아직 어린 여선생님입니다. 서울에서 멀리 떨어져 이곳까지 왔는데 교장 교감 선생님, 여러 선생님들께서 각별히 관심 가지시고 잘 보살펴 주시기 바랍니다. 더구나 이곳은 군 주둔지역 아닙니까?"

교육감은 자동차를 타고 떠나는 순간까지 내 안위를 부탁했다. 그땐 잘 몰랐었다. 그것이 배려이고 돌봄이라는 사실을. 그리고 35년 세월 동안 까맣게 잊고 살았다〉

교육감님의 당부 때문이었을까. 교장 교감 선생님도 내게 각별한 배려를 해주셨다. 교장 선생님께서는 내가 세든 집까지 방문하셔서 직접 문단속하는 것까지 일러 주셨다. 교감 선생님께서는 장부 정리도 서툰 내게 꾸중도 안 하시고 격려해 주셨다.

혼자 생활하는 내게 교회 나가서 신앙생활 하라고 조언도 해주셨다. 농담도 위트 있게 하셨고 한 번도 거친 언사가 없었고 인격도 훌륭하여 존경의 대상이 되신 분이시다. 또 교육자로서의 능력도 탁월하셔서 이듬해 읍내에 있는 학교로 전보 발령되어 가셨다.

그 당시 군내 교육청에서 웅변대회가 있었는데 아이들을 데리고 직접 웅변 연습을 시키는데 목소리가 학교에 쩌렁쩌렁 울렸다. 그곳을 떠나오던 날 근무하시는 학교에 찾아가 마지막 인사를 드리고 왔다. 내 아픔을 듣고 나신 후에도 교감 선생님께서는 인간관계에 대해 조언을 해주셨다.

그분의 높은 인격과 교육자로서의 성과는 오랜 세월 속에서도 잊히지 않는다. 나보다 6살 많은 여교사도 있었는데 그분은 내게 삶의 기본적인 자세부터 처세술도 가르쳐 주셨다. 천방지축 어리석은 내게 조언과 업무에 있어서도 상세하게 가르쳐 주신 분이시다.

그분의 배려와 관심이 없었더라면 직장생활은 거의 불가능했을지도 모른다. 그분께 감사의 표시도 제대로 못하고 떠나온 게 내내 후회된다. 그분은 이후에 신학생과 결혼했는데 훌륭한 목회자의 사모가 되었으리라 생각해 본다.

그때 학교 관사에서 함께 살고 있던 교사 사모님들도 내게 배려와 조언을 해주셨다. 그분들은 내 허물도 덮어주면서 넉넉한 선심을 베풀어 주셨다. 내가 말실수를 할 때도 나서서 변호해 주셨고 선한 도리를 알게 했다. 가끔 험한 인심을 만난 적도 있었지만 나중에 생각해 보니 모두 득이 되는 결과로 나타났다.

삶의 질곡을 헤매고 있을 때 상담해 주시던 목사님도 계셨다. 정신없이 말하는 내게 아마 그때 멘붕 직전이었던 것 같다. 내게 소녀적 감상에서 벗어나라고 말씀하시는데 비로소 아! 하고 깨달음이 왔다. 그랬었구나 하고. 잘못된 선택을 하려는 순간 결정적인 조언으로 위기를 모면하게 한 분도 있었다.

그는 신실한 신앙인이었는데 그의 조언으로 나는 내 어리석음의 실체를 알 수 있었다. 그분의 조언이 아니었으면 평생 후회할 잘못된 결정을 했을지도 모른다. 하늘이 무너지는 것 같은 상황에서 극단적인 선택을 생각할 때 화살기도로 도움을 주신 선교사님도 계신다.

그 기도 덕분으로 생각이 순식간에 바뀌면서 지옥에서 천국으로 상황이 바뀌었다. 상처와 모멸감을 주었지만 결정적인 순간에 도움을 주었던 지인들은 수도 없이 많다. 그런데 도움받은 기억은 순식간에 사라지고 상처받은 기억은 오래도록 남아 있다. 그러면서 혼자 하는 말이 병 주고 약 주더라는 식이다.

어린 시절 내게 작가로서의 꿈을 실어준 교회 오빠도 있다. 내 소설 속에 자주 등장하는 그는 내게 사랑을 주진 않았지만 내 꿈과 의지를 확인시켜 준 고마운 은인이었다. 어둠 속을 헤매는 듯한 혼미하던 시절, 내게 다가와 달란트에 대해 상담하며 작가로소서의 꿈을 재차 확인시켜 준 자매도 있다.

다들 내 꿈을 모욕하고 비웃었는데 처음으로 가능성을 비치며 격려해 주었다. 대학원을 나와 상담자로 활동하는 자매는 내 거친 언사에도 지혜롭게 조언해 주어 신뢰감을 주었다. 교회 내에서도 알게 모르게 도움과 기도로 후원해 준 많은 분들이 있다.

내게 있는 마음과 육신의 질병을 놓고 신유의 기적을 체험하게 하신 목사님과 중보기도자들도 많다. 여행을 떠날 때면 동행해 주며 끝없는 내 문학 이야기를 들어주고 힘을 실어준 지인들도 많다. 등단 초기부터 내 문학여정에 많은 도움과 힘을 실어준 지인들은 수도 없이 많아서 일일이 기억하기 어려울 정도다.

그럼에도 은혜받은 기억은 쉽게 잊히고 상처와 해코지 당한 기억은 오래도록 남아 영적전쟁의 불씨가 된다.

20여 년 전의 일이다. 교회 마당에서 모 장로님을 뵈었다. 장로님은 모 대학병원 CEO였다. 내가 병원에서 검사받을 때마다 편의를 봐 주셨다. 그런데 그 당시 인간관계에 스트레스 받는 일이 많았었다.

그래서 교인들과 대화중인 장로님께 다가가 말했다.

"장로님, 저한테 상처 주고 해코지하는 인간들이 있어서 스트레스 받고 화나요."

장로님은 대수롭지 않게 여기며 말씀하셨다.

"뭐, 그 사람들도 입이 있으니까 말할 수 있는 자유는 있는 거야, 내버려둬 그러다 말겠지 뭐."

그런데 뒤돌아 생각해 보니 그 말이 명답이었다. 말할 수 있는 자유는 누구에게나 있는 것이었다. 그 말 때문에 내가 상심하고 힘들어 할 이유는 없는 것 같았다. 굳이 인정받을 필요도 없다. 언젠가 교회 마당을 걸어가고 있는데 어떤 자매가 다가와 말했다.

내가 쓴 책을 주면 자기가 읽고 평가해 줄 용의가 있다고 했다.

내가 자기한테 부탁한 것도 아닌데 마치 큰 선심이라도 쓰는 것처럼 생색을 내는 것이다. 속으로 말했다. 내가 왜 너같은 인간한테 평가받아야 하나? 너 아니라도 독자는 많다.

"안 읽어 주어도 괜찮아요, 자매 아니어도 내 책 읽어 주는 독자는 얼마든지 있어요, 정 읽고 싶으면 서점에 가서 사서 읽으세요."

피해의식의 대표적인 예가 과거의 나쁜 기억만 하는 것이다. 부정적인 감정으로 오해가 발생할 여지가 있다는 걸 알면서도 굳이 옛 기억을 떠올려 현 상황을 해석하고 판단하는 것이다. 긍정적인 사고는 좋았던 기억을 거울삼아 사는 것이다.

긍정적인 마인드로 살아갈 때 마음도 편하고 행복지수도 넓어질 것이다. 굳이 나쁜 기억을 끌어올려 마음 고생할 일이 무엇이 있겠는가. 이왕 한번 살다 가는 인생 좋은 감정으로 살다 가면 그만인 것을. 가끔씩 생각해 본다. 과거에 도움을 주었던 지인들을 만난다면 식사 대접하면서 감사를 표시하고 싶다. 그때 도와주셔서 너무 감사했노라고.

그리고 다짐해 본다.

앞으로 은혜는 돌에 새기고 원수는 물에 새기며 살겠다고.

갈멜산 기도원

갈멜산 기도원은 안양예술공원에 위치한 영성 깊은 기도원이다. 집에서 한 시간쯤 걸리는데 시각적으로도 안정감을 주는 곳이어서 자주 가게 된다. 관악산에서 보여주는 풍경을 사시사철 감상할 수 있는데 이는 마음을 순화시키는 기능을 한다. 맨 처음 기도원을 찾은 날이었다. 8월의 뜨거운 여름날이었는데 예배실 안에 성도들이 꽉 차 있었다.

설교 도중에 목사님(기도원 담임)께서 의미심장한 목소리로 말씀하셨다.

"여러분 내가 이 나이에 목사 안 했으면 뭘 했을 것 같소?"

무슨 말이 나올지 몰라 기대감에 조용해졌다.

"내가 영화배우밖에 더했겠수."

웃음이 빵! 터졌다.

"아니? 나는 이 말이 여러분한테 이렇게 큰 기쁨을 줄줄 미처 몰랐네."

어떤 사람은 설교 도중에 너무 웃다가 뒤로 넘어질 뻔한 적도 있었다. 갈멜산 기도원은 오산리기도원 다음으로 큰 기도원 같다. 예배가 하루에 4번 드려지고 국내의 유명한 목사님들이 강단에서 설교하시는데 얼마나 은혜가 넘치는지 모른다. 설교 내용은 지적이면서 영적 파급 효과가 크다.

오산리 기도원이 주로 문제해결 신유 축복이 메시지의 대부분이라면 갈멜산은 확고한 믿음의 자세와 올바른 신앙인격을 가르쳐 준다. 믿음을 어떻게 삶속에 적용해야 하는지, 어떤 자세로 예수님을 믿어야 하는지 가르친다. 올바른 회개와 용서의 의미에 대해서도 가르친다.

일방적으로 회개를 가르치기보다 그 방법까지 심리적인 세세한 부분까지 들어가며 가르치는데 잠시도 딴 생각할 겨를이 없다. 잘못된 고정관념, 교만, 아집 등 생각을 교정해 준다. 그렇다고 설교가 마냥 딱딱하고 정죄 일변도인가 하면 그렇지 않다. 목사님 자신도 회개하면서 가끔씩 폭소가 터진다.

특히 언어습관에 대해서도 자주 거론하시는데 그건 삶의 중요한 노하우가 될 수도 있다. 교회 GBS 모임에서의 일이다. 조원들이 돌아가면서 이야기하는데 시험들 일이 많다. 우리 교회는 4대 5대째 믿는 가정이 많고 세상적으로도 잘 나가는 사람들이 많다. 아니 대부분이 그렇다.

그런데 GBS 모임에서 한 형제가 유독 집안 자랑을 자주 올린다. 자기 집안은 법관 출신과 회사 임원 출신에다 자기는 미국 유학파라는 것이다. 상처라고 기껏 말한다는 게 아버지가 동생을 더 많이 사랑해서 속상했다고 한다. 그래서 유학 가기 전, 아버지와 함께 호텔에서 맥주 마시면서 흉금을 털어놓았다고 한다.

또 다른 자매는 사회적 위치와 경제적 능력에 대해서 자랑을 늘어놓았다. 학벌과 재산, 집안 자랑은 교회에서도 유행처럼 여겨진다. 그것까진 참을 수 있다. 겸손한 척하면서 자랑하는 건 그래도 낫다. 연약해 보이는 지체에게 함부로 무시하는 말도 하고 중간에 말을 끊는 경우도 있다.

GBS 모임을 마치고 나오면 나도 모르게 투덜댔다.

도대체 마음에 인간이 하나도 없어. 전부 잘난 인간들뿐이야. 왜 교회 와서까지 세상 자랑하고 난리람.

집안 자랑에 학력 자랑을 늘 입에 올리는 형제는 재벌그룹에 속한 스펙 자랑까지 했다. 나아가 미모의 아내 자랑까지 곁들였다. 언젠가는 나를 한심하다는 표정으로 쳐다보기까지 했다.

아무튼 그 GBS에는 마음에 드는 사람이 하나도 없었다. 주일 모임이 끝나고 월요일에 기도원에 갔다. 설교 시간에 갑자기 귀가 번쩍 띄는 말씀이 들렸다.

"교회를 사람 보고 나가는 사람 문제 있어요. 예수님 보고 나가야지 왜 사람 보고 나가면서 마음에 안 든다고 불평해요, 당신만 그들이 마음에 안 드는 거 아냐, 그 사람들도 당신 마음에 안 들어 해. 돌아서서 당신 욕해요, 재수 없다 그래."

사람들이 와! 소리 내며 웃었다. 나는 내 이야기를 듣는 것 같아 흠칫 했다.

"뭐라구? 내 마음에 드는 사람은 한 사람도 없다구? 방법은 한가지야, 당신이 죽으면 돼."

속에서 반발이 생겼다. 내가 왜 죽어? 그것들이 죽어야지. 그 뒤에도 그런 식의 설교를 여러번 들었다. 내 안의 자존심과 상처가 클수록 인간관계가 힘들어지는데 방법은 겸손과 회개밖에 없다고 했다. 그렇다면 이제까지 문제는 내 안의 교만 때문이었단 말인가. 강단에서 특히 강조하는 게 용서이다.

가해자에 대해서는 일언반구 거론조차 안 한 채 일방적으로 용서를 강조하는데 속에서 불이 날 때가 많다. 그런데 갈멜산에서는 가해자에게 먼저 회개를 강조한다. 그것은 나 자신이 될 수도 있고 타인이 될 수도 있다. 한참 듣다 보면 저절로 회개가 된다. 자기 성찰이 따로 없다. 반감도 없어진다.

왜 상처가 발생했는지 나의 어떤 점이 회개할 제목인지, 어떤 신앙인격으로 살아가야 하는지 삶의 목표에 대해서도 자세히 듣는다. 세상의 가치관을 버리고 올바른 신앙의 가치관 속에 살아가도록 설교를 통해 깨닫게 된다. 기도원을 나올 때면 나도 모르게 다짐을 한다.

정신 똑바로 차리고 하나님 섬겨야지. 끝까지 예수님만 의지하고 살아야지.

생각을 믿음으로 붙들어주는 설교는 세상을 이길 수 있는 힘을 제공해 준다. 신앙생활에 있어 생각은 참으로 중요하다. 축복을 위한 긍정적인 사고도 중요하지만 올바른 신앙인격이 더 중요하다. 마귀의 참소를 이길 수 있고 어떤 시련도 이겨낼 수 있는 확고한 믿음 자세를 형성해 주기 때문이다.

작가 후기

지난겨울이 아쉬웠나?

동네 길을 지나는데 벚꽃 잎이 눈발처럼 휘날리고 있었다.

꽃잎이 봄 햇살을 뚫고 눈처럼 길가에 쌓이고 있었다. 사람들이 가던 길을 멈추고 스마트폰 카메라를 연신 눌러댔다. 우아하고 고혹적인 목련도 마음과 눈길을 당기고 있었다. 한쪽에선 때 이른 라일락이 짙은 향기를 날리고 있었다.

갑자기 들이닥친 봄은 새하양 진노랑 진분홍으로 온 천지를 물들이며 사람들 마음마저 물들이고 있었다. 오염된 영혼을 씻어내려는 듯 하얗게 빨갛게 노랗게 힐링하고 있었다. 봄의 향연은 어느 때보다 럭셔리하게 진행 중이었다. 감성을 터치하며 감정을 한껏 업그레이드 하고 있었다.

춘천으로 봄꽃 여행을 다녀왔다. 북한강을 둘러싸고 벚꽃이 무리져 피어 있었다. 산에는 샛노란 개나리와 진달래가 풍경화를 연출하고 있었다.

예전의 춘천은 자연미가 넘쳤다면 지금은 인공과 자연이 혼합된 관광도시로서의 이미지가 더 강하게 다가온다.

거리는 언제나 깨끗하고 도시 전체가 의암호를 중심으로 형성된 하나의 거대한 국립공원 같다. 예전에는 꿈도 못 꾸었던 서울과 전철이 개통돼 격세지감이다. 마음만 먹으면 언제든 떠날 수 있는 여행지 1순위가 되었다.

40여 년 전, 춘천에 있는 강원도 교육청에서 발령장을 받고 모 지역 초등학교로 떠난 기억이 난다. 그때도 화사한 봄 물결이 소양강 선착장에 흐드러져 있었다.

소풍 나온 초등학생 같은 심정으로 여객선에 올라타니 고전 드라마 같은 이야기가 들려왔다.

당시 80년대만 해도 고전 드라마가 먹히던 시대였다. 인생의 허무를 이야기하는 여자 옆에서 또 다른 중년여자가 위로와 덕담을 건네고 있었다. 여객선이 소양강 물살을 헤치고 드디어 ○○에 도착했다. 그곳 선착장에도 개나리와 벚꽃이 만개해 봄 축제를 벌이고 있었다.

최전방 지역에 내가 꿈에도 그리던 객지풍경이 펼쳐져 있었다. 사방을 둘러보아도 국방색 군복이 보였다. 객지는 삭막하고 슬프기까지 했다. 난 그곳에서 장래 소설가가 되어 있는 내 모습을 보았다. 전혀 낯선 타지, 그것은 내가 소설을 구상할 수 있는 최적(最適)의 조건처럼 보였다.

그러나 현실은 결코 적지(適地)가 아니었다. 꿈과 현실은 항상 정반대로 다가왔다. 그 정반대의 삶속에서 나는 어느덧 소설가로 변신해 있었다.

올해로 나는 등단 25년 차가 되었다.

나라가 IMF로 소용돌이치던 그때 나는 소설가로 등단하는 행운을 얻었다. 평생의 숙원을 이루었는데 등단을 하자마자 다니던 직장에서 곧바로 정리해고되었다. 내 나이 30말미에 일어난 일이었다.

그렇지 않아도 기우(杞憂)가 심한 나였는데 한꺼번에 세상 근심 걱정이 패키지로 몰려오는 것 같았다. 그런데 웬일일까? 마음 한구석에서 편안한 느낌과 함께 안도감이 들면서 긍정적인 소망이 생겨났다. 이제야말로 내 꿈을 본격적으로 펼칠 시기가 온 것이다.

어릴 때부터 시작된 꿈이 꼭 나를 지켜줄 것만 같았다. 내 삶의 일순위였던 소설이 나의 상한 마음과 열등감을 모두 불식시켜 줄 것만 같았다.

땅 끝까지 추락했던 자존감도 핍절했던 내 과거 삶도 위무해 줄 것 같았다. 그러나 허무맹랑한 상상에 몰입하며 리얼한 소설을 쓴다는 건 결코 쉽지 않았다.

방법은 한가지였다. 열심히 기도하고 상상력을 키워가며 습작에 매달리는 것. 옛 경기고등학교 자리였던 도서관에서 글을 쓰며 주변 환경을 스케치했다. 그곳은 내 청소년 시절 꿈이 스며 있는 곳이기도 했다.

경복궁과 안국동 인사동 거리를 걸으며 상상 드라마를 쓰며 애써 현실을 부인했다. 어차피 제정신 가지고 소설 쓰긴 글렀다 싶었다. 습작을 거듭하다 보면 어쩌다 소설이 완성되었고 원고 청탁이 와서 발표 기회도 주어졌다.

초반에는 다른 작가와 차별성을 두기 위해 사이코 심리소설 위주로 썼다.

전업작가 생활을 이어가는 동안 내 인생 최초로 형통의 축복을 경험했다. 전적으로 하나님만 의지한 결과였다.

꿈은 항상 앞서 가며 길을 인도한다.

유명한 목사님이 하신 말씀이다.

'여호와 그가 네 앞서 행하시며 장막 칠 곳을 찾으시고 낮에는 구름기둥으로 밤에는 불기둥으로 너희를 인도하셨느니라.'

정말이지 나의 문학인생은 기적의 축복이었다. 기도로 구하지 않은 것까지 하나님은 내 필요한 모든 것을 채워 주셨고 친히 여호와 이레 되셔서 내 길을 인도해 주셨다. 예전에는 여호와 이레라는 단어의 뜻도 이해하지 못했었다. 꿈은 생명력이 있어 성장하고 많은 변화를 실감케 했다.

부정적인 사고도 긍정적으로 바뀌면서 낙심도 절망도 이겨내는 수단이 되었다. 꿈은 살아갈 명분과 원동력이 되었고 굳건한 의지가 되어 안내자 역할을 했다. 누구 인정하든 않든 꿈은 위대하고 값진 것이다. 꿈이 현실이 되고 현실은 또다른 길이 되어 활력이 된다.

인생은 살만한 것이다.

인생은 오직 하나님으로 인하여 살만한 가치가 있는 것이다.

매일 나 자신에게 주장한다. 이번에 내는 에세이집 「인공 로봇」 시대는 내 22번째 저서이다. 작가의 자산은 작품발표와 더불어 저서에 있다고 본다.

이번 에세이는 60평생 살아오면서 느낀 나름대로의 소회를 바탕으로 엮어 보았다. 독자와의 공감대를 또다시 기대해 본다.

코로나19가 정점을 지나면서 벚꽃 구경도 절정을 이루었다고 한다. 독자들의 삶속에도 꽃길 같은 기쁜 소식으로 가득하길 기도 드린다. 먼저 살아계신 하나님께 감사드리며 등단 초기부터 나의 글에 많은 도움을 주시고 출간을 해주신 도서출판 한글의 아동문학가 심혁창님께 깊은 감사를 드린다.

저자 신 외 숙